ANKE

EIN ROMAN
VON
LINUS VOLKMANN

ventil

1. Auflage 2006
ISBN-10: 3-931555-83-6
ISBN-13: 978-3-931555-83-2

Covergestaltung: Ole Kaleschke
Lektorat: Jonas Engelmann, Ilka Groh
Fotos: Linus Volkmann
Innengestaltung/Satz: Oliver Schmitt
Druck: FVA, Fulda

Ventil Verlag
Augustinerstraße 18, 55116 Mainz
www.ventil-verlag.de

»Yeah, the trees, those useless trees
produce the air that I am breathing.
Yeah, the trees, those useless trees;
they never said that you were leaving.«

Pulp
»The Trees«

»Los! Rein in den Müllschacht, Flieger-Ass!«

Prinzessin Leia Organa
»Star Wars IV - A New Hope«

ERSTER TEIL

FEELINGS

Mit einem großen, hellbraunen Karton schleppte sich Gärtner das Treppenhaus nach oben – verdammt schlecht zu tragen. Heraus ragte das mürbe Haupt einer Topfpflanze – obwohl Gärtner glaubte, nie etwas Derartiges besessen zu haben.

Seine Eltern wohnten im dritten und letzten Stock eines Mehrfamilienhauses in Hattersheim, einem Vorort von Frankfurt. Vorort … na, wenn man es gut meinte. Streng genommen handelte es sich eher um ein Kaff im Umland. Ungefähr nach der Hälfte der Stufen hielt Gärtner an. Das Licht, das weiße Geländer mit der schwarzen, leicht speckigen Plastikauflage, der Geruch – all das hier erinnerte an früher. Als er die Strecke jeden Tag zigfach mit seiner Schiefertafel und seinem kleinen Kopf hoch- und runtergewetzt war.

Auf dem Treppenabsatz, an dem er diese Rast eingelegt hatte, fand sich ein kleines Tischchen mit einer weißen Spitzendecke, auf der ein Farn in einem ornamentierten Tontopf thronte. Bei genauem Hinsehen identifizierte er selbst den Topf als gut bekannt. Vermutlich war es sogar derselbe Farn wie zu der Zeit, als er hier noch gewohnt hatte. Das konnte er bloß nicht 100-prozentig sicher wissen, weil er damals Besseres zu tun gehabt und im Treppenhaus selten selbstmitleidig beim Farntisch pausiert hatte. Wozu auch, damals gab es immer was zu tun: mit den »Krieg der Sterne«- oder »Masters of the Universe«-Figuren spielen oder ein Calippo für eine Mark im örtlichen HL-Markt kaufen. Oder er kam – einige Jahre später – bierbetrunken aus dem Hobbykeller des Dorfarzt-Sohnes vom Heavy-Metal-Hören zurück und sah dann ohnehin nur verschwommen. Jetzt stand er dagegen nur blöd rum mit seiner Kiste. Irgendwas kriegte er hier nicht klar – das zumindest durfte klar sein.

»Wo bleibst du denn, Bub?«

Das war seine Mutter.

Die misstrauisch wurde, weil Gärtner so viel Zeit zwischen Unten-Klingeln und Oben-Ankommen hatte verstreichen lassen. Willkommen zurück in der familiären Potenz der Kontrollgesellschaft. Mann, war er am Arsch. Und unten warteten noch Dutzende weitere Kisten darauf, dass er sie hoch in sein altes Kinderzimmer trug. Und in der erstbesten hier, die er gegriffen und mitgeschleppt hatte, befand sich eine ziemlich staubige, gelbliche Pflanze. Deren Herkunft: absolut schleierhaft. Wie überhastet war sein Auszug aus Berlin eigentlich gewesen, dass ihm manch Kisteninhalt fremd vorkam? Gegenüber dem gepflegten Farn hier zwischen den beiden Stockwerken sah sein Teil jedenfalls schäbig aus.

»Ich komme!«, rief er, schon mit dem Anflug einer lockeren Gereiztheit.

Oben angelangt schickte Mutter ihn allerdings gleich wieder mit der Kiste runter. Gerade noch die ebenfalls dort drinnen befindlichen Disketten durfte er rausnehmen, dann hieß es aber bezüglich der seltsamen Pflanze:

»Das Dreckding schmeißt du schön weg. Das ist ja schon braun. Und die Erde ist geschimmelt.«

Mutter verdrehte die Augen.

»Du mochtest doch nie was Grünes um dich haben. Wo hast du das denn überhaupt her?«

Keine Ahnung, verdammt.

Und war das jetzt noch wichtig, nachdem es den Flammen der Müllpresse überantwortet werden sollte? Wohl kaum. Es tat ihm nicht mal Leid. Schließlich hasste er Zimmerpflanzen tatsächlich. Er hatte als Kind mal in einem »Was ist Was«-Buch gelesen, dass sie nachts den Sauerstoff aufnahmen. Und ihn Tags drauf etwas frischer wieder abgaben. Seitdem fürchtete er zu ersticken, wenn er neben einer Schnittblume schlief. Ja, in so was steigerte man sich halt schnell mal rein. Das Ding hier, mit dem er – diesmal zügig – das Treppenhaus durchschritt, war geliefert. Egal. Ach, gut so. Das, was ihn an dieser Nummer viel fertiger machte, war, dass Mutter nicht nur Anweisungen gab, sondern mit jenen auch noch Recht zu haben schien. Das konnte ja heiter werden. Er versuchte sich darauf zu besinnen, was er sich auf der Fahrt hierher immer wieder geschworen hatte: Er wollte sich dieses ganze Fiasko schönlügen – aber so was von! Er wollte denken, dass ein Zurück-nach-Hause-ziehen-Müssen-mit-30 auch sein Gutes hatte. Und diese Pflanze würde bestimmt nicht der einzige Punkt bleiben, an dem es bei dieser reuigen Reunion knirschte. Klar verunsicherte es ihn, dass er sich so schnell gezwungen sah, diese innere Emigration heraufzubeschwören. Aber er war doch vorbereitet. Ruhe bewahren. Er stieß den Deckel des Müllcontainers neben den Garagen so auf, dass dessen

Maul weit offen stand, ging drei Schritte zurück und warf die Pflanze samt Topf hinein, als würde er einen Korb beim Basketball machen. Drei Punkte, mindestens. Na also, es ging doch. Er hatte wieder die Oberhand.

+ + +

Die erste Nacht im alten Bett. *Alles wie früher.* Quatsch – so was in Gedanken so zu formulieren, das war pathetischer Mist. *Alles wie immer.* Schon besser. *Alles wie Weihnachten.* Noch besser. Weihnachten, wenn er zu Besuch war und zu Hause schlief. Nur die Bettwäsche kam ihm nicht bekannt vor. Offensichtlich von Ikea. Und wie alles in diesem Haushalt tiptop gepflegt. Wurde vielleicht Zeit, dass er hier mal wieder eine Lanze brach für ein anderes Ordnungsverständnis! Für leere Joghurt-Becher, für volle Aschenbecher, für einzelne Socken, die er unter sich gehen ließ wie Hänsel und Gretel Brotkrumen. Klar, das konnte er ruhig mal bringen. Bloß Mutter durfte davon nichts mitkriegen. Schließlich sollte es doch diesmal alles anders werden. Nicht so wie zu der Zeit, als er mit heranwachsender Vehemenz nur noch an der Power-Point-Präsentation seiner Pubertät feilte – und lustvoll verstockt Ärger verbreitete. Nein, diesmal wollte er sich wenigstens so fühlen wie ein autarker Untermieter – nicht wie ein autistischer Agitator. Sein Plan war daher auch, umgehend Kostgeld an seine Eltern abzuführen.

Also natürlich erst dann umgehend, wenn er wieder verdiente und sich einen luxuriösen Lebensstil leisten konnte. Dann käme die Zeit eines symbolischen Kostgelds – mit großer Geste überreicht.

Zu seiner Verwunderung stieß der Vorschlag nicht auf harsche Ablehnung und Aussagen wie »Deine Anwesenheit ist unbezahlbar für deine Alten!« – Vielmehr nickte Vater beflissen und sagte, das sei ja wohl auch das Mindeste.

Gärtner konnte dennoch nicht glauben, dass sein Wiedereinzug etwas anderes als herrlich für die Eltern sein sollte. Er war wieder da! Der gute Bub. Und was hatten seine Eltern denn nach seinem Weggang schon gehabt? Sicherlich, das Warten auf den Tod und körperliche Gebrechen. Aber das alles wurde jetzt von ihm überstrahlt.

+ + +

Scheiße, er konnte nicht einschlafen. Wie denn auch, es war ja erst 20 Uhr abends. Mutter hatte ihn noch vor der Tagesschau eingeölt, ins Bett gebracht und das Licht gelöscht. Höchststrafe. Okay, es war eigentlich bereits zwei Uhr, außer einem gemurmelten »Gute Nacht« hatte sich nichts Derartiges abgespielt und seine Haut war trocken wie ein Tonkrug. Aber trotzdem. Lag er wach. Schnupperte den Geruch des ultrablumigen Weichspülers, der die Zudecke besetzt hielt und starrte auf die rote kantige LCD-Anzeige des Radioweckers. Bestimmt wurden mittlerweile hochfuturistische neue Uhren mit mehr als nur Radio- und Weckfunktion gebaut. In Hiroshima oder Nagasaki. Aber da Tchibo seinerzeit darauf bestanden hatte, quasi unzerstörbare Würfel mit Radio und roten Ziffern zu Schleuderpreisen auf den Markt zu bringen, war so gut wie jedes Schlafzimmer nachts beleuchtet von diesen zähen Würfeln. Ein Austausch (durch Ausfall) dieser schlichten und scheußlichen Siebzigerjahre-Kuben schien erst für ferne Generationen erträumbar. Konnte noch Jahrzehnte oder mehr dauern. Vor Wut beschloss er zu rauchen. Am Fenster mit Aussicht auf die Garagen.

»Hat man sich auch schnell dran sattgesehen«, dachte er, als er die erste runtergeraucht in die Nacht schnippte.

\+ + +

»Junge, hast du gestern noch geraucht?«

»Mama, nö!«

»Aber ich riech das doch. Das zieht durch alle Türen und dein Vater bekommt starken Krebs. Und hör auf, mich zu belügen, es reicht langsam.«

Bitte was? Hatten die modernen Theaterstücke aus dem elterlichen Abonnement sie so aggressiv gemacht, oder was? Wie dem auch sei, er wollte ja sowieso aufhören zu rauchen. Und es war ja auch nicht cool, verkatert mit der Zigarette morgens am Toaster in der sauberen Küche zu stehen, während die Eltern – bereits seit Stunden auf den Beinen – mit dem Leiden Christi in den Augen um einen herumscharwenzelten. Außerdem hatte er zuletzt schon gelbe Stellen an Zeige- und Mittelfinger entdeckt, als wäre er die Leiche von Helmut Schmidt.

Potenzielle Partner gucken als erstes auf die Hände – hatte er mal gelesen in einer Zeitschrift, die der Behauptungen, es seien Augen, Glied, Busen, Hintern, Brieftasche oder Hut schon überdrüssig war. Also. Rauchen ging nicht mehr. Ging hier nicht mehr. Und es war seine eigene Entscheidung – redete er sich zumindest ein, nachdem er keine Wahl mehr hatte.

»Kannst du dann auch gleich ein paar Mineralwasser aus dem Keller holen? Hier oben sind nur noch zwei.«

Er seufzte entnervt, schließlich war er gerade erst aufgestanden und damit beschäftigt zu verarbeiten, jetzt Nichtraucher zu sein.

»Ja, gleich.«

»Nicht gleich! Sofort, Junge. Sonst machst du es doch wieder nicht.«

Himmel! Eigentlich hätte er sagen müssen:

»Solange noch zwei scheiß Flaschen da sind, verschwende ich keinen Gedanken daran, in den Keller zu gehen und neue zu holen. Und überhaupt, in eurer vorstädtischen Riesenküche wäre gut und gern Platz für die Wasserkisten. Aber nein, die müssen noch im Keller stehen wie einst unter Hindenburg. Damit bei Fliegeralarm genug zu trinken da ist, oder was? Oder glaubt ihr, Wasserkästen seien zu hässlich oder dreckig – und sie in der Küche gleich neben dem direkten Bedarf zu horten, sei ein Mahnmal kompletter Verwahrlosung?«

All das hätte man bringen müssen. Und die Eltern dann so klein mit Hut:

»Du hast uns die Augen geöffnet. Wie konnten wir nur so blind gewesen sein?«

Komischerweise klang es in echt aber so:

»Mann, ich mach's doch gleich!«

»Je-hetzt! Wir verlangen doch nun wirklich nicht viel von dir.« Jeglicher Contenance beraubt griff er sich den Träger mit den leeren Flaschen, schlüpfte in alte Pantoffeln, die es von ihm hier noch gab, schnappte Mutters immensen Schlüsselbund, der vermuten ließ, sie wäre Hausmeisterin, und orgelte die Treppen hinab.

Der Keller war kühl. Er plante, sich abzuregen und nach seinen alten Spielfigürchen zu sehen – die filigranen, kunsthandwerklichen von »Krieg der Sterne« und die doppelt so groß- und breiten, deutlich grobschlächtigeren Masters of the Universe. Letztere alle mit identischem steroidgepeinigtem Plastiktorso – nur unterscheidbar durch andere Körperfarben, andere Gerätschaften und den höchst individuellen Gummi-Kopf. Das alles verdämmerte in einer großen Kiste, auf die genauso leidenschaftlich Panini-Sammelbilder diverser Serien (»Arielle – Die Meerjungfrau«, »Heidi«, »Fußball-WM 86 Mexiko«, »E.T.«, »Bundesliga 90«) aufgeklebt wie auch wieder abgerissen worden waren. Er kannte die Kiste, er sah auf die Aufkleber.

»Das also interessiert dich, wenn du noch nicht säufst«, dachte er.

Der Anblick der gesammelten Figuren war gelinde gesagt majestätisch. Hätte er die vielleicht 70 Männchen (etwa 20 Masters und 50 von Star Wars) seinerzeit nicht ausgepackt und bespielt, sondern lediglich gekauft und gehortet, könnte er sie heute im Original-Karton auf ebay setzen und zwei Wochen später nach Abschluss aller Transaktionen seinen Eltern die Befehle erteilen. So wertvoll waren diese Figuren – ungeöffnet. Er wäre ein gemachter Mann. Hätte allerdings herrliche Weltraum-Schlachten verpasst, in denen er an den Figuren aufwändig seine Fantasie und Aggression geschult bzw. abgebaut hatte. Obwohl Weltraum nur im Hinblick auf den Figuren-Hintergrund stimmte. Seinerzeit trieb er die Spielhandlung, die sich pornofilmesk darauf verkürzte, dass nacheinander und vorwarnungslos alle im Kampf einer gegen einen starben, durch Bauklotz- und Westernstadt-Panoramen. Er hatte ja nichts anderes. Sci-Fi der Extraklasse spielte sich eben auch mal im Wilden Westen ab. Wusste man doch zumindest seit der Karnevalisierung des Alls durch das Holo-Deck von »Star Trek – Next Generation«. Ihm fiel hier im kalten Keller auf, dass er die Figuren immer noch »Männchen« nannte – obwohl das Geschlecht mancher Monster doch arg rätselhaft blieb und vor allem ja auch mehrere Versionen von Prinzessin Leia in der Sammlung existierten. Immer diese Ungenauigkeiten. Und Verletzungen. Denn im Laufe all der Kriege blieben arge Blessuren an den Beteiligten nicht aus: C3-PO versengte sich den Bauch auf der Heizung, Han Solo verlor den Kopf, der Imperial Walker ein Bein und in all der Aufregung atmete Gärtner selbst oftmals die kleinteiligen Waffen ein.

Ein anderer Weg, mit diesen Dingern reich zu werden, fiel ihm plötzlich wieder ein:

Als Kind brillierte er bei »Wetten, dass..?«. Er konnte dort alle 70 Figuren mit Namen benennen. Ein toller Tag für ihn und seine gan ze Familie. Thomas Gottschalk fand ihn auf jeden Fall großartig, er war so erfrischend und hatte dieses riesige Gehirn. Gottschalk stellte ihn dem CSU-Bürgermeister von Traunstein vor, in dessen Stadthalle die Übertragung jener Eurovisions-Sendung stattgefunden hatte. Auch der schloss Gärtner ins Herz. Sein Händedruck fühlte sich warm und verhornt an. Gärtners Kinderhand ging in seiner völlig auf, dennoch zerdrückte jener Bürgermeister sie nicht, sondern schüttelte sie wie jedem anderen Staatsmann. Am nächsten Montag in der Schule war nicht nur »Wetten, dass..?« das Thema wie jeden Monat einmal, sondern natürlich Gärtner und seine Männchen. Alle wollten die Geschichte hören und wie Gottschalk denn hinter den Kulissen so sei.

Draußen fuhr ein Auto am Haus vorbei. Konnte man gerade so erkennen durch das winzige Gitterfenster des Kellers. Außerdem fror Gärtner. Seine Arme waren kalt. Er trug ja nur Hose und T-Shirt. Und der Frühling ließ sich bitten, hier unten sowieso. Er musste wohl oder übel die kostbare Kiste schließen. Auf dem Weg nach oben fragte er sich, an welchem Punkt das mit »Wetten, dass..?« eigentlich damals gescheitert war. Vermutlich hatte er keine Adresse vom ZDF gehabt, um seine Wette einzureichen. Oder es hatte daran gekrankt, dass es zwar cool sein mochte, sich 70 Sachen zu merken, aber dass es nicht reichte. Nicht für den Samstagabend. Es muss immer mehr sein. Man muss sich eine Million Dinge merken. Dann ist man annähernd konkurrenzfähig, annähernd.

Mit dem köstlichen Mineralwasser erklomm er das Treppenhaus. Oben wurde er schon erwartet. Es war wie in einem Märchen. Aber wie in einem schrecklichen, in dem der Prinz vor Zorn Zyankali schmeißt.

»Wo warst du denn?«, fragte Mutter besorgt.

»Mensch, im Keller beim Wasser.«

»Aber doch nicht zehn Minuten.«

Ein gutes Gefühl, jede Minute zählte. Für seine Mutter. Vielleicht dachte sie, unten im Keller wäre der Schoß eines Dämons, den man nur mühsam mit Pfandflaschen ruhig stellen konnte.

Er musste sie beruhigen: »Scheiße, was von früher angeschaut hab ich mir. Das wird man doch noch dürfen? Das wird man doch gerade noch mal dürfen!«

Mutter warf ihre in Ehren ergraute Kurzhaarfrisur nun ebenfalls genervt zur Seite und drehte ab. Sie murrte, das alles wäre auch für sie nicht leicht.

Genau. Das alles war nicht leicht. Das alles ... Was war das eigentlich? Er setzte sich an den gedeckten Frühstückstisch, sogar der Kaffee war schon bereit und überhaupt alles weit weniger provisorisch, als er es sich in Berlin zugestanden hatte. Berlin, Berlin. Berlin?

+ + +

Angefangen hatte alles eigentlich in Hamburg. Oder noch besser: im örtlichen Juze hier um die Ecke. Beim Schlachter, beim Schuster, neben dem Müller. Neben all diesem Gründerzeitmist eben. Das städtische Juze war gerade frisch mit Parolen von den besten Sprayern Hattersheims beschmiert worden, als Gärtner über den älteren Bruder eines Freundes dazu kam, hier Konzerte mit zu veranstalten. Erst nur lokale Bands, die »Amnestie Für Polizistenmörder« oder »Stoßverkehr« hießen, dann ein paar Partys und auch überregionale Acts. Kaum ein Pubertierender aus der näheren Umgebung, der nicht in diesem Juz sozialisiert worden wäre. Irgendwo zwischen Punk, Wave, Metal, Folk und Reggae. Provinz eben. Dazu kam noch die Sauferei. In der irren Zeit vor Alkopops trank man gemeinhin Apfelkorn oder Batida de Coco, wenn einem Bier nicht grell und süß genug war. Oder Tequila. Diese Quälerei mit der Zitrone – und man konnte nur hoffen, dass dieses Brimborium wirklich auch seinen Sinn hatte und tausend Kilometer westwärts in Mexiko und Umgebung so zelebriert wurde wie im Hobbyraum der Eltern. Denn aus erster Hand hatte dieses Ritual keiner. Es wurde dennoch überliefert und befolgt mit rührendem Eifer. So fanden im Juz H, wie der Laden genannt wurde, viele Kinder den Weg an die Flasche und auf die Tanzfläche. Geschadet hatte es kaum einem, die meisten kamen durch. Gärtner blieb noch etwas hängen. Als sein Jahrgang die örtliche Oberstufe abgeschlossen hatte und zähflüssig aus der Heimat in die umliegende Welt tropfte, machte Gärtner weiter Konzerte, besaß ein beachtliches Netzwerk nationaler und auch internationaler Künstler, die gern zu den guten Bedingungen im Juz H mit ihren Bands in das Kaff bei Frankfurt kamen. Dort gab es super Eintöpfe ohne Fleisch aber pikant, man konnte sich beim Gig gut über die Monitorboxen hören und der Laden war immer konstant gefüllt. Guter Ruf, gute Gage. Gärtner zog die Fäden neben seiner Ausbildung zum Grafikdesigner in Frankfurt. Entwarf die Plakate für die Shows und stellte zum Tode Cobains einen Sampler mit Newcomer-Acts und einigen Bekannteren von außerhalb zusammen. »Fuck for Cobain? – Wir nehmen weiter Heroin!« nannte sich die Zusammenstellung. Als Platten-Label fungierte das von Gärtner selbst betreute und aus dem Boden gestampfte »Wir Kinder vom Juz H«. Das im Namen nur einen weiteren post-pubertären Drogen-Slapstick führte. Gärtner war zufrieden, der örtliche evangelische Pfarrer hatte sich beschwert. Der alberne Drogentitel und das Cover mit der übergroßen flötespielenden Spritze der die Jugendlichen tanzend folgten, galten somit bereits als gelungen und die 1500 selbst gepressten Vinyl-Alben dürften über die Zeit ihre Abnehmer finden – dachten Gärtner und seine ihm stylemäßig ähnelnden Wasserträger. Doch es kam anders.

Nach wenigen Wochen nahm die Geschichte Fahrt auf. Die Provinz-Presse empörte sich darüber, dass Promo-Exemplare dieses kommerziellen und beleidigenden Unfugs von der Frankiermaschine des städtisch geförderten Juzes frankiert worden waren. Die Dorfgemeinschaft zahle somit die Drogensucht der ohnehin nachbarschaftsbelästigenden Juz-Betreiber. Den Laden solle man schließen, diese Junkies entmachten. Gärtner plante bereits, sich zerknirscht zu geben und die Wogen zu glätten – immerhin lud ihn die Stadtverwaltung vor, die Frankfurter Rundschau / Wetteraukreis berichtete und selbst einige größere Stadtzeitungen wollten ein Stück vom Empörungskuchen – da stellte sich heraus, dass die Nummer die Nachfrage geradezu obszön ankurbelte. Dass sich Dissidenz so gut verkauft, hörte man gemeinhin nur in Talkshows oder Einführungsseminaren zum Thema Medienmoral. Gärtner entspannte die Lage also nicht. Sondern ließ eine weitere Auflage pressen. Der Aufruhr des örtlichen Stadtrats war nur Butter auf seine Mühlen. Die erst ranzig wurde, als seine Eltern bei denen er noch wohnte, jammerten, sie würden im örtlichen HL-Markt blöder bedient als früher. Und ihr Lebenstraum schien sich wohl nicht mit der Idee von coolem Außenseitertum in Einklang bringen zu lassen. Sie wollten ein Hallo in der Drogerie, diese applaushungrigen Mistviecher. Gärtner plante ihnen zuliebe ein Comeback seiner Zerknirschtheit – zumal die zweite Auflage (noch mal 2000 Platten) von »Fuck for Cobain? – Wir nehmen weiter Heroin!« ohnehin nicht mehr so gut lief. Doch bevor es dazu kommen konnte, meldete sich bei ihm eine große Plattenfirma mit Sitz in Hamburg. Sie zeigte sich interessiert an dem Post-Grunge-Tatütata-Rock zweier Bands aus dem Juz-Umfeld, auf die sie durch den Sampler aufmerksam geworden waren. Sie würden so ein neues Lebensgefühl verkörpern: ungestüm, moralisch, sexy, greifbar und angesoffen. Während des Telefongesprächs zwischen Hamburg und Hattersheim, in dem ein sicher 50-jähriger Typ Gärtner solcherlei Scheiße eröffnete, dachte der fieberhaft darüber nach, ob ihn seine Feinde oder komödiantisch veranlagten Freunde hier zum Affen machen wollten. Aber der Mann rückte nicht ab von seinem Gesuch. Gärtner verlangte ein Fax. Und musste feststellen, die Sache war ernst. Die Hamburger Plattenfirma, speziell der Anrufer fühlte sich zwar beleidigt durch die Zweifel, besaß aber einen festen Willen. Und hatte Erfahrungswerte, dass man damit auch fast immer durchkam. Gärtner spürte schnell, hier wird nicht mehr gefeilscht, hier wird gemacht. Im Laufe von nur einem halben Jahr vermittelte er drei Bands, die er kannte, an den nach ungestümer, moralischer, greifbarer, sexy Jugendlichkeit lechzenden Laden. Der war scheinbar zufrieden und strahlte und rieb sich seine neun Pforten. Und schon bei dem letzten Transfer war klar, eigentlich ging es gar nicht mehr nur um die Band sondern um Gärtner selbst.

Er wurde angeworben, nicht zu knapp. Als Junior-A&R-Manager-Independent sollte er dafür sorgen, dass weitere neue Bands mit komischen Gesichtern und trotzigen Hymnen unter die Leute gebracht werden konnten. Die bisherigen waren ein Erfolg. Gärtner war ein Erfolg. Und kein Ende von all dem abzusehen. Ein paar Scheingefechte später (»Bei einer Major-Plattenfirma mitmischen? Ist das nicht Ausverkauf?«) hatte Gärtner gepackt. Grafikdesigner sollten andere werden. Er nicht. Er schmiss die Ausbildung. Er war Grunge-Cinderella und wollte dem Guten und Saucoolen zusammen mit wirtschaftlicher Power im Nacken zu Ruhm verhelfen. Das Juz hatte ohnehin mittlerweile Auflagen, nur noch in Zimmerlautstärke Veranstaltungen abzuhalten und bei der nächsten unvermeidlichen Grölerei der Besucher in den Garagenhöfen davor würde die Konzession ganz weg sein. Und nur noch Graffitis wie »Anwohner verrecke, oi!« trügen dann Züge der verlorenen Schlacht, bis Efeu das Gebäude langsam überwuchert und es der Natur zurückgegeben haben würde. Seine Freundin Anke verließ er mit dem Umzug nach Hamburg. Der Eintritt in das neue Leben war ohne plus eins auf der Gästeliste, und er wollte auch ihr gegenüber gar nicht erst so tun als ob.

+ + +

»Dieses blöde Arschloch«, dachte Anke. Beinahe hätte sie einen Rentner mit ihrem marineblauen Mofa angefahren. Weil der unkontrolliert aus einer Parklücke getaumelt kam. Was das bloß immer sollte? Sie hupte. Mehrere Passanten riefen ihr was zu. Die Situation war unübersichtlich. Im Rückspiegel versuchte Anke noch mal alles zu entwirren, um es zu verarbeiten. Da bog sie aber schon um die nächste Ecke. Das Geschehnis geriet außer Sicht. Wurde auch ohne eine Erklärung Geschichte. Jetzt ging es vorne weiter. Allerdings nicht mehr viel. Denn Anke stoppte vor dem Café Laumer, in dem einst schon Adorno gesessen und sich mit Herrentortenstücken zugeknallt hatte.

Und neben ihm, um ihn, an ihm Studenten, die mehr radikale Aktionen forderten und die zum Schluss im Streit schrieen: »Wir sind enttäuscht, Opa!«, »Wer nicht für die Revolution ist, ist dagegen!«, »Mit dir kann man nicht mal über Musik reden. Für dich ist Jazz ja schon die Affirmation.«

Adorno habe dabei nur traurig geguckt. Und sein Portemonnaie festgehalten. Sein Kuchen schmeckte bitter.

Tolle Geschichte, dachte Anke, wenn man sie nicht schon so oft hätte hören müssen. Keiner wollte die »Negative Dialektik« lesen, aber alle erzählten sie einem die Story, wie Adorno im Café Laumer beinahe die Jacke von der APO gerippt bekommen hatte. Vor Wut war Adorno kurz darauf dann gestorben.

»Hallo, hier!« – Rebecca, eine Kollegin Ankes, winkte ambitioniert.

Hätte sie nicht gemusst. Schließlich waren an diesem bedeckten Tag im Mai kaum Leute hier. Und die wenigen waren weit über 500 Jahre. Zumindest insgesamt. Bis auf Rebecca, deren Tisch Anke jetzt ansteuerte. Rebecca hatte ein angebissenes Stück Erdbeertorte auf dem Teller – mit Mandelrand und schwer Sahne drauf. Daneben, weit weniger verspielt, eine Tasse schwarzen Kaffees. Rebecca war recht groß, normal schlank, ihr kleiner Busen sah in dem Camouflage-T-Shirt, für das es Ankes Meinung nach noch zu kalt war, sehr gut aus. Rebecca räumte einen ziemlich großen Rucksack vom Stuhl neben sich. Ein untrüglicher Hinweis für Anke, sich dort hinzusetzen. Uff, sie saß. Ihr Hintern entspannte sich von dem harten Mofasitz. Sitzen war immer gut.

Erst jetzt, beim Durchatmen, war zu bemerken, dass die wenigen Damen ihre Gespräche eingestellt hatten und recht unverhohlen auf die beiden glotzten. Allerdings nicht so schön großmütterlich wie: »Seht nur diese beiden jungen Frauen, für die haben wir seinerzeit gerne tonnenschwere Trümmer geschleppt und Staub geschluckt«, sondern mehr so: »Letztens kam der Bescheid, dass Heinz damals doch in Riga gefallen ist und ich habe mich 50 Jahre für seine Rückkehr aufgespart. Diese jungen Dinger hier ahnen nichts von all meinem Schmerz.« Vermutlich ließen sich die Blicke aber darauf zurückführen, dass Rebecca seit mittlerweile einem Jahr eine Glatze und (noch viel länger) auffällige Tattoos trug. Tribals an den Armen bis zur Schulter und geschwungene Schrift im Nacken. Also nichts Primitives, keine Träne am Auge, keine drei Punkte auf der Hand oder Delfin auf dem Schulterblatt. Aber eben auffälliges Zeug. Anke selbst klapperte gerade ihren Mofa-Helm neben den Tisch – klang etwas lauter als erwartet. Die Damen zuckten zusammen. Bemühten sich daraufhin aber so zu tun, als wäre nichts. Anke dachte an die Durchsage, die sie oft in U-Bahnhöfen hörte: »Bitte achten sie aus gegebenem Anlass auf ihre Wertsachen. In diesem Abschnitt sind Trickdiebe unterwegs«. So fühlten sich die greisen Omas sicher gerade, als hätten sie diese Warnung eben über Lautsprecher gehört. Anke bemühte sich daher harmlos zu gucken und bedauerte still die toten Männer der Damen.

»Was guckst du denn so?«, fragte Rebecca interessiert und rührte im Kaffee, obwohl sie weder Zucker noch Milch darin hatte.

»Ich gucke harmlos.«

Rebecca verstand nicht. »Muss ich das jetzt verstehen?« Verschwörerisch beugte sich Anke zu Rebecca: »Die anderen Gäste hier trauern um ihre toten Lieben – und uns fürchten sie!«

»Du spinnst«, lachte Rebecca.

»Was darf's sein?«

Die Bedienung hielt einen Block im Anschlag, sah verhuscht und dick aus.

»Einen Sandkuchen und einen Pfefferminztee.«

Die Bedienung ließ den Block sinken. So einen Scheiß konnte sie sich gerade noch merken. Sie ging.

»Und? Haste Ideen für das Shooting morgen?«, fragte Anke.

»Frag' nicht!«, Rebecca rollte mit den Augen, begann aber ausführlich zu erzählen.

Wie Anke arbeitete sie für die Hessische Vogue. Rebecca war zwar nicht fest angestellt, bekam aber regelmäßig als Stylistin die Aufträge, Modestrecken zu betreuen. Manchmal konzipierte sie auch mit. Das waren dann oft die besten Strecken, fand nicht nur sie. Immerhin hatte sie schöne Gedanken und Ideen und Stil. Oft musste sie sich aber auch der Formelhaftigkeit eines Auftrages unterordnen. Warum auch nicht? Denn es ging ja nicht nur um Selbstverwirklichung. Sondern ums Geschäft. Da musste man flexibel sein, die Modelle mit dem richtigen Look versorgen und auch mal selbst den VW-Sprinter fahren. Wenn das Produktionsbudget niedrig ist, wird man als Stylistin schnell zum Best Girl, das Accessoires umbastelt, Fotografen unterstützt und Schaulustige vertreibt.

»Und ich seh das Morgen schon vor mir, wie die Typen da ankommen und gleich schon wieder so doof glotzen, wenn sie die Klamotten und die Kamera-Aufbauten sehen.«

Stimmt, Typen glotzten oft doof, dachte Anke. Und Rebecca hatte zuletzt tatsächlich immer arg verpeilte abbekommen. Schuld daran war, dass sie in ihrer Zeitschrift seit Neustem einem Konzept folgten, das auf der Annahme basierte, die Leser möchten gar keine Models mehr in den Klamotten sehen – oder zumindest weniger davon. Und so gab es mindestens eine Modestrecke pro Ausgabe, bei der Pop-Acts in die neusten Jeans, Sneakers und Fracks gesteckt wurden.

Die Künstlerbetreuung stellte dabei nicht selten eine ziemliche Herausforderung dar. Denn während jedes Model weiß, was es erwartet und genau das auch will, verhielt es sich bei Bands regelmäßig genau gegenteilig. Die torkelten lichtscheu und müde und von ihrer örtlichen Plattenfirmen-Mackerin gepeinigt auf die Location und dachten – Kommunikationsproblem sei Dank –, es stünde ein weiteres Interview an. Denen musste dann einiges erklärt werden. Viele hörten es nicht gern.

Anke bekam ihre Bestellung. Hungrig machte sie sich über den staubtrockenen Sandkuchen her. Sie konnte ihn gut einspeicheln. Er schmeckte. Der Tee musste noch ziehen. Sie ließ ihn.

»Und von denen morgen kenne ich kein einziges Lied.« Rebecca beugte sich verschwörerisch vor zu Anke und sprach leise aber dringlich: »Wer zum Teufel waren die eigentlich?«

Diese Frage war weniger rhetorisch gemeint, als konkret an Anke gerichtet, schließlich betreute sie in der Hessischen Vogue die Kulturseiten. Also neue Bücher, Bands, Filme etc. Und versorgte daher das Moderessort mit Tipps, welche Bands gerade durch die Pop-Mühlen georgelt wurden. Auch Rebeccas Act war eine Empfehlung von ihr.

»Die sind die neue Hoffnung«, antwortete sie etwas forsch, um davon abzulenken, dass sie sich lebhaft vorstellen konnte, dass dem nicht so war.

Rebecca lachte versöhnt in die Gabel mit dem Kuchen hinein, die sie sich gerade verabreichen wollte. »Wenn das nicht stimmt, zieh ich dir aber den Stecker raus!«

Anke nickte. Rebecca wollte ihr natürlich keinen Stecker ziehen. Im Gegenteil, obwohl Anke letztlich ihre Freundin in diesem Job-Arrangement befehligte, machte Rebecca gern die Ansagen. Anke bewunderte sie ziemlich für all die Toughness. Damals als der Kultur-Job bei der Hessischen Vogue vakant geworden war, hätte Rebecca, die über ihre freien Aufträge schon fest im Laden verkeilt war, ihn selbst haben können. So eine Chance schaltete immerhin einiges an Krankenkassen-, Renten- und Zukunftsangstscheiß aus. Aber Rebecca wollte sich nicht die kreativen Freiräume vergeben, sie bastelte ambitioniert und stetig an ihren Videokunst-Installationen und hatte (wie so viele) einfach keinen Bock auf den festen Schreibtisch – allerdings dabei auch die Power, alles tatsächlich ohne einen durchzuziehen. Anke dagegen musste damals wegen des Angebots nicht lange überlegen, Rebecca hatte sie ins Gespräch gebracht und so war Anke nach dem Studium gleich in die Hessische Vogue gerutscht. Festanstellung. Welch seltene Gunst. Und das mit gerade mal zwei lausigen Praktika im Rücken.

»Willst du was von meiner Sahne?«, fragte Rebecca, die gerade den Rest ihres Erdbeerstücks kaute, aber noch reichlich Sahne auf dem Teller hatte. Sie bestellte immer eine doppelte Portion. Aus Angst, es könne zu trocken werden. Bei Erdbeerkuchen! Diesem alten Rutschvergnügen. Während Anke sich nur Sandkuchen straight genehmigte. Schließlich war doch bald Sommer und statt Sport bot sie dem Schicksal singuläre Entbehrung an. In der Hoffnung mit reichlich Bikini-Figur belohnt zu werden. Dennoch stippte sie die letzte Kuchengabel porösen Sandkuchens in Rebeccas Sahne. War die gut! Demnächst wollte sie auch wieder welche. Das Schicksal und die notorischen Diät-Tipps ihres Magazins konnten sie mal. Oder?

»Weißt du eigentlich, wer wieder hier in Frankfurt ist?«

»Ähh, was?«, sagte Anke mit kurzer Verzögerung.

Rebecca sah sie strafend an.

»Wer wieder hier ist, frage ich dich.«

Anke guckte weiterhin abwesend, hatte aber zumindest zugehört. Rebecca: »Gärtner. Dein Ex aus den Neunzigern, die dumme Sau.« Anke sah sie genervt an. »Der Penner besucht vielleicht seine Eltern. Oder was weiß ich.«

»Mit einem Möbelwagen?«

»Ach, du scheiße.«

\+ + +

In Hattersheim klingelte ein Telefon.

»Erna Sauerlich«

»Bitte? Hier ist Uli von Powergroup-Promotion. Kann ich bitte Gärtner sprechen?«

Pause. Mutter Gärtner sagte nichts. Das verunsicherte den Anrufer natürlich:

»Bin ich überhaupt richtig?«

»Sie meinen meinen Sohn. Der liegt gerade im Bett und macht noch einen kleinen Mittagsschlaf. Soll ich ihn wecken?«

Uli von der Powergroup schmunzelte überrascht, aber dafür umso nachhaltiger.

»Ach, nicht nötig. Ich rufe später noch mal an.«

»Schönen Tag noch.«

»Ihnen auch, Frau Sauerlich.«

In beiderseitigem Einverständnis wurde eingehängt. Gärtner kam elanlos aus seinem Zimmer. Er hatte schlecht geträumt. Er hatte geträumt, seine Mutter würde Anrufe entgegennehmen, die für ihn und den Aufbau seiner Freelancer-Promo-Agentur bestimmt waren. Peinlich. Mit 30 wieder zu Hause. Und jeder der anruft, musste über Mutter, musste über die Travestie eines Sekretariats, das dann so was sagte wie: »Nee, er sitzt auf dem Topf«, oder: »Bitte rufen sie nicht zwischen 13 und 15 Uhr an, da beten wir immer.«

Gärtner sah Mutter an. Die im Flur beim Telefontisch stand, über dem fast ein Dutzend gerahmte und niedliche Bilder von ihm als Baby und Kleinkind hingen. Die ältesten davon waren noch in schwarzweiß.

»Ein Uli von der Bauer Gruppe oder so hat für dich angerufen.« Träume wurden wahr. Bloß die falschen.

»Du kannst doch nicht meine geschäftlichen Telefonate entgegennehmen, Mann!«

»Erlaube mal, das ist unser Anschluss. Den bezahlen wir.«

Nur ein Telefonanschluss im Haus. Darüber würden sich ja sogar Amish-Familien entzweien. Und überhaupt, er hatte doch schon längst angeregt, man bräuchte einen ISDN-Anschluss mit drei Nummern oder DSL mit zwei. Schließlich würde er jetzt erst mal zu Hause in Hattersheim arbeiten müssen. Und das Telefon ersetzte dabei sein Büro. Vielleicht noch ein Zettel und ein Stift. Und ein Computer. Aber hauptsächlich das Telefon. Unabdingbar für seine Ich-AG, die es zu bestreiten galt. Aber nein, irgendein fortschrittsfeindlicher Geist hier verschleppte den Entscheidungsprozess ISDN/DSL und beharrte auf Analog.

»Elektrosmog!«, hatte Mutter dazu doch tatsächlich fallen gelassen.

Mensch, was wussten seine Leute plötzlich von Elektrosmog? Eben noch mit dem Planwagen nach Westen geritten und jetzt schon Elektrosmog. »Elektrosmog – Nebel des Grauens«, oder was? Diese allgemeine Verunsicherung entstammte doch den Medien. Früher hatte seine Mutter mal im Fernsehen gesehen, dass Eisenmangel für vieles verantwortlich war, was schlecht im Kind lief. Als er nach einem Sturz von der Rutsche Schmerzen hatte, hieß es: »Aha, Eisenmangel.« Jahre später dann derselbe Mist mit Zink. Und jetzt hatte er wegen dieser diffusen Bedrohung durch Elektrosmog keinen eigenen Anschluss, keine eigene Nummer. Und Mutter nahm den Anruf des ersten Auftraggebers seiner Ein-Mann-Promotionfirma an. Der musste doch denken, was wäre, wenn den Typen eine berühmte Band oder der Spiegel-Herausgeber anruft? Das war doch nicht professionell, das war doch Stückwerk. So bekam er schon aufgrund des Szenarios nie genug Aufträge, um die Umstände zu ändern. Das war nichts anderes, als hätte man keine feste Adresse und bekäme deshalb keinen Job. Und müsste auf der Straße leben und dort würden dann alle Zeugnisunterlagen nass und einem fielen die Zähne raus. Okay, das war wohl doch noch schlimmer. Aber ein Kreis ist kein Ausweg.

Gärtner ging zum wiederholten Mal an diesem Tag in die Küche. Und glotzte in den Kühlschrank. Entschied sich dort für ein ihm unbekanntes Produkt der Firma Kinder. Auf den ersten Biss schmeckte das großartiger als alles, was Gärtner zuvor an Süßem gegessen hatte.

»Wow, das schmeckt nach Erweckung!«

Dann entfaltete es sich aber noch süßer. Der zweite Moment unterlag dem ersten deutlich. Gärtner musste daher letztlich sogar etwas übriglassen. Erst tat er es in die Verpackung zurück, dann wieder in den Kühlschrank. Vermutlich würde er dieses angebissene Ding nie mehr berühren. Er war nicht so der Reste-Typ. Nach einer kurzen Bedenkzeit öffnete er den Kühlschrank erneut und warf das Übriggelassene gleich ganz fort. Bestimmt hätte dieses Überbleibsel Ärger gemacht. Wenn er Perfektion und Reinlichkeit für seine Eltern mindestens simulieren wollte, musste er einfach konsequent wegwerfen. Wegwerfen war das Putzen der Dreckigen. Wie schlimm würde es eigentlich noch kommen?

+ + +

»Hoffentlich sieht mich hier keiner«, dachte Anke, den Kopf schön schildkrötend eingezogen – und zahlte ihr heutiges Mittagessen Gericht Nummer Fünfzehn beim Asia-Fettfood-To-Go-Imbiss in den vertrackten Basement-Arkaden unter der Konstabler Wache auf der Zeil. Scheiße, hatte sie diese Schuldgefühle verinnerlicht, wenn sie etwas aß, das nicht dem gängigen Halbwissen um »gesunde« (also kalorienbewusste) »Ernährung« (also Diät) entsprach. Dass dieser Reflex nicht abzustellen war, darüber grämte sie sich mehr, als über das triefige Fett-Ungeheuer in der Plastikverpackung, das sie wie ein vom Teufel besessenes Baby im Arm hielt (und dennoch liebte). Aber vielleicht war es schon eine Leistung, dieses ungute Gefühl zumindest benennen zu können und zu wissen, woher es kam. Anke schlenderte an einem Kiosk vorbei. Mmh, vermutlich spielen auch Bilder auf so Frauenmagazinen eine Rolle, dachte sie, um sich ein wenig selbst auf die Schippe zu nehmen. Für einen locker selbstironischen Querverweis klang der Gedanke allerdings ein wenig zu höhnisch nach. Anke beglotzte sich kurz in einem Schaufenster mit ihrem Kleinen im Arm. Wie Angelina Jolie, die hatte auch wen aus Asien importiert. Äh, adoptiert natürlich. Aus dem Augenwinkel schaute Anke beim Gehen aufs eigene Profil: normal schlank, halt nur nicht dürr. Irgendwo an ihrem Körper konnte man auch Knochen sehen. Wo, hatte sie vergessen. Verzerrt ertönte der Sound einer R-'n'-B-Melodie. Huch? Anke fühlte sich diffus ertappt. Ihr Handy klingelte. Rebecca war dran und offenbar in Schwierigkeiten.

»Ich werd' hier verrückt, die Penner wollen sich nicht fotografieren lassen. Der ganze Scheiß wieder: Angeblich hat ihnen keiner was gesagt. Von wegen Modefotos, sie seien doch keine Models und überhaupt, warum ginge es nicht um ihre Musik? Und der Sänger meint noch, aus irgendeinem politischen Arschloch-Grund könne er keine Diesel-Jeans anziehen. Ich glaube, der hat tatsächlich so was gemeint, wie dass die Wale abschlachten. Bei denen piept's doch!«

Anke hatte den Aufgang von der U-Bahn-Unterwelt ans Licht erreicht. Sie erklomm die Stufen einer abgeschalteten Rolltreppe, an deren unterem Ende sich Bierdosen und Papier stapelten.

»Ist doch jedes Mal so. Lass sie in den Klamotten wühlen, auf irgendwas springen die Freaks dann schon an.«

»Wenn's so wäre, würde ich dich nicht anrufen, Süße.« Rebecca klang unentspannter als gewöhnlich, »über den Punkt sind wir hier längst hinaus. Meine Frage ist eher die, weiß jemand, dass die hier sind? Denk genau nach. Wenn nicht, würde ich sie nämlich umbringen. Und in dieser einen Baugrube Richtung Autobahn verscharren. Weißt du … da bei der Auffahrt zur A3 am Kaiserlei-Kreisel.«

Oben auf der Zeil war es kühler. Anke zoppelte sich die Jacke zu, gar nicht so leicht mit Asia-Nummer-Fünfzehn und Handytelefonat in den Armen.

»Weißt du was, ich komm' bei euch vorbei. Die kannst du nicht umbringen. Nicht dieses Mal. Die werden unser Aufmacher, die müssen wollen.«

Rebecca kriegte sich ein wenig ein.

»Gut. Die fragen eh dauernd nach ›einem Offiziellen‹. Was denken die sich eigentlich? Das ist ein Shooting für eine Zeitschrift und kein Besuch bei der Deutschen Botschaft.«

»Okay, dann!«

Anke hätte fast schon aufgelegt, aber nach ihrer Abschiedsfloskel hörte sie Rebecca nicht mehr, sondern einen leichten Tumult. Dann wieder ihre entnervte Freundin, sie klang schicksalsergeben, als sie sagte:

»Okay, und ich soll dir von den Spinnern unbedingt noch mitteilen, dass du zehn Gramm Hasch mitbringen sollst.«

»Hasch?«, wiederholte Anke befremdet.

»Ja, Mann, Hasch. Bistn du?«

»An der Konstabler.«

»Passt doch großartig. Läufst einmal langsam an allen Dealergrüppchen vorbei und wenn sie pfeifen, gehste hin. Aber sag nicht, dass du Touristin bist oder es nur wem mitbringst. Dann kostet es das Doppelte. 10 Euro für ein Gramm – maximal!«

»Biste blöd?«, was hatten die Kerle denn mit Rebecca gemacht? Die brauchte scheinbar wirklich dringend Hilfe:

»Halt aus, ich komme!«

»Danke!«, hörte sie noch von der anderen Seite der Leitung – und das kam von Herzen.

Anke wechselte abrupt die Richtung. Wieder zurück in den Keller, zurück zur U-Bahn, zurück zum Beton. Ein Auftrag für Super-Anke stand an, sie blickte sich um, ob sich hier nicht eine Telefonzelle befand, um ihre Straßenkleidung gegen das Superheldinnen-Cape zu tauschen. Leider waren solche Kabinen in Frankfurt seit einigen Jahren abgeschafft. Sie musste so bleiben, wie sie war. Entledigte sich aber mit einem beherzten Wurf in den Mülleimer der Nummer Fünfzehn. Mit dem Ding war sie, mal ehrlich, ja eh die ganze Zeit irgendwie nicht richtig glücklich gewesen. Und vor Ort würde bestimmt was vom Catering-Buffet für sie abfallen. Das sollte reichen.

+ + +

»Ich werd nicht mehr, der Gärtner!« Ein komischer Typ hob sein immenses Weizenbierglas hoch, während er weitertrompetete.

»Dass man dich hier wieder sieht, man fasst es ja nicht!« Aus seinem Glas schwappte ein Schwall trübe Flüssigkeit auf den Tisch.

Mann, war der aus dem Häuschen. Bevor die anderen noch mehr glotzten, ging Gärtner besser mal hin. Er hatte ihn ja auch erkannt. Juli, der Typ, mit dem er in den Neunzigern mal eine Band hatte. Juli, der Typ, mit dem er das erste frühpubertäre »Nazis raus« an die Garagen vor dem Café Stabilo Boss in Hofheim, in dem sie sich gerade wiedertrafen, gesprüht hatte. Juli, der mit einer pizzagroßen Plastikuhr um den Hals in die Schule kam, weil sie das am Abend vorher bei Flavor Flav von Public Enemy gesehen hatten. Juli, der seinem ersten Vollrausch mit 15 in durchaus ähnlichem Zustand beigewohnt hatte, der mit nur einem Ei, dem letztlich diffusen und mäßigen Musikgeschmack, der toten Schwester und was Gärtner sonst noch alles über ihn wusste. Und Himmel, wie scheiße sah der denn aus? Wie immer eigentlich. Nur älter. Gärtner schüttelte sich. Dieses Wiedersehen bereitete ihm so viel weniger Freude als seinem bierschwenkenden Gegenüber. Wie sollte es auch?

»Hallo, wir sind wieder hier. An dem Ort, wo es mal geil war. Als wäre keine Zeit vergangen!«

Aus den Boxen allerdings kam nicht wie einst »So Lonely« – der Police-Pogo-Sport-Klassiker des Ladens zu Zeiten Julis und Gärtners – sondern irgendein elektronischer Teppich. »So Lonely« hinterhertrauern – wie gestrig musste man denn dafür sein? Aber warum eigentlich nicht, so alt wie Juli aussah? Denn in seiner nachlässigen Jeans- und Hemd-Pose mit neuem Bauchansatz wirkte er auf den ersten Blick wie ein Zerrbild seines alten, seit Jahren im Kopf Gärtners nicht mehr upgedateten Ichs. Gärtner musste sich einen Moment an den Anblick gewöhnen, loslösen von dem alten Bild. Gut so. Gleich hatte er es. Zeit gewinnen. Am besten setzte er sich erst mal zu ihm und winkte der Bedienung, bis die erste Übelkeit vorüber war.

»Na, Junge, was macht die Kunst?«, hörte er sich gefragt werden.

Moment, Moment! Gärtner musste sich doch erst mal in der Abi-Reunion-Schleuse an den Druck gewöhnen. Er sah kurz hin und sofort wieder weg. Das einladende, vom Bier leicht gerötete Gesicht Julis hatte gelächelt. Gelächelt – und zwar milde und freundlich. Die Haut um die Augen musste sich dafür zusammenziehen, weil das sich ausbreitende Maul im Gesicht natürlich Platz verdrängte. So ergaben sich Fältchen, die waren Gärtner neu. Obwohl, in diesem Gesicht, um diese Augen herum waren sie es allerdings nicht.

»Ich muss mich übergeben«, dachte Gärtner und sagte »Toll, dich hier zu sehen, Juli!«

Jetzt wollte er es hinter sich bringen, er starrte Juli an, versteinert, als wäre der die Medusa mit ihrem stolzen Schlangenhut. Sein Gegenüber überschüttete ihn mit Fragen und gleichzeitig mit einem Best-Of ihrer gemeinsamen Erlebnishits – Nostalgie in atemlosem Schnelldurchlauf.

Gärtner dachte, »Verdammt, wie lange wartet der Typ hier eigentlich schon auf mich?«

Um aber schon wieder durch die nächste faltentreibende Grimasse auf den Boden des Grauens zurückgeholt zu werden. Alt geworden in den Klamotten, in dem Look von einst. Wer glaubte Juli zu sein? Einer von den Toten Hosen? Die trugen mit über 40 noch Fun-Punk-Trash aus ihrer Bubenzeit, verkauften aber immerhin viele Platten. Das hier aber war doch gar nichts. Außer quälende Gewissheit, er, Gärtner, gäbe ein ähnliches Bild ab. Oder noch schlimmer, das hier, der Typ hier wäre ein Spiegel. Er beschloss, zumindest nicht selbst zu lachen und seine eigene unweigerliche optische Vergreisung preiszugeben. Nicht mit zu lachen, dürfte ja auch kein großes Problem darstellen.

»Weißt du, was der Frank aus unserer Parallelklasse jetzt macht?«, war eine Frage Julis, die scheinbar wirklich auf Antwort wartete.

Oder zumindest auf eine Gegenfrage: »Welcher Frank?«

»Der, dem wir mal die Reifen am Fahrrad platt gestochen haben und der mit Maria zusammen war.«

Na, wer auch immer.

»Ach ja, der«, heuchelte Gärtner, um das alles etwas abzukürzen, »Keine Ahnung, was der jetzt macht«.

»Der ist jetzt tot!«, triumphierte Juli. Um dann beflissentlich das Gesicht hinsichtlich Betroffenheit zu verziehen. Schon wieder diese Falten! Kein Wunder, dass da auch Sterben kein Tabu mehr darstellte.

+ + +

»Himmel, da bist du ja«, hörte Anke Rebecca schon von weitem in großer Dringlichkeit. Jahreszeitmäßig ging es so langsam Richtung Frühling und als Location hatte Rebecca ein verlassenes Schwimmbad ausgesucht. Das sonst so beliebte Wasser fehlte, stattdessen gähnte das leere, hellblau gekachelte Bassin unwirtlich. Tolles Ambiente, sah Anke sofort. Dazu noch der Siebzigerjahre-Charme der Büdchen, Bauten und Bademeisterstühle. Könnte alles so schön sein. Wenn nur nicht diese traurigen Augen reihum wären. Die Armen. Rebecca, die dem Shooting vorstand sowie ein Mädchen, das Brote und Kaffee ausschenkte und den Wagen fuhr, ein Beauftragter des Bades und noch ein hässlicher junger Fotograf mit schulterlangen Haaren und einer ältlichen Physis. Weniger Traurigkeit denn Unwillen strahlte das Musikergrüppchen aus. Es gluckte unter einem Baum auf einer Decke. Was für ein Bild.

So mussten sich Chrustschow und Kennedy gefühlt haben. Nichts ging mehr – am besten man drückte gleich den roten Knopf.

Anke drückte dagegen lieber die einen Kopf größere Rebecca.

Die sagte: »Ich komm hier absolut nicht weiter« und zog ihre Freundin unter den Baum zum arroganten Krisenherd.

Bevor Anke loslegen konnte, wollte Rebecca zeigen, dass wirklich alles am Arsch war. Und führte den Dialog noch mal auf, den Anke bisher verpasst hatte.

»So, the boss is now in«, Rebecca deutete mit einem Kahlen-Kopf-Nicken auf Anke, »and you, you have to wear the newest Marken-Klamotten. Dolce and Gabbana and Mango and vor allem Diesel – can you understand this?«

»But we are independent stars, we only wear our own Drecks-klamotten. And this old jacket was a present from Gwyneth Paltrow, my girlfriend. We look fantastic in used clothes.«

Auch die Band kannte ihren Text. Und Rebecca erst:

»You have a fucking contract and we are making this here not for your fun!«

Der Anführer der schluffigen Teenie-Idole, wenn sie das überhaupt waren, hatte aber anscheinend selbst das Gefühl, hier keine spaßige Zeit zu verleben.

»We're not your slaves, bitch!«

Als er das sagte, ging er reflexartig ein Stück zurück. Vielleicht fürchtete er, Rebecca würde ihm eine scheuern.

»You have signed a contract! You are the scum of the record company! They own you! You have to dance like clowns with a tütü, when it's requiered!«

Der Typ spuckte aus. Rebecca schaute kurz auf den von einigen Grashalmen zäh rinnenden Schleim, tat dann dasselbe. Respekt. Es stand unentschieden.

Anke hatte genug gesehen, ein schönes Laientheaterstück in einer Nachmittagsvorstellung speziell für sie. Thema: »Die Sinn-Krise in Medien, Pop und Mode«. Und die Aufführung dazu hatten die Akteure den Tag über geprobt.

»Lass uns mal einen Moment allein«, flüsterte Anke Rebecca zu. Denn sie fürchtete zurecht, dass eine Einigung in dieser Konstellation nicht mehr zu erzielen sein würde.

Rebecca nickte und ging zur Crew, die in sicherer Entfernung ängstlich bis gelangweilt den Clash verfolgt hatte.

Nach einigen Minuten winkte Anke Rebecca heran. Der Rest der Band hatte sich gnadenvoll erhoben und zwischen notorischer Zahnstocherkauerei und den ungepflegten Halbbärten spürte man ein Stück ergebene Bereitwilligkeit. Anke lächelte auf die lahmen Esel ein und entblößte damit ihren einen Schneidezahn dem eine ganze Ecke fehlte.

Hatte Anke schon seit einem Schaukelunfall als Kind. Aber das künstliche Stück war erst vor ein paar Wochen rausgefallen. Sah verwegen aus. Rebecca lag ihr ständig in den Ohren, es unbedingt so zu lassen. Anke fand das aber ein bisschen zu verwegen. Schließlich war sie nicht Pippi Langstrumpf. Sondern irgendwer anderes. Wer bloß? Jetzt zumindest war sie die, die lächelte und aus der vorderen Jeanstasche ein murmelgroßes, in Stanniol verpacktes Etwas kramte und der Band präsentierte.

»Finally, here is auch noch Hasch for you!«

Endgültig motiviert griffen die Typen zu den Diesel-Jeans und einer zu Blättchen und Tabak.

Rebecca knuffte Anke in die Seite.

»Du geile Sau! Heute Abend erzählst du mir aber in allen Einzelheiten, wie du das geschafft hast.«

Anke wurde bisschen rot und freute sich mit. Immer schön, wenn etwas funktionierte. Rebecca gab dem Fotografen ein Zeichen, der überschlug sich mit dem Aufbau des Sets. Verständlich, schließlich wusste man nie, wie lange die Launen der anderen genau anhielten.

\+ + +

»Aber bring dir zum Naschen nicht wieder nur Schoggi mit, Bub. Gell, holst auch mal bisschen Obst. Is auch süß!«

Gärtner, das Kind mit dem Drei-Tage-Bart, murrte. Dann schloss er die Wohnungstür hinter sich. An mütterliche Ansprache, die Worte wie Schoggi, Naschen und Obst beinhaltete, musste man sich erst wieder gewöhnen. Gärtner hatte schon ziemlich viel von seinen stoischen Reserven verzehrt. Aber dieser Trip zum örtlichen Lebensmittelladen kam ihm gar nicht ungelegen. Das hatte zwei einfache Gründe. Erst mal versprach er sich vom bloßen Konsum – und sei es auch nur Butter, Milch, Brot, Chips – ein paar Zufriedenheitspunkte und zweitens durfte er dazu das Auto nehmen. Vaters Saab. Autofahren hieß: Machtfülle und Erwachsensein. Denn wer 1000 Kilo Stahl lenkt, ist doch irgendwer. Am liebsten hätte er die Autobahn zum Supermarkt genommen, doch die Wege waren kurz – und wer weiß, sicher hatte Daddy den Kilometerstand mit einem Bleistiftstrich markiert, um solche Eskapaden zwar nicht verhindern, aber doch tadeln zu können. Darauf hatte Gärtner keine Lust. Obwohl er ihn seit fast einem Jahrzehnt nicht mehr genommen hatte, fuhr Gärtner den Weg zum Parkplatz hinter dem Markt, ohne darüber nachzudenken. Nur hätte er beinah einen Blumenkübel gerammt. Der war neuer als die Parkplatz-Karte in Gärtners Weltwissen.

Gärtner stieg aus dem Wagen. Es nieselte. Seit er zurück war, hatte er hier fast nur mieses Wetter gesehen. Aber das passte ihm ganz gut. Der kalte Regenfrust war eine Erklärung, war ein Bild für all die Unwirtlichkeit seiner Rückkehr. Hässlich und trostlos. In diesem Bild des beregneten Trauerkoloss' fand sich Gärtner gut aufgehoben. Wie würde es aber werden, wenn bald der Frühling kam? Nicht zum Aushalten.

Gärtner holte sich einen Einkaufswagen. Die Einkaufswagenschlange fand sich am Eingang des Markts. Gärtner hatte einen Euro aus seinem Portemonnaie gefischt, um eine der Klapperkisten von der Kette zu lassen. Allerdings war das nicht von Nöten. Die Wägen standen zwar ineinander geschoben da – aber für jeden frei zugänglich. Keine Kette, kein Euro. Das war wohl einer der untrüglichsten Indikatoren, dass man sich in der Provinz befand. Die Dorfgemeinschaft brachte ihre Einkaufswägen verlässlich und ohne die Knute des Pfands zurück. Das System funktionierte. Du liebes Bisschen, war Hattersheim die Utopie von Zusammenleben oder nur eine vergessene Welt? Letzteres, entschied Gärtner und knatterte mit dem Wagen hinein. Eng, eng, Vorsicht!, nicht gegen einen der Dorfältesten fahren, die hier drinnen lang schlurften. Gärtner ärgerte sich selbst über seinen Tunnelblick und versuchte mal auf anderes außer auf den Dornröschen-Style des Ladens zu achten. Zum Beispiel auf andere 30-jährige Jugendliche. Er sah allerdings keine. Das Licht am Ende des Tunnelblicks erleuchtete höchstens einige jüngere Senioren. Wo blieb bloß der Zug? Dumpf erinnerte sich Gärtner an die Neunziger.

Als er nach Hamburg zog und den Urbanitätsschock noch in die richtige Richtung erlebte.

Und einmal, das fiel ihm immer gerne wieder ein, durfte er für seine Firma Herbert Grönemeyer eine goldene Schallplatte überreichen. Für »Bleibt alles anders«. Sie entglitt ihm dabei aber – wegen der nassen Finger – und fiel Herbert tatsächlich auf den Fuß, wobei das Sichtglas und der Rahmen zersprangen. Ja, ein wenig von der goldenen Auszeichnungsplatte selbst splitterte ab. Herbert staunte nicht schlecht. Aber er hatte anscheinend noch genügend solcher Platten in Reserve, als dass er ernsthaften Kummer wegen dieser goldenen Scherben hätte empfinden müssen. Gärtner zoppelte den Einkaufszettel aus seiner Hose, den ihm Mutter geschrieben hatte. Schön leserlich. Wo war denn Mehl?

Und Spülmaschinenpulver? So was hatte er als Teenie nie kaufen müssen. Da hatte er den Laden eigentlich nur wegen Süßigkeiten oder später dann wegen Bier und Likör aufgesucht. Jetzt hatte er Calgon-Tabs in der Hand und musste wohl endlich ankommen in der Rolle des Nutztiers statt in der des Glamourboys. Seufzend gönnte er sich auf diese Erkenntnis hin noch etwas Fernweh an einstige Erfolge.

An dem Abend nämlich, nach der Verleihung der Schallplatte auf Herberts Fuß, war er noch mit dessen Band im »Blauen Peter« direkt neben der Reeperbahn abgestürzt. Und nachdem einer von Herberts Musikern, der dritte Percussionist von links, der Firma später einen offenen Dankesbrief geschrieben hatte, wie viele Tage es ihm immer noch übel nach dem Abend im »Blauen Peter« gegangen wäre, aber wie legendär das alles gewesen sei, schickte man Gärtner noch lieber zu solchen Terminen.

Zur Belohnung packte er sich jetzt und hier in Hattersheim mal schön eine Flasche Baileys ein, fuhr ein paar Meter weiter, um sich vor dem Süßigkeiten-Regal aufzubauen. Im Gegensatz zum bewussten Erinnern an Hamburg fühlte sich das Stehen vor jenen bunten Auslagen eher wie ein emotionaler Flashback an. Aber ein schöner. Hier stand er vielleicht, ach, ganz sicher schon vor 25 Jahren und bestaunte aufgewühlt Schoggi und anderen Kram zum Naschen. Gärtner suchte sich was aus. Er ließ sich wie damals Zeit damit. Denn die Wahl der Süßigkeiten stellte eine wichtige Entscheidung dar. Er hatte das einfach nur ein paar Jahrzehnte lang vergessen.

Produkte köstlicher Wahrhaftigkeit strahlten alsbald aus Gärtners Einkaufswagen. Uh, aber wenn die zu Hause merkten, dass er statt Grundnahrungsmitteln auch ordentlich Convenience Food eingepackt hatte, drohte ihm bestimmt ein Amtsenthebungsverfahren bezüglich seines neuen Jobs als Chef-Einkäufer der Familie. Das wollte Gärtner nun auch nicht riskieren, schließlich hing die Saabfahrt ja an diesem Arrangement mit dran und nicht zu vergessen das kindische, kleine Glücksgefühl an der Süßes-Theke. Okay, seufzte Gärtner und entledigte sich des Action-Packages von eingeschweißtem Sushi der Firma Tsunami. Dafür hätte sich daheim wirklich keine Lobby gefunden und teuer war der Scheiß ja auch noch. Gärtner legte das Sushi hinter die Toastbrotreihen, bei denen er sich gerade befand. Damit schien das Schicksal des Rohfisch-Snacks besiegelt, ohne Kühlung wurde er schnell von der exotischen Köstlichkeit zum ungenießbaren Sicherheitsrisiko. Und wo er schon mal dabei war, beschloss Gärtner, nachher den Einkaufswagen auf dem Parkplatz hinter dem Markt stehen zu lassen. Das Dorf würde schon sehen, ob es nicht doch Pfandmünzen, Ketten und Detektive bräuchte. Als Gärtner die Brotsektion verließ, spürte er feindselige Blicke der nur vermeintlich sedierten Senioren im Rücken. Alle schienen zu wissen, dass er Lebensmittel mutwillig verstellt hatte. Auweia. Gärtner hatte seinen Gegner Hattersheim mal wieder unterschätzt. Aber egal, trotz der schmerzenden Blicke machte er sich auf zur Fleischtheke. Daneben las er ein großes Banner: »Unsere Produkte finden Sie auch im Netz«, darunter kleiner irgendwas mit »Herkunftsnachweise« und »Aufstiegschancen in der Fleischbranche«. Danke, Netz. Dabei hatte ihm das ja schon einmal übel mitgespielt. Denn dessen Durchbruch Ende der Neunzigerjahre perforierte aufs Nachhaltigste den brokatbesetzten Mantel der Musikindustrie. Und dass das dort erst mal keiner wahrhaben wollte, machte den Schaden nur noch irreversibler. Statt mehr Kapital, durch Dot.com-Boom und zusätzliche Musikgeschäfte im Netz, gab es plötzlich fast ausschließlich Songvertrieb via Web – nur das Bezahlen war abgeschafft worden. Bequem eben. Und illegal. Tja, und jetzt gab es also auch bald schon Fleisch übers WWW. Da würde die alte stämmige Fachverkäuferin hinter der Theke aber Augen machen und irgendwann empört dieses Banner abreißen. Denn jenes kündete nur mäßig verschlüsselt schon heute von ihrer morgigen Ablösung.

»Bist du nicht der Sauerlichjunge?«

Gärtner erschrak. In seiner kleinen Gedankenhölle zu Ehren dieses Einkaufs hatte er seit geraumer Zeit nur noch die eigene Stimme gehört. Und jetzt sprach plötzlich die Kulisse hier mit ihm. Und zwar in Form der bedrohten Fleischverkäuferin. Woher kannte er die noch mal? War die etwa auch bei Grönemeyer in der Backing-Band gewesen? Oder die Mutter einer seiner einstigen Praktikanten?

»Ich bin's, die Luise. Ich hab dir früher immer Gelbwurst gegeben, wenn du mit der Mama kamst. Ei, du hast dich gar nicht verändert. Wie geht's der denn? Das ist ja schön, dass du sie mal besuchst!«

Gärtner lächelte anständig. Ältere Damen mochten höfliche Jungs. Und als Lohn winkten Zuspruch und Gelbwurst.

»Öh, der Mama, der geht's gut. Danke.«

»Das ist das Wichtigste. Deine Mutter ist zuletzt doch wegen ihrer Schleimbeutelentzündung im Arm von Arzt zu Arzt gelaufen. Keiner konnte ihr helfen. Hat sie da jetzt was gefunden?«

Aha, Mutter hatte was mit den Schleimbeuteln. Selbstverständlich war das Gärtner, dem alten Rabenkind, absolut kein Begriff. Er schämte sich und ahnte erneut, dass der Claim »Eltern« nicht nur eine Markierung darstellte, auf die man zurück musste, wenn man von einem besseren Feld (»Berlin« zum Beispiel) runtergeflogen war. Sie waren echte Menschen. Mit Schmerzen und Gefühlen. Danke, Luise, für diese Erkenntnis, aber er konnte so was einfach nicht brauchen. Er brauchte doch selbst Rettung.

»Ja, das hat sich als harmlos herausgestellt«, log er.

Beide sahen sich an. Die Verkäuferin Luise war stark geschminkt, hatte viel Haarspray drauf. Sie musste dennoch weit über 50 sein. Sicher fand sie den Kittel unvorteilhaft, ließ er doch wie eine Weste ihre großen Oberarme unbedeckt.

»Und du besuchst sie also?«

In Metropolen brauchte man für Informationstransfer eine Stadtzeitung, hier in Hattersheim dagegen lief das wohl alles via Dorfplatz ab.

»Öh, ja. Ich bin jetzt hier in die Nähe gezogen. Wegen eines Jobs, aber vor allem auch, um mehr für meine Eltern da zu sein.«

Luises rosiges, bemaltes Gesicht erhellte sich weiter.

Wie sollte Gärtner das nicht anspornen?

»Das Jobangebot bei Höchst ist dabei nur schönes Zubrot. Es ging mir vor allem um«, er machte eine Kunstpause, »die Mutti!«

Luise schmolz dahin, schnitt mehr Gratisgelbwurst runter, als ihr die süßesten Kleinkinder je abgerungen hatten. Gärtner freute sich. Er wurde wieder geliebt. Für was? Nun, das durfte man nicht so genau nehmen. Hauptsache Anerkennung und so. Klar, in den Laden könnte er ab jetzt wohl kaum mehr gehen. Schließlich erführe Luise sicher sehr bald, dass weder Höchst noch der Rest stimmten. Aber für einen guten Moment wie den gerade musste man halt Opfer bringen. Fuhr er eben mit dem Saab ins nächste Kaff, in den nächsten Markt. Natürlich nur bis er sich dann auch dort in peinliche Lügengeschichten vor dem Personal verstrickt hatte. Dann würde er wohl Lebensmittel über Amazon beziehen müssen. Immerhin hieß es doch: »Unsere Produkte finden Sie auch im Netz«.

ZWEITER TEIL

CLASS REUNION

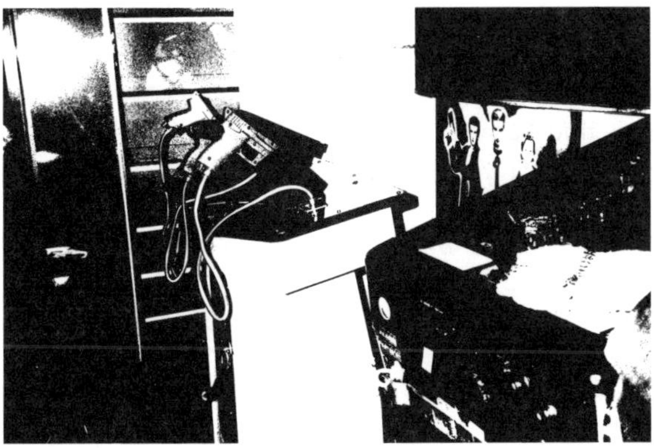

Eine Tür im beschaulichen Frankfurter Westend ging auf. Ein Hund spurtete begeistert hinaus. Allerdings nur einen knappen Meter. Dann ließ die Leine keinen Spielraum mehr für eine solche Explosion. Das schien Smaragd jedoch völlig egal. Motiviert strangulierte er sich halb und ließ seine am anderen Ende der Leine folgende Halterin schlecht aussehen. Sie stolperte, dem Zug nach vorne mühsam standhaltend kurz hinter ihm her auf die Straße. Pollen flogen herum. Birkenblüten oder so. Anke hatte aber keine Zeit zu niesen. Sie besänftigte ihren offenbar höchstglücklichen Hund mit einigen Beschwörungen. Ach, der Gute! Wollte nur rennen und rennen. Das machte ihm so viel Spaß. Dem Hund. Am liebsten wäre ihm wohl, er würde nonstop ausgeführt und nicht nur alle zwei Wochen. Anke lachte. Natürlich bekam Smaragd, der sehnige halbhohe Mischlingshund, täglich Spaziergang. Aber er war süchtig nach Auslauf, er war die Jane Fonda der Mischlingshundszene. Anke erinnerte sich daran, wie es ist, auf einem Fahrrad zu fahren und an einer ganz windigen Ecke zwischen zwei riesigen Bankenhochhäusern vorbeizukommen. Normalerweise hat man ja konstant Gegenwind und wird fluchend Zeuge, wie sich dabei die eigene Fahrt verlangsamt und die Frisur die Fassung verliert. Manchmal aber auch, zwischen den Hochhäusern, schiebt der Wind so von hinten, dass man sofort zu treten aufhören kann und durch die herumstehenden bagelkauenden Banker prescht, die das missgünstig zur Kenntnis nehmen. Kein Wunder, schließlich ist Windkraft eine erneuerbare Energie und sie wollen einem doch lieber selbst den Weg freimachen. Pech. Das macht der Wind. Oder der Hund, diese andere erneuerbare Energie, dachte Anke, die sich bereitwillig von Smaragd in Richtung Park ziehen ließ. Er war wie Rückenwind. An Ampeln hielt er an und hechelte. Und bei grün rannte er los. Anscheinend konnte er die zwei Fußgängerampelfarben unterscheiden. Und das, obwohl Hunde doch farbenblind sein sollen. Besonders klug kam er ihr eigentlich auch gar nicht vor. Er verstand zum Beispiel nie, dass, wenn er die Leine trug, es einen Unterschied machte, an welcher Seite der Laterne er vorbeihechtete. Komisch. Aber dennoch las er anscheinend Straßenschilder und wartete angeregt an Ampeln. Sie versuchte ihn zu streicheln oder wenigstens kollegial seine Flanke abzuklopfen, weil er sich da anscheinend heimlich was in Abendkursen beigebracht hatte – aber immer wenn sie einen Schritt zulegte, um ihn zu erreichen, gab folgerichtig auch die Leine mehr Spiel, was Smaragd als Aufforderung zur Tempoverschärfung verstand. Anke war etwas beleidigt. Wie sehr liebte der Hund eigentlich diesen scheiß Park im Vergleich zu ihren Berührungen? Sie lief noch schneller, Smaragd erst recht. Jetzt sprinteten beide, Anke streckte dabei die Hand aus, stolperte fast über eine Unebenheit des Gehwegs, da kam auch schon der Parkeingang in Sicht, Smaragd heulte vor Wonne, Anke hyperventilierte, am Eingang kamen beide zum Stehen. Frieden, dachte Anke. Park, dachte Smaragd. Sie hatten ihre Ziele erreicht.

+ + +

»Och, mach dir doch das große Licht an! Das ist so schlecht, im Dustern zu lesen.« Mutter wartete keine Antwort ab, sondern drückte auf den Schalter neben der Tür von Gärtners 30-jährigem Kinderzimmer. Nach kurzem Anklopfen war sie – wie in ein Büro – ohne durch eine Aufforderung ermutigt zu werden, reingekommen. Immerhin klopfte sie an, man bekam also zumindest eine Chance, alles wegzupacken – falls man gerade Crack rauchte oder sich beim Onanieren strangulierte. Gärtners Reflexe waren allerdings veraltet, deshalb machte er von Anfang an nicht mal Anstalten, hier Verbergenswertes zu tun.

Dennoch fehlte ihm an diesem trüben April-Winterabend, dessen mattes Licht so tat, als wäre der Frühling auf unbestimmte Zeit noch mal verjagt worden, der Gleichmut. Mutter im Türrahmen, die darauf hinwies, dass es jetzt hier um halb acht doch zu dunkel war, um zu lesen. Zumindest zu dunkel unter dem Schein von Gärtners kleiner Beistelllampe am Schreibtisch. Und dann noch der Hohn, dass er jetzt, nachdem sie das Licht angemacht hatte, wirklich besser sehen konnte. Er musste nicht mehr angestrengt auf die Satzreihen starren und bereits gelesene wie kommende Seiten so halten, dass sie keinen Schatten warfen, nein, er musste seiner Mutter Recht geben. Durch ihr Einschreiten konnte er besser in dem verdammten Buch lesen. Wie deprimierend.

»Mann, lass mich. Mach das wieder aus!« Es war ihm egal, wie ungerecht das klang.

Mutter wiederholte ihr Mantra:

»Kind, deine Augen!«

Gut, so wichtig war es Gärtner dann auch nicht, in fortschreitender Finsternis zu lesen.

»Dann lass halt an«, jammerte er ergeben.

Mutter hatte ohnehin nichts anderes vorgehabt. Sie ging an seinen Schrank und holte eine Lage Handtücher heraus. Seit Gärtner ausgezogen war, fanden sich auf den Leerstand seiner Schränke neue Inhalte verteilt. Ein Umstand, der jetzt mitunter alles etwas eng werden ließ.

Gärtner guckte Mutter zu. Er lag auf dem Bett in Trainingshose und T-Shirt. Eine gute Trainingshose natürlich. Sehr cool. So gingen Rapstars heutzutage in die Oper. Aber er wusste, dass seine Eltern in dem Code Trainingshose nur Sozialabstieg hin zu Asozialismus erkannten.

Er ärgerte sich, dass seine Mutter gerade sicher dachte: »Da liegt mein verwahrlostes Stück Fleisch und Blut in dieser Unterschichtmontur. Hoffentlich zeigt er sich nicht so oft am Fenster, wenn die Nachbarn von Gegenüber rausschauen.«

So war es ganz bestimmt.

»Und Junge …«

»Was denn noch?«

»Kommst du dann gleich zum Abendbrot?«

Als sie es sagte, merkte er, er hatte tatsächlich Hunger. Nicht zu knapp sogar. Ein Unding. Wusste er denn gar nichts mehr besser, in dieser Kammer der Schmerzen? Aber Schmerzen hatte er ja gar keine. Es war eher dieser goldene Käfig, in dem er, der trinkende, rauchende, schillernde Vogel, Farbe verlor.

»Na gut, nicht wirklich golden«, fand er, als er zum Abendbrottisch in die Bauernecke angehumpelt kam. Denn dort stand vor und zwischen Mutti und Vati nicht viel mehr als ein kleiner Korb mit vorgeschnittenen dunklen Scheiben Brot, ein offenes Gläschen mit eingelegten Gürkchen, Butter aus der Butterdose, ein Brettchen mit Käse und Wurstaufschnitt. Mutter hatte ein Glas Wasser, Vater ein Bier, ein weiteres stand für ihn bereit. Der Brotkorb war ausgelegt mit einer blauweißen Papierserviette, vermutlich sollte das Farbenspiel etwas Bayrisches ausdrücken.

Dazu der verhangene Abend, der durch die Fenster reindrängte und die Stille, die nur unterbrochen wurde durch Messer, die über die Brote strichen oder beim Schneiden auf die Unterlage klackten. Fernsehen oder Musik beim Essen? Daran war nicht zu denken.

»Nimm dir ein Brettchen«, sagte Mutter, als Gärtner nach einer Scheibe Brot griff. Sie schien nur darauf zu lauern, Anweisungen zu geben. So kam es ihm zumindest vor. Als würde er mit dem Messer über den nackten Esszimmertisch sägen.

»Wo ist denn der Schinken, den ich heute gekauft habe?«, fragte er beim Anblick der schalen Mortadella in der Auslage des Abendbrots.

»Den essen wir morgen. Heute gibt's noch von der Mortadella. Die muss weg.«

Aus welchem Fünfzigerjahre-Film stammte denn dieser Dialog? Hatten die Eltern nie Interesse gehabt, ihr Kriegskindererbe in all den Jahrzehnten Frieden mal insofern zu modifizieren, als dass die letzten schon sanft ergraut und hart gewordenen Scheiben Brot oder Wurst oder Käse ihre letzte Ehre im Müll finden durften?

Gärtner wünschte, er könnte sprechen. Aber alles, was er sagen würde, klänge in den ergrauten Mortadella-Herzen der Eltern wie »Wollen wir nicht mehr Lebensmittel wegwerfen? Wollen wir nicht weniger dankbar sein für den vier Tage alten Aufschnitt und dafür was Neues anbrechen? Wieder und wieder?«

Nein, das hatte keinen Zweck. Er nahm sich eine Scheibe Käse und stach mit seinem Messer fischend in das Gewürzgurkenglas.

»Ach, Bub, dafür gibt's doch eine eigene Gabel. Nimm doch nicht dein dreckiges Messer! Wenn da Fett reinkommt, schimmelt uns doch alles weg.«

Gärtner knirschte mit den Zähnen. Bloß nicht sollten diese Gürkchen schimmeln. Denn selbst dann würde er ihnen sicher noch beim Abendbrot in einer nicht weit entfernten Zukunft wieder begegnen. Und zwar unter der Prämisse »Warte, ich kratz dir den Schimmel ab. Die kann man noch essen.« Das konnte er nicht riskieren und wechselte zur vorgeschriebenen Gürkchengabel.

Gärtner kaute stumm an seinem Brot. Es zog sich wie dieser abendliche Event. Morgen würde er ihn wieder mal auslassen und sich später in der Küche selbst verköstigen. Dann würde die Prozedur Abendessen auch nicht als derartiger Zeitposten auftreten. Wie hier live bei Tisch. Wie sich das zog.

Mutter erzählte gerade, wie schlecht das Vordach des Nachbarn gearbeitet wäre. Das habe jener nämlich selbst und sich dabei keine Freunde gemacht. Wegen der steten Angeberei, wie viel besser und preisgünstiger der Eigenbau ihn letztlich käme. Und heute Nachmittag, bei diesen ersten schweren Herbststürmen im April, war doch tatsächlich die ganze Auflage des Daches runtergekommen. Und habe den Hochmütigen Demut gelehrt. Von der jener aber anscheinend nicht viel wissen wollte. Sondern einen anderen Schuldigen präsentierte: den Baumarkt, der ihm die haltlosen Schindeln verkauft hatte.

Mutters Baumarktsolidarität überschlug sich fast in der Bedächtigkeit des Abends.

»Der hat sich da den billigsten Schund besorgt und den unsachgemäß auf sein Dach gekachelt. Das ist doch unerhört, dass der das nicht einsieht.«

»Mutti, Mensch, können wir vielleicht über was anderes reden? Der Typ ist doch mit den zerschmetterten Fliesen vor seinem Haus jetzt genug gestraft.«

Das war mutig, Gärtner fühlte sich durch diesen implizit erhobenen Vorwurf der Missgünstigkeit gegen seine Alten richtig gleichrangig, ja, überlegen.

»Gut, dann reden wir doch mal über deine Zukunft.«

Gärtner sah unglücklich zu seinem Vater. Der bis dahin kaum etwas gesagt hatte und der jenes Gespräch sicher auch nicht führen wollte, aber der damit in aller Kürze und Prägnanz Gärtners zartes Pflänzchen der Überlegenheit zertrat.

»Ach, na ja, Mutti, sag doch lieber bitte noch mal, wie der geguckt hatte, als die eine Schindel auf die Motorhaube von seinem Wagen geflogen ist.«

Gärtner durfte klar sein, wie wenig es dem Moment nutzte, der rechtmäßige Thronfolger zu sein: Er besaß trotzdem keine Stimme.

+ + +

Im Park schien die Hetze erst mal vergessen. Smaragd trabte beherzt aber vernünftig neben Anke her und schnupperte vereinzelt an Blumen und Fäkalien. Zielsicher steuerten sie eine Bank an, die sich etwas versteckt unter Bäumen, zwei großen Weiden, befand, hinter denen sich die Grünanlage ohne markierte Wege öffnete. Wenn nicht allzu viel Betrieb war, ließ Anke Smaragd, den gutmütigen Teufel, hier auch mal von der Leine. Was natürlich streng verboten war. Schließlich gab es Regeln und viele Hunde mit dunklen Seelen bissen oder bedrohten ihre Umwelt, wenn man sie frei ließ. Daher war die Regelung richtig, Anke konnte sich aber mit ihrem Wissen darüber hinwegsetzen. Denn Smaragd war kein riesiges Vieh und ihre gewissenhafte Erziehung hatte ihn nicht auf Kehle, sondern auf Sanftmut getrimmt. Er bellte nicht mal Einbrecher an, rammte im Laufen nie Kinderwägen und ignorierte andere Hunde, weil in seinem Herz nur für Anke und Park Platz war. Andere Hunde ignorierten ihn komischerweise auch, vielleicht weil seine Selbstgenügsamkeit stärker strahlte als jeder Geruch.

Anke ging zu der Bank. Hm, der Standortvorteil unter den Bäumen geriet mit aufkeimendem Frühling immer mehr zum Fluch. Die hocherregten, unter ihren Samen ächzenden Bäume hatten neben Pollen noch irgendwas Klebriges abgeworfen, das auf dieser Bank flächig haften geblieben war. Na, egal. Smaragd suchte derweil Augenkontakt und blickte flehentlich.

»Ja, du bist schon ein armer Hund, was?«, sagte sie ihm. Er guckte zustimmend. Das war er.

»Na gut.«

Obwohl der Park nicht wirklich leer war, machte Anke die Leine los. Smaragd sprang sofort aus dem Stand in seinen berüchtigten Galopp und rannte auf das unbefestigte Stück Grünfläche hinter der Bank. Anke schnaufte kurz, blinzelte gegen die kühle Sonntagmorgensonne und öffnete die mitgeschleppte Frankfurter Stadtzeitung aus ihrem Abonnement. Was da drin wohl so los war? Sie las.

Nach einem Artikel über einen neuen Club von Sven Väth auf der Hanauer Landstraße Richtung Fechenheim und dem Ferienklamotten-Extra drehte sie sich um. Mal sehen, was bei Smaragd so ging. Aha. Der saß nicht weit von ihr unter einer immensen Buche, dort wo schon kein Gras mehr wuchs und kaute. Mist.

»Mann, Mann! Komm her.« Smaragd, eben noch für seinen Gehorsam gefeiert, machte keine Anstalten dem Aufruf zu entsprechen. Er kaute weiter. Anke sprang auf, herum um die Bank, hin zum Hund. Hunde dürfen in Parks nichts essen. Denn zumeist liegen da keine bekömmlichen Sachen für zwischendurch, zumeist liegen da tote Tauben, Tannenzapfen oder sogar Rattenköder und anderes Gift. Anke wühlte im – von der Vorfreude aufs Essen weiträumig bespeichelten – Maul Smaragds rum wie in einer nassen, zahnigen Schachtel. Na, toll. Das musste Victoria, die Thronfolgerin von Schweden, bestimmt nie machen. Bis zum Handgelenk in der feuchten Schachtel dachte Anke plötzlich an Gärtner. Himmel, wo kam das denn her, wo kam der denn jetzt wieder her? Nur weil Rebecca das letztens erzählt hatte? Seit Gärtner waren viele Typen vergangen, mit denen es mitunter viel besser und auch intensiver gelaufen war – dieser Flashback plötzlich schien ihr eine ziemliche Frechheit. Oder lag es nur daran, dass sie zu ihrer Zeit mit ihm auch mal in einem Maul gewühlt hatte?

Anke sollte den verspäteten Trommler einer der italienischen Zottel-Hardcore-Bands vom Bahnhof abholen und umgehend zum Juz, zu einem Konzert bringen. Sie hatte den Führerschein gerade neu. Während der Fahrt in Gärtners Wagen, den der ihr gegeben hatte, sah sie den Typen am Kauen – und zwar fraß er aus einer Prinzenrollenkekspackung, die schon seit letztem Urlaub in dem Wagen und unter dem Beifahrersitz schimmelte. Anke geriet in Panik, schließlich sollte sie den verspäteten Drummer unversehrt auf die Bühne bringen, sie fuhr das Auto rechts ran und griff beherzt in Italiens Gesicht, drückte mit Daumen und Zeigefinger dessen Backen zusammen. Denn weder sprach der Essende Englisch oder gar Deutsch noch Anke Italienisch. Der übergab sich dann nach dieser komischen Rangelei freiwillig auf den Seitenstreifen. Vermutlich hatte ihn die Vehemenz von Ankes Einschreiten davon überzeugt, hartes Gift statt altem Keks intus zu haben.

Woher kamen solche Erinnerungen bloß immer? Anke hatte zehn Jahre nichts mehr von dieser Anekdote in ihrem Kopf gehört. Dem fühlte sie sich ohnehin mehr ausgeliefert als die meisten anderen. Manchmal erschienen Anke Dinge. Also kleine Dinge, nur kleine Dinge. Ein Satz in einem Gespräch zum Beispiel, oder ein zuletzt erlebtes Ereignis – eigentlich nichts Besonderes. Nur dass diese Dinge gar nicht existierten. Zum ersten Mal bemerkte sie das als Teenager. Mit einer Freundin stand sie an der Kasse bei McDonalds. Der Angestellte mit Migrationshintergrund sagte: »Hier ist dein McFlurry – und ich schäme mich für all das, was Fastfood uns antut.« Als Anke am Tisch angekommen war, brannte sie darauf, diesen Satz mit ihrer Freundin zu bestaunen. Doch diese konnte ihr nur glaubhaft versichern, kein Wort dieser Art war gefallen. So was passierte Anke nicht oft. Aber immer wieder. Und wenn sie ehrlich war, zuletzt häufiger. Zum Glück waren es ja kleine Dinge. Und so hielten die Gegenüber, wenn Anke im Gespräch auf nicht wirklich geäußerte Aussagen ahnungslos Bezug nahm, sie lediglich für bisschen seltsam. Anke nahm das nicht ganz so leicht, schließlich hatte sie keine Kontrolle darüber und wer garantierte ihr, dass es bei Banalitäten bliebe? Oder dass wirklich jede kostbare Erinnerung genau so stimmte? Eine Schale mit Erdbeeren, in der eine schimmelig ist, macht doch auch die Restlichen suspekt. Aber die Geschichte mit dem Italiener, die musste echt sein. Anke erinnerte sich ihrer ganz plastisch, während sie weiter in Smaragds Maul rumwerkelte. Und woher sie jetzt kam, dürfte auch klar sein. Das war kein Aussetzer. Das kam von Gärtner, dem Arsch. Dessen schlechtes Karma, das er mit seinem Umzugswagen transportiert hatte, musste sich über die ganze Stadt gelegt haben.

+ + +

Alte Geschäftsleuteregel: ein Telefonat = ein Erfolg. So musste die Quote aber auch sein, wenn man selbstständig war. So selbstständig wie Gärtner – und so erfolgshungrig. Hungrig allerdings im Sinne von halb verzweifelt. Und Telefonat in dem Sinne, dass er seit einer Stunde mit Juli quatschte wie ein Teenager, dessen Zeitmanagement noch großräumige Lücken im Palmtop offenbarte. Das brachte seine Vorort-Ich-AG streng genommen auch nicht gerade weiter. Überhaupt überraschte es Gärtner, dass er mit Juli schon wieder richtig Kontakt pflegte – und das nicht lange nach dem entstellenden Wiedersehen in der Kneipe letztens. Schon seltsam, wie das nach kurzem Ruckeln wieder passte … weil Gärtner doch fest glaubte, in der letzten Dekade so über die Maßen und über sein altes Leben hinausgewachsen zu sein.

So kosmopolitisch, so gewandt, so gewinnend, so urban. Und trotzdem spürte er, dass er es mittlerweile durchaus genoss zu hören, welcher noch so nichtige Jahrgangskamerad mittlerweile was und wo war. Juli kannte sie alle. Und am besten kamen natürlich die Storys der irgendwie Gescheiterten – die überwogen zum Glück auch. Irgendwie waren die meisten gescheitert, wenn man es nur richtig erzählte. Das beruhigte Gärtner. Zwar auf eine wenig würdevolle Art, aber das beruhigte. Und der Ekel verzog sich sacht und unaufhaltsam in den Hintergrund. Genau wie all die reichen Schätze von Gärtners Urbanität und Co. Sie hatten Pause, waren vielleicht schlimmstenfalls wie mühevoll antrainierte Muskeln bereit, sofort wieder zu Staub oder Fett zu verfallen, wenn sie nicht im Einsatz waren. Aber es gab jetzt eben keinen. Es gab jetzt nur Gärtner am grünen Tastentelefon der Eltern und der lauschte dem Klatsch über das Leben in Hattersheim und Umgebung. All die Gespenster von einst waren wieder echte Menschen. Geschah fast im Handumdrehen. Gärtner aß ein M&M. »Du bist, was du isst«, dachte er, als er sah, dass das schokoladige Dragee Gesichtszüge besaß. Angedeutet mit weißer Zuckerfarbe auf grünem Grund. Na, immerhin noch besser als: »Du bleibst, was du warst«. Gärtner seufzte unpassend in eine Erzählung Julis hinein, der merkte das zum Glück nicht. Selbsterfahrung und mühsame Menschwerdung jenseits der 20 schien, im Vergleich zu den bedeutenden Prägeanstalten Kindheit, Jugend, Sex, einfach sehr viel weniger nachhaltig. Diese Erkenntnis behielt Gärtner aber lieber für sich. Besser er ließ Juli wissen, dass er sich mittlerweile sogar wieder an den toten Frank erinnern konnte. Den Armen.

+ + +

Smaragd hatte den schmackhaften Dreckklumpen schon tief inhaliert und röchelte bedenklich.

Mit ihrem Spinneninstinkt, den sie mit dem Marvel-Superheld Spiderman teilte, spürte Anke, die vorne am Hund ackerte, von hinten Gefahr. Konnte sich aber nicht umdrehen. Tatsächlich, eine Stimme hob an:

»Attackiert dich dieser Kampfhund?«

Ohne eine Antwort abzuwarten war der ältere Herr ihr zur Seite geeilt und hieb mit seinem Stock Richtung Smaragd. Der guckte hustend und freundlich und hielt still. Köstliche Aufmerksamkeit und Liebe vermutete er hinter dieser Heimsuchung. Anke drehte das willenlose Tier an den Zähnen, so gut es ging, weg von dem Stock, den der Mann, seiner eigenen hinfälligen Konstitution geschuldet, glücklicherweise nur sehr soft schwingen konnte. Dennoch regneten sanfte böse Hiebe auf Smaragd. Der wedelte, der Mann keifte.

Anke sagte: »Mensch, das ist mein Hund, der beißt nicht, dem hole ich nur Gegenstände aus dem Mund.«

Und setzte treuherzig hinzu: »Die hat er gegen meinen Willen gegessen!«

Die Situation schien bereinigt. Das aber täuschte. Der Mann geriet jetzt nämlich erst richtig aus dem Häuschen.

»Was denkst du dir eigentlich? Meine Enkelin wurde hier letzte Woche angefallen – von deinem Hund! Den Köter sollte man vergasen!«

»Bitte, was?«

Anke war jetzt nicht mehr nur beifällig genervt von dem harmlosen Stress, sondern sauer. Zudem hatte sie endlich irgendwas in Smaragds Hals gefunden. Die Mandeln, oder so. Sie zog daran, der Hund gab nach und folgte der Zugrichtung. Sie kriegte es nicht raus. Das konnte doch alles nicht wahr sein. Der ältere Herr hatte dagegen die Stockschläge eingestellt und konzentrierte sich auf seine blödsinnige Schimpftirade. Irgendwie wollte Anke da mal zwischen kommen. Aber nach jedem weiteren Satz wurden die Vorwürfe bitterer, zusammenhangloser, wiederholten sich. Irgendwas musste sie jetzt mal sagen.

»Halt dein Maul, Opa!«

Immerhin. Klang doch ganz angemessen, fand sie.

\+ + +

Gärtners Vater stolzierte an seinem telefonierenden Sohn vorbei, als hätte er früher ein Pferd besessen. Und als würde sich stets eine rhythmische, zart galoppierende Erinnerung regen, wenn er gedankenverloren die Straße oder den Flur entlang schritt. Dabei hatte er doch nur Sportartikel vertreten. Sein Leben lang. Gärtner wusste, dass daran nichts Schlechtes war, aber stellvertretend für seine eigene Re-Kleinbürgerisierung verachtete er jetzt eben die Eltern. Das zog merklich Selbsthass von ihm ab. Und machte den Alltag erträglicher.

Obwohl ihm bewusst war, dass er seine Eltern unter Wert schlug mit seinen blasierten Rückkehrer-Allüren. Hier in Hattersheim, in dieser Wohnung gab es nicht nur seine eigenen Ideen. Das musste ihm, bis er mit 21 ausgezogen war, komplett entgangen sein. Komplett. Eltern? Keine Ahnung. Obwohl … mit Vater, der ganz traditionell wenig sprach und über dessen Empfindungen nichts bekannt war, hatte Gärtner zuletzt sogar einen nahen Moment erlebt. Beide standen morgens um sieben am Fenster und starrten missmutig nach draußen. Dort pustete ein motorgetriebener Laubsauger Laub auf einen Haufen. Ein Höllenlärm, der sehnsüchtig vom alten Besen träumen ließ. Vater erklärte, laut Stadtverordnung dürfe das Gerät ab sieben betrieben werden. Müsse aber pausieren in der Mittagsruhe von dreizehn bis fünfzehn Uhr. Auch nicht ganz up to date das Leben, das es hinter solchen Zeiten zu vermuten galt.

In dem aufbrausenden Lärm sprach Vater etwas mit ihm. Es ging sicher nicht um alles oder um viel. Aber irgendwie spürten sie sich mal jenseits der üblichen Stille. Untermalt vom brüllenden Laubsauger. Der war quasi der Concierge dieses Moments ungeplanter Nähe. Dann war aber wieder alles ruhig und es gab keine Fortsetzung. Irgendwann vielleicht. War es auch zu spät.

Aber dennoch: Der Kalte Krieg der Pubertät, an den seine Zeit hier in Sweet Home Hattersheim zumeist erinnerte, brachte mit klaren Fronten auch ein nicht unbeträchtliches Maß von Stabilität und Selbstvergewisserung mit sich. Dass das ungerecht gegenüber den Angehörigen war, die plötzlich wieder nur als »die Alten« fungierten – geschenkt. Schließlich hatte er sich die Opferrolle zurückerobert. Und als ob die letztlich viel dankbarer wäre …

»Und Gärtner, wie sieht eigentlich Prinzessin Diana nackt aus?« Hoppla. In dem köstlichen Schwall von Julis nimmermüder Erinnerungslyrik gleich einer gepflegt aufgeregten TV-Call-in-Show-Dauertrashberieselung fand sich offenbar gerade ein Bruch.

\+ + +

»Ich zeig dich an! Gib mir deinen Namen.«

Der alte Herr zog einen Zettel aus seinem Jackett, das ihm vor zehn Jahren, als er noch ein stattlicher Frischpensionär gewesen war, gepasst haben mochte – seinen sich verflüchtigenden Körper mittlerweile aber bloß noch umspülte wie ein warmer Wind das Meer. Smaragd hustete und biss in diesem Reflex mehrfach auf Ankes Hand. Eine weitere Frau mittleren Alters war stehen geblieben. Guckte feindselig.

»Der Hund hier hat meine Enkelin angefallen«, wurde sie auf den Stand der Dinge gebracht.

Alles klar.

»Ich bin sehr einsam«, dachte Anke, nachdem sie nun schon zwei Leute beschimpften und ihr Hund freundlich wedelte und halb erstickte.

Der Alte: »Ihr Name!«

Die Mittlere: »Holen Sie doch die Polizei.«

War das ein Theaterstück über Zivilcourage und Alt-Nazitum? In dem die Begriffe von Bürgerpflicht und -wehr verwischten, um den Zuschauer zum Nachdenken anzuregen? War sie der gute Mensch vom Westend, der vor der Wahl stand, die Menschen abzuwehren oder von ihnen zerfickt zu werden, wie es Brecht in genau diesen Worten seinerzeit nackt im Exil schrieb?

»Hey Anke, bist du das?« Tilman, der Chefredakteur des Magazins, für das sie arbeitete, war aufgetaucht – mit einer ihr unbekannten dünnen jungen Frau an seiner Seite. Ausgerechnet der. Wohnte doch definitiv näher an zwei anderen Parks als an diesem. Der Chefredakteur eines Frauenmagazins war natürlich ein Mann. Natürlich. Dieser Mist hatte doch Methode.

Anke und Tilman besaßen aber kein schlechtes Verhältnis, eher so keins. Und jetzt sollte sie sich auch noch freuen, dass dieser zweifelarme Tatmensch ihr die Haut rettete und den immer größer werdenden Lynchmob vertrieb. Kavalier-Scheiße, das hätte sie schon auch noch hinbekommen. Das hier waren zwar nicht bekiffte Halbstars, aber wenn wer auch mal schön was regeln konnte, dann war es ja wohl sie. Eben sah sie sich ja bloß in ihrer Trainings- und Hundehose von dem Geschehen etwas überrumpelt.

»Aber Feinde deiner Feinde sind eben Freunde«, tröstete sie sich.

Und tatsächlich besaß Tilman eine Kompetenz Streit beizulegen, obwohl er mit seiner Art sicher in keinem offiziellen Anti-Konfliktteam Anstellung fände.

»Der Hund hat niemanden angefallen. Sie gehen jetzt sofort in ihre Wohnungen zurück. Verstanden?«

»Aber …«

»Ob sie mich verstanden haben?«

Diesen herrschsüchtigen Tonfall nahm Anke fast zum Anlass, wieder für ihre Peiniger Partei zu ergreifen. Aber nein. Eigentlich genoss sie deren bittere Niederlage. Die mit ihrer Enkelin-Geschichte. Diese Querulanten.

Sie sah, wie sich das Pack tatsächlich davonschlich, nicht ohne Widerworte, aber dennoch komplett ergeben. Wie Tiere, die auf dem Rücken liegend ihre bloßen Bäuche rausstrecken, um zu zeigen, dass sie überwunden sind und bitte Gnade möchten.

\+ + +

»Prinzessin Diana? Ich war A&R einer großen Plattenfirma und kein James-Bond-Darsteller – das weißt du schon?«

»Klar«, hörte er Juli antworten, meinte aber, darin ein bisschen Enttäuschung gehört zu haben. Nun, wohl oder übel musste Gärtner auch mal ein bisschen von seinem Neunzigerjahre-Plattenfirmengarn spinnen. Etwas unsicher begann er.

»Als erstes, als ich von hier weg bin, habe ich mir diese verdammte Matte und den Walter-Ulbricht-Bart abgenommen. Das war auch höchste Zeit – unter dem Bart sah ich schon aus wie Jürgen Prochnow. Alles vernarbt, arme Haut! Und dann wollte ich doch tatsächlich auch mal so Absatzschuhe, die auf Marmorboden klacken, weißt du? Und das nach 100 Jahren Converse.« Gärtner unterbrach die Erzählung. Juli grummelte. Gärtner spürte, dass ihre Gemeinsamkeit nicht besonders von Geschichten, die über das Dorfidyll hinausragten, genährt wurde. Vermutlich dachte Juli gleich auch über seine Eltern oder über M&Ms nach. Gärtner kürzte deshalb ab. Nichts von den ersten Misserfolgen seiner, der Plattenfirma zu Füßen gelegten, Bands. Von dem Abflauen des Grunge-Booms und wie schwer es für Gärtner gewesen war, den steinernen Riesen von Arbeitgeber darauf zu drängen, auf Techno und elektronische Musik zu setzen, statt todessehnsüchtig und aufwandsreich die labeleigenen Blockbuster kussfertig zu zimmern. »Bono Vox bekam bei ›Staring at the Sun‹ zum ersten Mal die echten Zahlen seiner Band vorgelegt. Die Zahlen zeigten, dass es von Album zu Album immer weniger wurde. Konstant und unaufhörlich. Ich stand später mit ihm in einem Fahrstuhl, das war alles bei einer Konferenz in Miami und ich sah in Bono Vox' Augen, dass er nie wieder ein glücklicher Mann würde sein können.«

Über Superstars transportiert funktionierte Geschichte doch immer. Juli schmatzte auch schön interessiert und zufrieden. Nicht nur sein Jahrgang war gescheitert, sondern auch Bono Vox. Wer hörte das nicht gern?

\+ + +

»Das ist Linda«, sagte Tilman großkotzig, wohl noch besoffen von dem Umstand, dass er Anke angeblich gerettet hatte. Scheinbar schuldete sie ihm jetzt ihr Leben oder nur wenig Geringeres.

»Das ist Smaragd.« Gut so. Anke hatte etwas von Tilmans Starshine verschmiert, indem sie ihren wedelnden Hund, der noch sehnsüchtig hinter dem alten Mann herblickte, in gleichem Tonfall vorstellig werden ließ wie Tilman seine Begleitung.

Tilman überging Ankes Provokation lässig. Er klopfte kumpelhaft auf Smaragd, so dass der beinah umkippte und erschrocken einen Schritt zur Seite wich. Dann aber war er gleich wieder froh, ging zu Tilman hin und wollte mehr geklopft werden.

»Smaragd hatte was im Hals. Er ist so verrückt nach Gegenständen.«

Anke wischte sich die Hände an ihrer Hundehose ab. Die war nicht so schick wie das weißrote Kleid Lindas. Aber von diesem Treffen hier hatte doch niemand wissen können.

»Das muss man Hunden gleich beibringen, nichts von der Straße zu essen. Die können daran sterben.«

Oh, toll. Linda konnte sprechen.

»Ja, was glaubst du, warum ich bis zu den Schultern in meinem vertrottelten Begleiter steckte?«

Smaragd wurde nicht mehr beklopft und fühlte sich an Ankes Leine unterfordert. Er guckte traurig zu ihr hoch und zog etwas.

»Klar, dich lasse ich heute noch mal los«, sagte sie. Smaragd missverstand die Ironie und freute sich schon auf diesen Moment.

»Sehen wir uns nächsten Dienstag eigentlich auf der Prinz-Party?« fragte Tilman, der auch zu merken schien, dass diese Begegnung ihren Höhepunkt bereits überschritten hatte.

»Ach, die Prinz-Party ... Mann, wieso muss die denn wieder unter der Woche sein? Spekulieren die darauf, dass sie dann weniger von ihren Frei-Cocktails rausgeben müssen? Oder dass mittlerweile alle außer ihnen arbeitslos sind?«

»Ich glaube, dieses Jahr gibt es gar keine Frei-Cocktails mehr. Rezession, Baby.«

Tilman lachte, als er das sagte. Wieso eigentlich? Das war doch gar nicht lustig. Linda lachte ebenfalls, also lächelte Anke zumindest mal. Ihre verwegene Viertelzahnlücke poppte auf.

»Na ja, solange die vom Prinz noch Geld haben, jedes Jahr diese tausend Postwurf-Weihnachtskarten an ihre Medienpartner zu verschicken, die eh synchron und voller Häme überall in die Papierkörbe fliegen, solange können die doch auch noch freie Drinks raushauen.« Anke wollte langsam gehen.

Linda fragte interessiert: »Trinkst du so gern Cocktails?« Ach, du liebe Güte. Einen Moment könnte Anke wohl doch noch bleiben. Zumindest so lange, bis sie Tilmans Date des Tages klargemacht hatte, dass sie keine schnorrende Alkobraut in Trainingshose war.

»Ich wollte das nur mal erwähnt haben. Unter der Woche trinke ich eh nichts.«

Tilman verzog süffisant das Gesicht und ließ einen winzigen belustigten Laut von sich, der Anlass geben musste zu denken, dem wäre nun wirklich nicht so. Sie sah ihn vernichtend an, der Sack machte aber noch weiter.

»Als wir uns im Büro kennen lernten, warst du aber nicht gerade zimperlich. Und das war ein Montag.« Verschwörerisch zwinkerte er ihr zu: »Kannst du doch nicht vergessen haben«.

Tilman machte – wie so oft – eine Anspielung auf eine Feier in der Hessischen Vogue vor ungefähr vier Jahren. Und meinte dabei etwas, das gar nicht so viel mit Alkohol zu tun hatte. Anke war damals tagsüber in London gewesen. Bei irgendeinem PR-Termin, eine Einladung einer großen Modefirma. Keine Ahnung mehr, um wen oder was es genau ging. Anke hatte Frühstück und Mittag verpasst, weil ihre Kreditkarte just im Königreich ihren Dienst versagte – und sie mit dem Rest Bargeld haushalten musste –, außerdem hatte sie zwei Tage zuvor eine Diät begonnen. So, und im Flieger zurück gab es Turbulenzen wie im Luftkrieg '42. Anke hielt sich ängstlich an zwei dieser Miniatur-Whiskey-Fläschchen fest. Die reichten ihr für einen ziemlichen Rausch. Als sie abends noch in der Redaktion vorbeischaute, um etwas abzuholen, traf sie auf die Einstandsparty des neuen Chefredakteurs, Tilman. Die und den hatte sie ganz vergessen. War ja auch nicht gerade wichtig. Zumindest ihr nicht. Zumindest bis sie sich mit ihm in einem leeren Büro wiederfand und überflüssigerweise knutschte. Schöner Mist, bei dem sie sich ein wenig aneinander rieben – Clothing hieß so was in ihrer eigenen Zeitschrift. Mist eben, über den sie danach gramvoll kein Wort mehr verloren. Natürlich nur, wenn man die blöden Andeutungen Tilmans nicht mitzählte.

»Ich habe keine Ahnung, was du immer meinst«, sagte Anke trotzig. »Und ich muss jetzt auch mal los. Smaragd und ich wollen heute noch ein Bad nehmen.«

Sie guckte zum Hund, der ohnehin durch seine Namensnennung stark aktiviert war.

»Gell?«

Wuff!

Tilman fand aber trotz dieser Verabschiedung noch platziert, dass Linda Medienpsychologie an der Fachhochschule in Darmstadt studierte.

»Ich habe ihr gesagt, vielleicht kann sie mal was über Filme bei uns schreiben.« Anke versuchte ihre Gesichtszüge unter Kontrolle zu halten. »Aber«, wiegelte Tilman ab, während er sich das blaue Poloshirt in Bauchgegend kratzte, »du musst dich natürlich mit Anke gut stellen. Das ist ihr Ressort.«

Anke nickte abweisend.

Und endlich wurde diese unheilige Versammlung aufgelöst. Nie wieder in den Park. Beim Nachhausegehen sah sie zu Smaragd runter und sagte begeistert:

»Von jetzt an laufen wir nur noch bei uns im Hinterhof, was?« Smaragd heulte auf vor Freude.

+ + +

»Gärtner, musst du etwa kotzen?«, lallte Juli. Gärtner wollte empört verneinen, war aber durch den Schwall Erbrochenes behindert, der sich Bahn brach, vom Magen her in eine Pfütze vor den Garagen beim Juz. Okay, es war draußen. Hoffentlich hatten das jetzt hier nicht so viele gehört, Gärtner kotzte immer so laut. Er räusperte sich. Wollte antworten, grunzte aber erst mal kläglich. Suchte seine Stimme. »Nein, muss ich nicht, Mann« – toll, da war sie ja. Und was für schöne Sachen sie sagte. Nämlich, dass er nicht kotzen musste. Nicht kotzen musste hinter dem Laden, wo er das zu Schulzeiten mit seiner Gang aus Außenseitern, Spielern, Trollen, Tramps und Klassenkameraden fast wöchentlich getan hatte. Nächstes Jahr würde er 31 werden, aber er kotzte noch wie ein junger Gott. Vielleicht ein gutes Zeichen. Immerhin war er selten krank, obwohl er sich ernährte wie Ronald McDonald, der traurige Clown. Ihm drehte sich alles. Er stand tief zu Boden gebeugt, die Hände auf die Oberschenkel gestützt.

»Ich bin wieder jung«, frohlockte er skeptisch.

Juli neben ihm nahm einen Schluck aus seiner Exportbier-Flasche und lachte blöde.

»Aber klar, mein Alter.« Zur Bestätigung rülpste Juli.

Wie der letzte Bauer vom Dorf. Aber wer wollte ihm das übel nehmen, schließlich war er das ja auch. Gärtner wollte irgendeine Aktion starten. Aber als er seine Hände von den Schenkeln nahm, um sich wieder aufzurichten, bemerkte er, für diesen Schritt war er noch nicht bereit. Okay, wieder zurück. Zurück in die Embryonalhaltung des Trinkers. Er spuckte auf den Boden. Das hier konnte ihm doch nicht im Ernst passiert sein. Er dachte an diese eine Szene, die er noch in Erinnerung hatte. Aus dem Film »Top Secret«. Der komische Knaller von den Zucker-Brüdern. Ach, diese liebenswerten Narren. In der Szene läuft der Hauptdarsteller Val Kilmer durch die leeren Gänge einer Schule. Einer amerikanischen. Er rennt an endlosen Schließfächerreihen vorbei. Trifft außer Atem auf einen Hausmeister. Der ihn überrascht ansieht und der Gänge verweisen will.

Darauf Val: »Nein, das geht nicht. Heute sind doch die Abschlussprüfungen.«

»Die waren doch schon letzten Monat. Das Schuljahr ist längst rum. Du kommst zu spät.«

Val Kilmer am Boden zerstört, murmelt »Oh, nein« und »Ich bin wieder in der Schule«. Dann verschwimmt das Bild, um sich in anderer Umgebung kurz darauf wieder zu luften. Val bemerkt, in Wirklichkeit in einem Keller der DDR auf ein Andreaskreuz geschnallt zu sein und von zwei Kerkermeistern viehisch gepeitscht zu werden – schließlich gilt er für seine Peiniger und den Ostblock nicht nur als Amerikaner sondern auch als Spion. Val besinnt sich und beginnt unter den Schlägen zu lächeln. Noch mal Glück gehabt. Er ist gar nicht mehr in der Schule.

Gärtner kotzte noch mal. Es kam nicht mehr viel. Es reichte auch wirklich. Juli und der andere Typ, der mit ihnen den Abend über im Juz getrunken hatte, waren schon wieder reingegangen. Gärtner überlegte, ob er das auch tun sollte. In seinen besten Zeiten war es durchaus nicht unüblich gewesen, trotz vorübergehendem Magenumdrehen die Nacht nicht als beendet zu betrachten. Mit etwas Geschick und Verachtung gegen die körperlichen Grenzen hatte man mitunter noch voll was zuzusetzen. Aber jetzt? Und wofür denn? Das Besäufnis allein war ja schon langweilig gewesen. Zu Anfang immer noch Tischfußball, bald nur noch Schnapsschorle oder was er sich da wieder zusammengetrunken hatte. Und Gespräche darüber, was die Ärzte von den Toten Hosen unterscheidet und so. Himmel, Gärtner langweilte bei diesen banalsten aller pathetischen Alkdiskussionen ja schon seine eigene Meinung, ganz zu schweigen von der der anderen.

Nee, er fuhr jetzt heim. Auf seinem unsportlichen Rennrad, das er wieder aktiviert hatte. Der Weg über zwei Dörfer war durchaus nicht kurz. Aber er hatte ja Zeit. Morgen würde er schon erschöpft genug sein, sich nicht vom Rentner-Workout seiner Leute wecken zu lassen. Und Mutter hatte er immerhin so weit, dass sie den kärglichen eingehenden Anrufen für seine Gründungsoffensive Promo-Agentur immer sagte, er sei auf einem Außentermin statt in der Wanne oder Ähnliches. Er schloss das Rad auf. Mühsam. Das Schloss war verrostet und Gärtners besoffene Ungeduld tat ein Übriges. Minutenlang hantierte er zeternd daran herum. Dann stieg er auf, rollte an ... und fuhr. Es lief. Ein beschwingtes Gefühl, anstrengend, aber interessant. Zurück nach Hause! Immer wieder.

+ + +

»Mome-hent!« rief Anke aus dem Bad ihrer WG. Aber wie hätte das Rebecca, die unten an ihrer Tür klingelte, hören sollen? War auch eher so ein Reflex. Smaragd bellte fröhlich. Besuch war ihm eine willkommene Abwechslung in seinem abendlichen Müßiggang. Rebecca, die unten um Einlass warb, war noch nicht mal sonderlich pünktlich, Anke hing zeitlich dennoch gut hinterher. Sie betätigte den Türöffner, öffnete die riesige WG-Tür und ließ sie angelehnt, drückte »Play« auf ihrem CD-Spieler und lief provisorisch mit einem Handtuch behängt schnell wieder zurück ins Bad. Trotz der geschlossenen Tür konnte sie hören, dass das Intro zu »Caught out There« von Kelis losbrach. Klasse. Das würde Rebecca die Wartezeit versüßen. Die mochte doch Musik. Jeder mochte doch Musik. Dachte Anke und putzte sich schäumend und akribisch die Zähne. Rebecca kam hoch geschnauft, immerhin wohnte Anke mit zwei weiteren Frauen im vierten Stock. Altbau. Also 90 Grad steile Treppen mindestens. Und ein Geländer in Kniehöhe. »Unseren Vorfahren, die das hier gebaut haben, merkt man echt noch an, dass sie Affen gewesen waren. Sie wollten so gern klettern und waren anscheinend nur knapp einen Meter groß. Altbauwohnungen trösteten sie über den Verlust ihrer Baumhäuser hinweg«, erzählte Anke gern. Rebecca fand die Geschichte mit jedem Stockwerk plausibler. Oben ging sie in die WG und drehte erst mal die Musik leiser. Anke war wohl schwerhörig oder zu Kopf gestiegen, dass ihre beiden WG-Genossinnen den Frühling auf Fuerteventura verbrachten. Um dort eine weitere Freundin, die hier ebenfalls mal gewohnt hatte, zu besuchen. Die machte da unten Street-Promotion für einen englischen Schaumparty-Club. Auf Rollschuhen oder so. Na ja. Die beiden studierten noch, die konnten sich Fehlzeiten im eigenen Alltag leisten, schließlich waren sie ihre eigenen Chefinnen – und keine sehr strengen. Eine von ihnen hatte zwei Auslandssemester vor sich, die andere wollte wohl ganz ausziehen wegen einer anderen in Aussicht stehenden Studienstadt.

Das war vielleicht ihre letzte gemeinsame Zeit als WG. Anke hatte gerade deswegen auch mitgewollt nach Fuerte, musste sich dann aber umentscheiden. So ein Trip war wegen ihres Jobs erst im August zu machen, wenn es beim Magazin sommerruhig war.

»August? Bist du blöd! Bei 40 Grad im Schatten. Viel Spaß!«, hatten ihre halbscheidenden Mitbewohnerinnen gequäkt.

An Ankes Badtür klopfte es. Rebecca wollte was.

»Mensch, Anke, ich habe Smaragd schon ganz wund gestreichelt. Komm raus. Wir wollen endlich auf die blöde Prinz-Party.«

Auf die blöde Prinz-Party? Hey, wie redete Rebecca denn?

»Bist du schlecht drauf?«, rief sie ihr zu.

»Nein. Im Gegenteil. Und deshalb will ich mal los. Ist schon halb zehn!«

»Ja, ich bin gleich soweit. Streichle solange gefälligst meinen Hund weiter. Der liebt dich dafür mehr, als deine verdammten Eltern es je tun werden.«

»Spinnst du'n bisschen?«, lachte Rebecca und übertrieb gewollt ihren leichten hessischen Dialekt, als sie sagte: »Was haste über meine Eltern gesagt? Isch box disch, Lutscher!«

Toll, Rebecca war also doch gut gelaunt und parodierte Sabrina Setlur. Sehr schön. Anke beugte sich über die feine Linie Koks, die sie auf dem runtergeklappten Klodeckel platziert hatte. Der gerollte Geldschein besorgte den Transfer in die Nase. Ah. Den Übertrag in die Blutbahn und auf die Stimmung gab es umsonst. Anke kontrollierte im Spiegel noch mal ihre Haare, den Ausschnitt ihres schon sommerlich gemusterten Kleides und ihre Nase. Alles klar. Und wie. Jetzt war sie fertig. Jetzt konnte es losgehen. Draußen stieß sie auf Rebecca. Die wollte noch mal pinkeln. Angeblich weil es so lange gedauert hatte. Ja, ja.

»Ich stehe hier schon eine halbe Stunde, weil Madame auf dem Pott sicher wieder Koks zieht. Lass das doch mal.«

Anke ignorierte die Ansprache geflissentlich.

Aber Rebecca war noch nicht fertig:

»Mir ist doch egal, was du da drinnen machst. Aber ich will dir doch noch mal sagen, das passt einfach nicht zu dir!«

Anke zog Schuhe an, halboffene zum Schnüren der letztjährigen Veronique-Branquinho-Kollektion, holte schon mal ihren Mantel. Jetzt reichte es ihr aber.

»Passt nicht zu mir? Was passt denn deiner Meinung nach zu mir? ›Hoffnungslose Romantik? Mein halber Zahn? Meine Art, Bands vor Kameras zu komplementieren?‹ Ich hab halt schon Bock, auf ein bisschen mehr als das.«

Rebecca seufzte. Stur, romantisch und auf Aufputschmittel – sie ließ sich mit so einer Kontrahentin besser auf keine weitere Diskussion ein. Und schloss die Klotür hinter sich.

»Mach hin, wir wollen los«, quäkte Anke schon wieder ziemlich vergnügt von der anderen Seite.

»Du törichtes Stück!«, gab Rebecca lachend zurück.

Anke tätschelte derweil Smaragd, der die Aufbruchstimmung teilte, vermutlich in der Hoffnung, durch seine selbstverständliche Begeisterung einfach mitgenommen zu werden. Schnell noch mal die CD gewechselt. Als Rebecca aus dem Bad kam, brüllte die Stereoanlage gerade los.

»Destroy 2000 years of culture!« Von Atari Teenage Riot. Rebecca verdrehte die Augen. Was war denn jetzt noch? Anke sah sie mit einem flehentlichen Blick an, den sie sich offenbar von ihrem Hund abgeschaut hatte, und sagte: »Gell, den einen Song können wir noch?«

»Du machst mich wahnsinnig!«

Aber es war schon okay. Auch für Rebecca. Einen Song lang kann man doch immer noch bleiben. Nur einen noch.

\+ + +

Gärtner war ganz schön verkatert. Ab 30 schien der Stoffwechsel wirklich völlig einzubrechen. Was für ein trüber Ausblick auf seine Zukunft als ältlicher Frusttrinker in der Schülerkneipe. Seiner Mutter hatte er gesagt, er habe sich wohl eine Magendarmgrippe eingefangen. Ob sie ihm das aber abgenommen hatte, schien mehr als fraglich.

Schließlich war er beim späten Heimkommen über das Schuhregal gefallen, seine Jacke an der Garderobe stank bestialisch nach Rauch und sein Zimmer flimmerte von den Alkoholausdünstungen. Mutter sagte nichts dazu, was er ihr höher anrechnete als den Tee, den sie auf einem Tablett reinreichte. Wie sollte Gärtner es aber bloß heute Abend schaffen, wieder auszugehen? Schlafen, viel trinken, Augen zu und durch und irgendwann gegen später muss es wieder funktionieren. Auch wenn es sich jetzt absolut nicht so anfühlte. Die Erfahrung verhieß doch anderes. Gab es da irgendeinen Punkt, an dem er diese Entwicklung zum Hier und Jetzt im Bett in Hattersheim hätte umlenken können? Oder war wie immer einfach alles höhere Gewalt?

Das letzte Kapitel von Gärtners Odyssee hatte sich dabei in Berlin abgespielt. In Berlin hörte eben immer alles auf. Flucht- und Endpunkt. Danach gab es nur noch drei Optionen: nix, Ausland oder zurück aufs Dorf. Berlin, was für eine Geisterbahn. Aber das ist Flair. Das hat keine großartig ausformulierten, sinnlos beglaubigten Ausschanklizenzen oder Notausgänge in den improvisierten Clubs nötig. Das ist die Großstadt. Das ist Blixa Bargeld, FM Einheit, die Zigarettenmafia und Linksverkehr. Das ist Hundekot als Straßenbelag, das ist das Ultimative. Mehr geht nicht. Das ist Mitte oder Kreuzbert, Friedrichsheim oder Preslauer Berg. Die Namen kannte man ja schon vom Hören. Gärtner trank hier entsetzt ein Feierabendbier. Seine Plattenfirma war nach dem Internet- und Selbstbrennschock, der plötzlich drei Viertel aller regulären Verkaufszahlen absterben ließ, im Trek der Verdammten nach Berlin gezogen. Viele waren auf der Strecke geblieben und das nicht zum letzten Mal. »Demnächst trinkste lieba keen Balina Weißa mit Schuss«, raunte ihm ein dürres Mädchen mit der Brille hinter der Bar zu. »Det trinken nur Wessis oda Japana.«

Gärtner holte sich einen weiteren Tee. In Hattersheim. Berlin war durch. Es ging schon soweit besser, dass er sich entfernt ein fettes, schweres Essen vorstellen konnte. Das sollte der letzte Baustein sein in dem ausgefuchsten Plan der Genesung. Die Zeit zum Abend wurde immerhin knapp. Auf MTV sah er eine der Bands, die er damals betreut hatte. Der Clip musste ein paar Jahre alt sein. Der Song dazu kein richtiger Hit, aber immerhin – ein wenig Genugtuung erfasste Gärtner – er wurde noch gespielt.

Also, kein schlechtes Zeichen. Und doch erinnerte er sich auch daran, wie der Vertrag der Band mit seiner alten Firma nicht erneuert wurde. Was damals für Worte fielen:

»Die Arschlöcher kaufen keine CDs mehr«, konstatierte der Boss des Konzerns und meinte dezidiert die Terroristen – also seine Kundschaft, die seit dem Jahrtausendwechsel überraschenderweise nur noch aus Kriminellen zu bestehen schien. Der Konsument kotzte auf den Fuß, der ihn nährte.

»Und ihre Top-Acts verkaufen auch nichts mehr«, wurde Gärtner von einer öden Vorgesetzten-Figur angeherrscht.

»Die holen ihren Vorschuss im Leben nicht mehr rein. Die können in Neukölln Zeitschriften-Abos verkloppen gehen. Um ihr Drecks-Video zu bezahlen.«

In dieser Zeit wurde er auch von seiner damaligen Freundin, der Sängerin einer bekannten Crossover-Band, verlassen. Sandra Nachtisch, oder so. Wegen Lieblosigkeit, Affären oder vergleichbaren Bitternissen. Was ihm unglücklicherweise auch nicht so wirklich nahe ging. Er wünschte damals eher, es wäre ihm nicht so egal. Einen Abend versuchte er sogar zu weinen. Mit einer Flasche Chianti und dem Video von »Arielle, die Meerjungfrau« – das er früher mal so ergreifend gefunden hatte und deren Panini-Bilder er ja gesammelt hatte. Aber Tränen flossen erst, als Eintracht Frankfurt in dem Herzschlagfinale gegen Kaiserslautern nicht abstieg. Das war doch alles zum Heulen.

\+ + +

Vor Ankes Haus befand sich gleich eine Straßenbahnhaltestelle. Genau das Richtige für sie und Rebecca. Sie stiegen ein. Und etwas später um. Die Party fand statt in einer neuen Location im Gallusviertel. Anke und Rebecca hatten über Freunde und Passanten schon mitbekommen, dass in dieser ehemaligen Fabrik einige Großraum-Raves abgehalten wurden, dort gewesen waren sie allerdings noch nicht. Warum auch? Ehemalige Fabriken wurden andauernd zu Veranstaltungsorten. Es bedeutete nichts. Und trotzdem hieß es immer noch, die Spaßgesellschaft sei am Arsch – was sollte da die Fabrikgesellschaft sagen? Wenn ihre einst stolzen Hallen voll flüssigem Stahl nur noch als pittoreske Staffage für Partys dienten? Und des Tages Müh und die Tragödien von Lohnarbeit allerorts dem Feenstaub des zerstobenen Tänzerschweißes gewichen waren?

Etwas unwohl fühlten sich Anke und Rebecca eher, da sie mit der 21 ins Gallusviertel fahren mussten. Gallus – das galt als schlechtes Viertel in Frankfurt. Arbeitslosigkeit, Müllfahrerstreik, miese Launen – dagegen erschien Sozialer Brennpunkt Rödelheim wie die Schlossallee. Die 21, die die beiden fuhr, trug zudem den Namen »Junkie-Express«. Nicht offiziell auf dem Schild des Triebwagens, aber so gut wie jeder, der in der Mainmetropole wohnte, benutzte diesen Begriff. Für Rebecca und Anke eigentlich kein Problem, schließlich wählten sie grün und hassten den Krieg. Sie waren trotz Glatze bzw. Kleid keine konservativen Unmenschen. Dennoch musste man ja nicht gerade im Junkie-Express sitzen. Was da alles passieren konnte. Überall stöhnte wer in diesen Waggons. Unheimlich. Und man konnte oft nur durch den Mund einatmen. Wer könnte noch mehr Identifikation mit den Marginalisierten verlangen, als ihre verbrauchte Luft zu atmen? Helmut Kohl vielleicht, dachte Anke. Dessen Wahlauftritt hatte sie seinerzeit mal in Darmstadt mit Gärtner, anderen aus der Juz-H.-Szene und dem Asta der örtlichen FH gestört. Sie hatten gepfiffen und gejohlt, als Kohl in seiner damals, 94, noch sehnigen Massiertheit auf das Podium gerollt worden war. Er hatte es schwer dort, ja es war ihm fast unmöglich gewesen, anhaltend zu Wort zu kommen. Anke hatte in dem Moment gedacht, »Rainer Langhans und Fritz Teufel sind vielleicht in ihrem Leben nie glücklicher gewesen, als ich es jetzt bin. Wir verhindern die Regierung! Wir sind mächtig!«

Kohl hatte dann geifernd vor Zorn – wie er der Öffentlichkeit gern entgegengetreten war – die vergnügten Studenten beschimpft. Und später dann noch aus Rache die Wahl gewonnen. Und vorgeworfen hatte er ihnen damals auf dem Podium unter anderem Folgendes: »Links reden, rechts leben!«

Damit der Altkanzler nicht posthum Recht behielt, atmete Anke tief durch die Nase ein. Hier im Junkie-Express. Linker konnte man doch quasi nicht leben – außer vielleicht noch, man nahm sich in dem Viertel eine Wohnung oder eine Wellblechhütte. Sie zog noch mal Luft ein. Luft, die ein bisschen roch wie nasse Kleidung, die man über Tage vergessen hatte aufzuhängen. Ah, ging doch. Was aber bei all der Fahrerei nicht mehr so loderte, war die geile Stimmung, die sie sich mit Rebecca, Songs und ein bisschen Sekt schon angedient hatte. Mann, wie lange mussten sie noch drinnen hocken, hier in der 21?

»Sind wir bald da, Rebecca?«, quengelte sie.

»Weiß ich's?«, sagte die schroff.

Oh, anscheinend zeigte auch bei ihr die Kurve schon nach unten. Noch drei quälend lange Stationen, aufs Klo musste Anke eigentlich auch – dazu immer wieder Stopps wegen brennender Autos oder Rotlicht an den Schienen –, kroch die Bahn durch das Gallusviertel, bis sie schon bald Fahrt nach Höchst aufnehmen würde. Anke und Rebecca stiegen vorher aus. Wo es lang ging, wiesen ihnen die Ströme der ein oder anderen Grüppchen, die so ähnlich aussahen wie sie. Und wenn man genau hinhörte, wies auch der durchdringende Bass die Menschen ein. Die Party dröhnte.

+ + +

»Hier ist es viel enger, als ich dachte, » schrie Anke Rebecca an.

Die nickte, machte Anstalten, etwas zu erwidern, überlegte es sich dann aber und winkte ab. Es war einfach zu laut. Aufreibend, sich dabei noch unterhalten zu wollen. Und es war so voll. Menschenmengenstress. So viel los. Gleich Anstehen, um die Jacke abzugeben. Während sich dutzende Leute an einem vorbei schoben, denn Garderobe und Eingang zu der riesigen Räumlichkeit mit Tanzfläche waren nur durch einen Wimpernschlag getrennt. Die hohen Decken verschafften dabei nur wenig klimatische Erleichterung, es war heiß. Heiß, heiß. Schwitzig heiß. Die Luft klebte. Welche Luft überhaupt? Anke legte ihre Jacke über den Arm, während sie wartete. Sie wich einem Typen aus, der zwei randvolle Cocktail-Gläser über dem Kopf durch die Menge balancierte. Ein paar Tropfen, die der Zuckerrand nicht aufsaugen konnte, trafen sie dennoch. Hm, einen Drink. Den wollte sie auch. Mit Rebecca hatte sie vorm Gehen zwar noch einige vorgelegt. Aber das war schon Vergangenheit. Und aufs Klo wollte sie, und wie lange würde das denn alles noch dauern? Die überfüllte Location glich dem Set eines Katastrophenfilms. Bloß ohne Panik. Alles voller Leiber und Bewegung und ohne eine erkennbare Choreographie. Oder wie ein hochambitioniertes Gesellschaftsspiel, dessen Regeln man nicht kannte. Kaum auszuhalten. Und warum hatte der Typ echte Cocktails? Warum hatte er sich nicht etwas an den vielen Promotionständen geben lassen? Diverse Energydrink-Labels hatten aufgefahren, das konnte Anke trotz des Menschenaufkommens sehen. Überall vor den Wänden blinkten Logos und Studi-Hilfskräfte. Letztere waren zusätzlich uniformiert durch bedruckte Shirts und individuell verziert mit ihren komischen Tattoos und schenkten gratis was aus. Oder drückten einem gleich die jeweilige Dose in die Hand. Anke wäre auch gern eine von denen gewesen, die da was bekamen. Gleich würde sie etwas besorgen. Möglichst ein kostenloses Trendgetränk, das aber nicht ganz so grell schmeckte. Was waren das noch für Zeiten, als es Bier- und Sektsponsorings von örtlichen Brauereien gab, die ohne vulgäre Präsenz vor Ort auskamen. Oder, noch verrückter, als man sich seine Getränke noch selbst kaufte.

»Irre«, dachte Anke. »Absolut irre.«

Und sah sich nach einem passenden Stand für sie um. Immerhin hatte sie endlich ihren Mantel abgeben können. Und durch die Hitze noch mehr Durst.

»Ich hol mal einen Wodka Vitamin mit Kirsch«, brüllte sie Rebecca zu.

Die war allerdings irgendwie weg.

»Na, vielleicht später am Sammelpunkt«, dachte die Verlassene irritiert.

Und ließ sich von der virilen Crew des Umsonst-Wodka-Vitamin-und-Kirsch-Brandings was aushändigen. Sie war gleich dran gekommen. Was ungewöhnlich war, schließlich stand doch jede Örtlichkeit bis hin zum Wunschbrunnen völlig zu. Wie viel schlimmer als mit Insekten oder Schnaps aromatisiertes Bier sollte dieser Wodka-Mix hier schon schmecken, dass ihn sonst wirklich gar niemand wollte? Sie testete. Okay, okay. Schon sehr schlimm. Sie würgte kurz. Aber längst nicht so schlimm, wie den ganzen Abend anzustehen mit seiner traurigen Schlangenfresse. Alles klar. Anke drückte sich zum Ort des Geschehens. Der Prinz-Verlag hatte sich nicht lumpen lassen, eine Tonne Sand bei der Tanzfläche aufgeschüttet, bunte Förmchen drübergeleert und zwischen die erhitzt glänzende Gästeschar, bestehend aus ziemlich marginalen Frankfurter Medien- und Halb-Promis, diverse Samba-Tänzerinnen gebucht. Die in aufwändigen Kostümen mit schönen Federn und in Bikinis dem tanzenden Pulk Glamour und südamerikanische Lebensfreude verleihen sollten. Hier in der stickigen Halle erschien das allerdings leicht schäbig und die Idee des Auffahrens kaffeebrauner exotischer Schönheiten war nicht mehr als der übliche Chauvi-Kram, der sich dabei noch für weltoffen hielt. Anke brach beim Sich-an-anderen-Vorbeischieben einer der Tänzerinnen eine riesige Feder aus dem Rückenpanzer (oder was das auch immer war, aus dem da Federn auffächerten). Zum Glück merkte die das nicht. Anke tat, als würde sie immer große Federn unauffällig unter sich gehen lassen. Dazu lief Nu-Jazz über die Boxen. Es klang wie Hohn. Hohn auf Fabrik, Hohn auf Samba. Der Refrain, der gerade aufkam, bestand neben Rhythmus und spärlich eingesetzten Bläsern vor allem aus einem hämischen Lachen.

»Ha, ha, hahaha, ha!«

Wie unheimlich. Anke ging sich auf der Toilette erst mal frisch machen, der Abend würde noch lang genug werden.

\+ + +

»Es gibt bei uns an der Fachhochschule schon semi-virtuelle Vorlesungen. Das ist ein Trend aus den Staaten. Da müsstet ihr auf den Kulturseiten echt mal eine Reportage bringen.«

Anke starrte in das schöne aber irgendwie doch komische Gesicht von Linda.

Die machte weiter: »Da gibt es einen Professor, der ist echt interessant. Den sollte man dazu mal interviewen. Wusstest du, wie sehr Produktionsprozesse enthierarchisiert werden durch den Cyberspace? Wenn man nur mal das Prinzip des Medien-Raumes nimmt und …«

»Wachsen aus diesem einen Leberfleck etwa lange blonde Härchen? Die aussehen wie Schnurrhaare einer bemerkenswerten Katze?«

Lindas schönes, jugendliches Mediendesignerinnen-Gesicht in Ausbildung sah bei längerem Hingucken eigentlich zum Fürchten aus. Lauter unsympathische Details. Anke blinzelte, sie hatte Rauch ins

Auge bekommen. Sie trank einen Schluck. Linda redete. Tilman kam mit zwei Gläsern zu den beiden Frauen, die sich am hinteren Ende der Bar ein wenig Platz erquetscht hatten. Für Tilman selbst war der Whiskey mit Eis, Linda bekam einen Cocktail in die Hand gedrückt.

»Hier gibt's doch so viele Aktionsstände, da könnt ihr doch nicht das reguläre Zeug kaufen. Wem wollt ihr denn was beweisen? Wegen mir braucht ihr keinen Manhattan und Whiskey Eis trinken.«

Anke merkte beim Sprechen bereits den aufgenommenen Alkoholanteil ihrer Kirsch-Mischung aus der Dose. Die sie stolz den anderen zum Anstoßen hinhielt. Die war fast leer, erwärmt durch Ankes heiße Hände. Darauf strahlte ein glitzernder Neonkirsch Aufdruck.

Tilman verzog das Gesicht.

»Glas und Dose? Da kannste nicht zusammen anstoßen.«

Die Musik dröhnte. Anke guckte beleidigt, ihre warme Dose hatte einen Korb bekommen. Durfte nur mit ihresgleichen wie Regentonnen, Ravioli-Behältnissen oder so angestoßen werden.

»Boah, ihr Snobs!« Sie lachte versöhnlich.

Ließ aber ihr Getränk in einem unbeachteten Moment vorpreschen und kurz gegen Lindas Cocktail klappern. Etwas zu fest allerdings, denn so schwappte ein kurzer klebriger Schwall über das schmale Handgelenk Lindas. Die leckte es ab wie ein Hund. Sah ja lustig aus. Vielleicht fand es Tilman sogar geil, mutmaßte Anke, als Lindas lange rote Zunge zum wiederholten Male über ihre eigene Hand glitt. War dann leider aber auch schnell wieder vorbei.

»Also, ich geb lieber hier ein Euro mehr für meinen Drink aus, als dass ich mir den Magen mit …« Tilman hielt kurz inne, um dann überzeugend angewidert zu vollenden: »… solchem Zeug da verklebe.«

Er schien ergriffen von der Tatsache, dass er immer und überall »seinen Schnitt« machte. Nicht nur im Leben, im Job – anscheinend auch an der Bar. Anke guckte ihn skeptisch an.

»Sag mal, hast du jetzt ne Gänsehaut? Wegen dieser Ansprache?«, fragte sie.

Tilman verstand nicht recht. War ja auch laut hier. Nachdem sie ihm zum dritten Mal den Satz und den Kontext ins Ohr hatte brüllen müssen, war es ihm wohl genug.

Er sagte: »Ja, ja!«

Anke brüllte noch lauter: »Morgen feiere ich übrigens die Überstunden des letzten Wochenendworkshops ab, gell? Das hast du auf dem Schirm?«

Tilman wieder: »Ja, ja!«

Aber diesmal hatte er verstanden und nickte gönnerhaft, der Sack.

In Ankes rotem Strohhalm, der freundlich aus der Öffnung ihrer schmalen Vit-Alk-Dose ragte, röchelte es. Anke hielt die Dose etwas schief. Aber nach einem halben Zug röchelte der Halm auch in dieser Position asthmatisch. Unmissverständlich leer. Anke gluckerte.

»Ich geh mal aufs Klo. Ich komm gleich wieder«, rief Anke gegen den Salsa-Galopp an und hatte nicht im Entferntesten vor, letzterer Aussage später auch zu entsprechen.

»Wart mal, da kann Linda doch gleich mitkommen. Sie kann wirklich herrlich pinkeln. Sie hat letztens einen superbenoteten Schein dafür gekriegt.«

Was? Hatte Tilman das tatsächlich zu ihr gesagt? Oder verlor sie langsam den Verstand? Anke starrte skeptisch auf das trinkende Gesicht ihres Chefredakteurs. Okay, sie hatte schon lange Zeit nicht mehr so viel Alkohol zu sich genommen wie diesen Abend über, aber wie sehr musste man denn aus der Übung sein für derartige Halluzinationen? Ihr waren solche Zusätze in der Wahrnehmung ja durchaus vertraut, sie musste sie aber dennoch jedes Mal mühsam auch als solche outen.

»Ist was?«, fragte Tilman, nachdem Ankes Blick gar nicht mehr von ihm abließ.

»Nee … Oder?«, sagte sie.

»Ich muss, wie gesagt, mal verschwinden«, beendete Anke die ergebnislose Recherche bezüglich dieser Situation.

»Ich komm mit«, sagte Linda, rutschte vom Hocker und gab ihrem Begleiter ein Küsschen auf die schmalen Lippen.

»Halt die Stellung!«, lachte sie ihm zu. »Und bestell uns noch mal was. Das gleiche wie eben.«

Linda zeigte Richtung Toiletten. Quer durch die Halle. Da sollten sie jetzt hin. Anke kannte den Weg, guckte instinktiv der Geste hinterher. Sie war verunsichert. Wollte die ihr jetzt was vorpinkeln, um sich eine Vogue-Reportage über »Digitale Räume« oder gleich über das leidige Thema, warum Frauen gemeinsam aufs Klo gehen, zu sichern? Anke ließ sich nichts anmerken. Alles hatte ganz sicher schon seine Richtigkeit. Alles.

+ + +

Sie zwängte sich mit ihrer neuen Freundin, der hässlichschönen Linda, zu den Toiletten. Wo war nur Rebecca? Sie suchte den kahlen Schädel, der bei etwas über einsachtzig doch auch aus der ein oder anderen Menschenmenge ragen müsste.

»Bailame Ritmo« stöhnte es aus den Boxen. Ein Freudenfeuer brasilianisch deutscher Lebensliebe. Anke spürte bei einem kurzen Innehalten merklich ihre Betrunkenheit. Aber so was von. Hätte sie doch heute Mittag Torte, Kroketten und Sauce gegessen statt Salat mit Essig und Öl. Beinah wäre sie gestolpert, als Linda sie in eine Lücke Richtung Klos verschob. Konnte die das mal lassen? Die Örtlichkeiten für die Frauen erreichend, erfüllte sich die verhängnisvolle Gewissheit, dass hier freie Kabinen seltener waren als irgendwas beispielhaft Seltenes irgendwo. Schöner Vergleich. Schon im Vorraum, von dem sowohl Herren- wie Damentoilette abgingen, standen Mädchen, schwatzten, warteten, rauchten, nervten. Die ganze Palette menschlicher Emotionen eben. Neonlicht holte das Schlechteste aus allen Looks und Gesichtern raus, jedes Mal wenn die Tür Richtung Tanzfläche aufging, strömte ein feuchter Schwall Beats und Lärm auf die Wartenden. Auf dem Zigarettenautomat türmten sich leere, halb volle Dosen von Energy- und Alkopop-Drinks, der Boden klebte. Anke dachte, sie müsse vielleicht kotzen. Und die Tatsache, dass sie hier absolut gar keine Chance haben würde, das unbemerkt zu tun, verstärkte das Gefühl noch.

Die Tür der Herrentoilette öffnete sich. Warum war es da immer so viel leerer? Anke hatte keine Zeit, eine dazu passende Verschwörungstheorie zu erinnern oder zu erfinden. Denn der Typ, der sich beim Rausgehen die Hände an der Hose abwischte, war doch …

»Ach, du Scheiße …«, entfuhr es Gärtner ehrlich.

Ihre Blicke hielten sich für einen scheinbar unendlichen Moment lang stand.

Anke zögerte, was wollte sie noch mal alles sagen?

»Ach, hallo?«, entfuhr ihr – mitsamt des Fragezeichens.

Hm, darüber hinaus gab es wohl noch einiges Unausgesprochenes mehr in ihrer Geschichte. Obwohl was denn groß? Er hatte die Stadt hier und sie gleich mit aufgegeben. Für seinen anderen Traum. Dieses gute wilde Leben. Das war vor Jahren. Und jetzt stand er blöd im Gallus rum. Mit nasser Hose.

»Gut, dass ich gesehen habe, wie du dir die Hände an der Hose abgewischt hast. Sonst könnte ich glatt denken, du wärst so fleckig, weil du mittlerweile nicht mehr Herr deiner Körperfunktionen bist.«

Gärtner grinste linkisch. Herrje, seine Ex. Beziehungsweise wow. Und ihr Entree war eine nette Dreistigkeit. Wobei das »t« im Auslaut ihres »bist« irgendwie schwer und unklar klang. Sie war wohl angetrunken.

»Ja, ihre im Gliedbereich nasse Hose, Gärtner«, sagte er mit ebenfalls leicht schwerer und verstellter Stimme, »die lässt darauf schließen, Sie haben wohl gar keinen Ruf mehr zu verlieren, oder einfach ziemlich viel Pech gehabt … in den letzten Minuten zumindest.«

Anke musste lachen. War doch auch echt witzig. Und auch noch so engagiert vorgetragen. Und irgendwie fühlte sie sich selbst sehr schön gerade. Und er sah auch nett aus nach all den Jahren – mit seinem kürzeren Haarschnitt und diesen grünen ewigen Schlafzimmerblues-Augen. Das nie aufgearbeitete Auseinandergehen von einst schien eher eine gemeinsame Anekdote zu sein, die diesem Treffen hier interessanten Nachdruck verlieh. Er guckte dabei treudoof, fast hatte er ja in seinem Scherz auch etwas Flehendes gehabt.

»Willst du mich nicht mal vorstellen?« Linda hing sich auch mal rein in den magischen Moment.

Mal was? Ach stimmt, diese Studentin gab es ja auch noch. Ihr bleiches Gesicht ließ im Neonlicht seltsame rote Flecken erahnen. Oder waren die nur auf Ankes Pupillen? Nee. Linda brauchte Cortison, oder? Anke hatte jedenfalls genug: von Linda und der schäbigen Warterei auf bessere Zeiten bei der Prinz-Party. Sie nahm ein herrenloses Glas, das sich mit einer Kippe und aufgelösten Eiswürfeln fast halb gefüllt sah. Sagte etwas zu früh schon: »Hoppla, das tut mir jetzt aber echt Leid. Ich Bestie!« Und goss es unter der vagen Aufrechterhaltung eines gewissen Unfalls über Lindas blödes Dekolleté. Die konnte ihre Empörung kaum fassen und fror. Von dem eisigen Kippenwasser. Traurig wollte sie all der Ungerechtigkeit Ausdruck verleihen. Aber Anke wartete nicht ab. Sie zog an Gärtner, dem das zwar auch nicht geheuer war, der aber merkte, die Handlungsoptionen lagen in diesem Moment nicht in seinen Händen. Sie an dem Ärmel seiner Jacke, die er, wie sie es noch kannte, aus Bequemlichkeit nicht abgegeben hatte. Stieß die Männerklotür auf. Nur zwei pinkelten schläfrig. Welch ein Hohn zu der auffanglagermäßigen Situation bei den Damen. Sie schob sich mit Gärtner entschlossen in eine der Kabinen. Erster Moment, in dem blanke Aktion einer gewissen Bewusstwerdung wich, war der sorgenvoll prüfende Blick in die Schüssel. Auf dass sie beide nicht durch überbordende Exkremente ihre heiße Spannung in den Morast von Körperlichkeit zurückprügelt bekamen. Glück gehabt. Nur die ganz normale Zumutung der Toilette eines Venues nach 24 Uhr. Gärtner guckte irritiert. Aber irgendwas wusste er auch. Dann küsste sie ihn.

\+ + +

Noch mal Berlin. Ein letztes. An einem Abend saß Gärtner im damaligen Büro wieder mal länger vor dem Rechner. Es war nach zehn oder sogar elf. Alles dunkel. Er schrieb eine Mail. »Senden«. Dann war die Nachricht weg. Aber »Ein Fehler ist aufgetreten«. Das Programm versandte Gärtners Mail nicht. Vielleicht hatte ein Hamster das Kabel angeknabbert. Sand im Getriebe. Hamster, das waren noch nachtaktive pelzige Jungs und Girls mit viel Tagesfreizeit. Gärtner selbst musste sich fragen, warum er es nicht war, der hier Kabel anknabberte. Warum er es dagegen war, der noch ein Feigenblatt von Kompetenz bezüglich der Subkultur draußen bot. Warum konnte er nicht fallen? Er speicherte die Mail im Ausgangskorb. Für den nächsten Tag. Wenn der Outlook-Fehler behoben war und Nachrichten wieder durchgingen. Auf dem Weg zum Fahrstuhl ärgerte er sich. Was speichern, was speichern … Es gab doch gar nichts mehr zu speichern.

Einige Monate mochten noch vergangen sein, seit dieser Nacht, seit so vielen solchen Nächten. Dann war er endlich gefeuert, endlich, weil es so schrecklich geworden war. Aber: In-Berlin-Leben ohne Anstellung – ob das so viel besser war? Zumindest bei derart mäßiger Perspektive. Aber da war er doch sicher nicht der Einzige. Das würde schon auf irgendeine Weise gehen. Boheme-Prolet mit Dorfvergangenheit, das war im Endeffekt ohnehin viel mehr Berlin als der ganze Taxifahrer- und Klein-Erna-Mythos zusammen.

Und Gärtner fand sich an jenem Frühsommertag seiner Freisetzung schon wieder im Gespräch mit ehemaligen Kollegen und bot an, extern für einige der verbliebenen neuen und alten Acts des Hauses Promo zu machen. Auf Honorarbasis. Arsch-AG für Arbeitgeber, die keinen Bock mehr haben, einem die Krankenversicherung, die ganzen Sozialabgaben zu zahlen. Wieso auch? Es reichte eben gerade so noch für die Schleichfahrt des Konzerns durch die Wirrungen des fremd gewordenen Musikmarktes. Gärtner beschloss, depressiv zu werden. Doch seine helle Altbauwohnung an der Haltestelle Moritzplatz in Kreuzberg und das gute Wetter ließen nichts wirklich Abgründiges zu. Gärtner hörte laut alte Platten und trug neue still zum Pfandleiher. Als er eines lauen Abends in seiner Sonnenuhr von Wohnung saß, rechnete er aus, wie lange es noch reichen würde. Das Geld, die Motivation. Einige Monate, vielleicht noch mehr, wenn er seinen Lebensstil der Situation anpassen würde. Keinen frisch gepressten Saft kaufen und Bier nicht mehr im Club trinken sondern davor. Oder aus 0,5er-Flaschen im Park, oder was? Sein Umfeld gab sich ebenfalls gelähmt oder epileptisch. Zwischen Lamento, lange schlafo und verzweifelten Geschäftsideen auf Niveau der Dot.com-Periode gab es hier doch nichts mehr. Vielleicht noch den Popchor. Arbeitslose Medienaktive singen Bariton, Bass oder Sopran. Für viele derart abwegig, dass es als Alternative tatsächlich funktionierte. Aber Gärtner hatte einst mit der Chorleiterin auf einer öden Party in einem illegalen Club in einer Schrebergartensiedlung geknutscht. Nach der Nacht war seine Bekanntschaft mit ihr unmittelbar in ein Tief geraten. Warum auch immer. Er hatte wie immer versucht toll zu küssen. Es war einfach schief gelaufen, ohne dass etwas geschehen war. Damit fiel sogar Singen aus. Gärtner rief bei seinen Eltern an. Sollten die ihn doch wieder nehmen. Freiberufler ohne Abschluss. Das war vielleicht nicht der Triumphmarsch nach Hause, den man sich erträumt hatte, wenn man seinerzeit die

Begrüßung der Hündin Laika nach deren Weltraumflug verfolgt hatte. Wo Laika in einem offenen Cabrio fuhr und Ost und West einte mit ihrer angenehm bellenden Art. Seine Rückkehr dagegen war einfach nur der lautlose Weg zurück zum Start.

+ + +

»Das ist so unglaublich!«, sagte Gärtner atemlos, als sie endlich wieder voneinander abließen, um sich irgendwie zu sammeln. Und mal zu gucken, ob diese neue Situation auch in echt und nicht nur im Kuss trug. Vorsichtig tat Anke einen Schritt.

Sagte: »Geil! Was geht denn hier ab?«

Ein überstürzter Kuss mit dem Ex und »geil«? Aber so vertrunken war sie doch auch nicht und das alles eben kein Ausdruck eines verspäteten Stockholm-Syndroms der ersten mittelgroßen Liebe. Nein, das war ihr gutes Recht. Irgendwie hatte sie Lust auf diese heikle Nummer, kannte sich in Gärtners Mund sogar noch ein wenig aus und war doch auch nachweislich über die Sache von damals hinweg. Und wie, sie führte jetzt ein kreatives hektisches Leben mit Hund und Einkommen. Gärtner schluckte. Ein bisschen Spucke von ihr wollte er schmecken. Das wäre was. Er schmeckte aber eher Rauch und Alkohol. Igitt, hoffentlich merkte sie nicht, wie eklig das war. Aber ganz nüchtern kam sie auch nicht rüber. Und wie sie ihn wohl erlebte? Hätte er sich doch für den engen Anzug, den er in Hamburg noch gekauft hatte, entschieden. Der war zwar verknittert und roch wie Kneipe, aber besser als diese schale Jeans-und-Hemd-Sache, für die er sich aus bequemer Erwartungsabwesenheit entschieden hatte. Wie wirkte das denn nach einem atemlosen Kuss, nach acht Jahren Trennung ohne Kontakt, nach diesem Auftritt eben?

Sie sagte: »Komisch, ich dachte immer, wenn wir uns wiedersehen, haue ich dir nur eine runter. Was läuft denn aber hier ab?«

Sie lachte. Allerdings verlegen. Irgendwie hatte ihr die überraschende Küsserei sehr gefallen. Aber was jetzt? Machte der Typ vielleicht sofort wieder Schluss? Dem musste sie diesmal unbedingt zuvorkommen.

Aber keine Chance. Gärtner war dran, er sagte allerdings:

»Also ich fand's super! Äh, ach, und ich bin gar nicht ganz am Ende ...«

Sie sah ihn fragend an. So ganz hatte er es auch nicht drauf, diesem Moment einen Namen oder eine Richtung zu geben.

»Äh, nur falls du da was gehört haben solltest ... Ich liebe meine Eltern halt.«

Sie starrten sich kurz an. Kicherten verlegen aber auch ernstlich belustigt. Auf dem Schulhof könnte man jetzt meinen, das sei so peinlich, das müsse doch schon wieder cool sein. Nun, peinlich war es in jedem Fall, aber immerhin auch so cool, dass der folgende Moment der Stille sich wieder und noch selbstverständlicher in Kuss überführen ließ.

Sie küssten gut. Die zumeist wahnsinnig tolle Mischung aus vertraut und ungewiss konnte man ja ohnehin nur beklatschen. Aber auch darüber hinaus schien das hier einen Anspruch auf körperliche Sensation zu besitzen – mindestens.

»Gärtner, bist du da drinnen?«

»Juli?«, entfuhr es Gärtner entsetzt. Und er ärgerte sich sofort, seine Anwesenheit verlautbar gemacht zu haben. Immerhin war eine geschlossene Tür zwischen ihnen und der Ruf klang sehr nach »auf Verdacht«.

Anke kicherte. Sie hatten sich Arm in Arm. Um die Hüften. Während Gärtner sich entschuldigend wand. Der arme Frosch. Anke gefiel es, sie spürte nur, wie säuerlich und trocken ihr Mund war. »Feuchter Mund ist sexyer. Dann ist man wie ein aufregendes Seepferd!«, dachte sie besoffen. Und zog alle Spuckereste zusammen. Ein bisschen was war für einen Moment da. Doch es schien zu verdampfen, sie konnte es nicht festhalten, sie konnte es nicht zum nächsten Moment mitnehmen. Aber der gehörte sowieso Juli.

»Hey, ich bin mit Andreas hier. Weißt du, der hat doch mal ein Konzert mit uns gespielt. Im Negativ damals. Als es das noch gab. In Sachsenhausen. Der steht neben mir. Vielleicht wollen wir mal wieder was zusammen machen, haben wir uns überlegt. Bandmäßig. Verstehste?«

»Hei, Gärtnä! Isch bins, de Eeeendi.«

»Seid ihr noch zu retten?« Gärtner hatte das Hoffen auf einen kontrollierten Ablauf dieser Heimsuchung spätestens eingebüßt, als er das breite Hessisch eines weiteren Ex-Provinz-Bekannten gehört hatte. Aber apropos Ex. Im Arm schielte ihn Anke an und kaute sich im Mund anscheinend heimlich Spucke zusammen. Die Begegnung mit ihr versprach weit mehr als der Smalltalk mit Andreas und Juli über die Kabinentür hinweg, mehr als die Hoffnung, bald mal wieder zu proben wie fette alte Teenager.

»Hey, isch hab sogar noch unser altes Band-Shirt! Schwör's dir!«, tönte Andreas.

Juli war verständlicherweise aus dem Häuschen. Erregtes Gemurmel. Dann aber Stille. Gärtner und Anke starrten sich wieder an. Ihre Lage besaß etwas absolut Verschwörerisches. Anke drückte seine Hand ein wenig fester. Er nickte ihr zu. Bewegte sachte seinen Kopf Richtung der geschlossenen Tür. Sie lauschten. Anke betrachtete dabei die hinterlassenen Inschriften in der Kabine. Gar nicht mal schlecht.

»Die schwarzen Tauben sind müde«, »Da ist der Kuss, ich hab's gewusst, rumms, da fällt der König«, »Es ist nie eine Lüge, wenn du selbst daran glaubst«, las sie.

»Ein radikaler Weißer ist eine Mischung aus Geschwätz und Abfall.« Aha.

Am besten gefiel ihr aber die geschwungen geschriebene und vollkommen geheimnisvolle Botschaft: »101 feministisches Burrito-Rezept«.

Gärtner hob den Zeigefinger. Richtung seines Munds. Nichts war mehr zu hören. Nur ganz gedämpft die Musik von der Tanzgelegenheit dutzende Meter Luftlinie entfernt mit Mauern dazwischen. Um sicher zu gehen flüsterte er: »Juli? Andreas? Seid ihr weg?«

Eine Sekunde lang nichts. Aufatmen. Doch dann tönte die süffige, laute Stimme Julis durch das Herrenklo. Sie schien auf der anderen Seite ebenfalls nur wenige Zentimeter Abstand zum zerschlissenen Holz der Tür zu haben.

»Ja, klar! Mir warten doch hier!«

»Hei, Gärtnää! Was biste denn so ewig scheißen? Freust disch net, deinen alten Eeeendi wiederzusehn?«

Anke war ganz erschrocken von der überraschenden Ansprache, Gärtner allgemein schlecht drauf wegen dieser bösen Geister, die ihn bis in die Toilette verfolgten. Aber sie waren einfach treuherzig. Fans eben. Er sagte: »Geht bitte!« Draußen wurde allerdings ein ambitioniertes »Weißt du noch?«-Veteranengespräch zwischen den beiden immer weiter angefeuert. Klang nicht gerade so, als würde es sich entfernen.

»Haut auf der Stelle ab, ihr Penner!«, als die beiden die fest entschlossene Frauenstimme hörten, taxierten sie die ehemals urgemütliche Männerklo-Situation völlig neu. Ihr Gärtner mal wieder! Dieser Hengst im Karpfenteich.

»Du bist net allein, was?«, versuchte Andreas sich noch einzubringen in diese pikante Geschichte.

»Geeeeeeeht!«

Anke besaß eine herrliche Vehemenz. Ehrfürchtig wollten beide das Pärchen in Ruhe lassen. In der vorauseilenden Hoffnung, Gärtner später am Abend die ganze Story schon masturbationsgerecht aufbereitet abzuringen. Aber da war noch was.

»Haaaaaalt!«, rief Anke. »Euer Bier!«

»Was?«

»Euer Bier! Bitte!«

Ohne zu murren ragten umgehend zwei angetrunkene Flaschen Becks an klobigen Männerhänden über die Oberkante der Tür. Gärtner war nicht mal einen halben Kopf größer als Anke griff aber beflissen zu. Und pflückte das warm gehaltene Zeug.

Kurz darauf brandete wieder die Musik auf. Ein untrügliches Zeichen, dass die Ausgangstür zu Ehren gekommen war. Dass hoffentlich die zwei Typen weg waren. Hoffentlich.

\+ + +

Anke trank von dem Bier. Gärtner auch. Er hatte ihr das bessere, also das vollere und kühlere überlassen und ließ sich den komischen Rest von Juli schmecken. Immerhin Speichel schlucken – das hatte er sich doch eben noch so gewünscht.

»Warum bist du also wieder hier? Ich meine in Frankfurt?«, fragte Anke und guckte ihn für einen Moment groß an.

»Ich wollte mich beruflich verändern«, presste er heraus. Das klang nicht nur in Ankes Ohren wie eine lächerliche Floskel.

»Du brauchst mit mir nicht reden wie mit einem Arsch.«

Anke pustete leicht genervt gegen ihren kurzen Pony. Dann fischte sie aus dem Portemonnaie ein kleines Briefchen heraus, öffnete es vorsichtig, hielt es dann schräg und knapp über den zugeklappten, abgewischten Klodeckel. Und klopfte sanft drauf. Aus dem weißen Pulver, das herausgerieselt war, formte sie mit ihrer Krankenkassenkarte zwei Linien. Nicht viel. Aber eindeutig. Gärtner hatte das Prozedere skeptisch verfolgt. Kannte er gar nicht, zumindest nicht von ihr. Überhaupt hatte sie sich verändert. Seit sie wieder zusammen waren, immerhin schon seit geschätzten 25 Minuten, davon den Löwenanteil auf der Herrentoilette, in die sie ihn gezogen hatte, seit dieser Zeit hatte sie ziemlich Akzente gesetzt. Erst ein Glas über ihre Begleitung geschüttet, der Kuss, die Bierbesorgung und jetzt hackte sie versonnen und motiviert auf einigen überstehenden Knötchen ihres weißen Pulvers herum. Fertig.

»Sag mal, sind das Drogen?«

Anke nickte stolz.

»Ich nehm so was aber nicht. Ist verdammt gefährlich«, hörte sich Gärtner den Siebten Sinn zitieren. Und hatte sogar die Erkennungsmelodie dazu im Ohr.

»Klar, klar. Ist aber doch voll mini die Portion. Das schaffst du schon. Außerdem«, sie musterte ihn, »bist du doch zur Plattenindustrie gegangen. Wir Normalos in Hessen stellen uns vor, dass man dort höchstens noch davon überrascht wird, wenn man eine intakte Vene an sich findet. Am Hals oder auf dem Handrücken oder im Fuß!«

»Bitte?«

Gärtner leerte das Bier. Statt Verlegenheit verspürte er nun Übelkeit. Viel schlimmer als dieser letzte Schluck warmer Speichel dürfte wohl kaum eine Droge der Welt sein. Nach all den Jahren der bierzufriedenen Abstinenz im Norden sah sich Gärtner jetzt und hier gezwungen, seinen Vorsatz zu brechen, sich diese fahrlässige Dekadenz nie zu Eigen machen zu wollen.

\+ + +

Anke deutete wie die vom Glücksrad auf den Deckel. Nachdem Gärtner aber offenbar noch eine gewisse Schwellenangst zu Ende genießen wollte, gab sie sich den Vortritt. Durch den höchst dotierten Geldschein, den sie hatte – das waren allerdings gerade mal jetsettende 20 Euro – zog sie hoch. Und gab ihn dann weiter. Gärtner beugte und sniefte etwas umständlich. Aber fürs erste Mal durchaus patent. Anke klopfte ein wenig auf seinem Rücken herum. Er war fertig, steckte fahrig ihren Schein weg. Anke bemerkte es, war ihr aber jetzt nicht so wichtig. Könnte doch er zum Beispiel die nächsten Getränke kaufen. »Mensch, ich dachte, ICH zeige dir, wie es so läuft«, sagte Gärtner ironisch, aber auch ernsthaft verunsichert.

Sie lachte. Strich sich durch die Haare.

»Tu's doch!«

»Komm, ich häng schon nach wenigen Minuten Wiedersehen voll hinterher. Keine Chance mehr.«

Anke strich jetzt durch sein Haar: »Weißt du noch, wie du mir mal den Song aufgenommen hast von Fleischlego? An den muss ich jetzt denken. Der hieß: ›Heinz Rühmann brachte das Heroin in unser Dorf‹.«

Gärtner grinste sie an. Bis vorhin hatte er keinen Gedanken an sie verschwendet und jetzt fand er sich außerordentlich begeistert von ihr in einer Kabine mit ihren Händen im Haar wieder. Hey, warum noch mal waren sie damals eigentlich nicht zusammen geblieben? Ach so, er war größenwahnsinnig und liebesunfähig gewesen. Stimmt.

Er sagte: »Super Song, was? Ich glaube aber, er hieß, ›Peter Frankenfeld brachte das Heroin in unser Dorf‹.«

Jetzt grinste sie.

Und er erst: »Und ich bin das Dorf, oder was?«

»Klar«, lachte sie. »Oder dachtest du etwa, du bist die Stadt?«

Von einem Moment zum anderen erlosch das dumpfe Hämmern der Beats, das sie durch Wände hindurch konstant beschallt hatte und auch alles Licht. Dafür brandete nach kurzer Schrecksekunde hysterisches Geschrei auf. Es tat polternd Schläge. Tumulte mit entgrenzten Beteiligten mussten sich in der Halle und auch ganz nah an ihrem Klo abspielen. Anke griff nach Gärtners Hand. Er nahm sie, endlich wieder in einem aktiven Amt, in den Arm. Das Licht ging mit einigem Flackern wieder an. Die Musik nicht. Sie guckten wach und erschrocken. Draußen tat es Schläge, als würden Boxen umgeworfen.

Gärtner bestieg den Deckel des Klos, um vorsichtig über die Tür sehen zu können. Er sah, dass der Zugang zum Herrenklo aus der Verankerung geflogen war. Mehrere normal schmächtige Bullen saßen auf einem breiten Typen in Baggyklamotten. Der versuchte seine Peiniger abzuwerfen wie ein wütendes Tier. Ein Helm knallte auf die Fliesen. Eine der Polizistinnen versprühte in der Not Tränengas, obwohl auch ihre Gruppe ohne Schutz dagegen angereist war. Vielleicht waren sie ja über die Jahre immun geworden. Dabei wurde unablässig geschrieen. Polizeibegriffe: »Stehen bleiben!«, »So nicht!«, »Kannst du haben!«

Der aufgeriebene Mann in Trainingsklamotten hielt dagegen. Versuchte nur noch attraktiver dagegenzuhalten, zu beleidigen und zu drohen.

Anke zoppelte an Gärtners Jackensaum. Er stieg runter. Sorgenvoll küsste er sie. Sich zu erkennen geben und um freies Geleit an die Bar bitten – das wollten sie in der unübersichtlichen Situation verständlicherweise nicht. Die Apokalypse erreichte den Gallus. Zumindest das Tränengas ihre traurigen Schleimhäute. Lange würden sie es hier nicht aushalten können. Anke vergrub ihr Gesicht an seinem Schlüsselbein. Gärtner roch an ihrer Frisur – sie roch wie Tränengas. Trotz zitternder Knie wurde er durch ihren schnellen Atem an seinem Hals erregt.

So hatten sich er und der Vatikan Drogen immer vorgestellt. Eine einzige Line Kokain und die Welt steht Kopf, die Bullen kommen, die Augen tränen und man weiß nicht mehr, was noch die hausgemachten Halluzinationen sind und was bloß der irrsinnige Druggybear-Alltag.

Die Bullen hatten offenbar ihren Feind gefesselt und waren schnell abgehauen, als die anrückende Verstärkung keine Uniformen trug.

»Raus!«, motivierte Gärtner Anke.

Vor ihrer Klotür lag der Typ mit den Händen auf dem Rücken, an der Befreiung von den Vertauungen arbeiteten allerdings schon wieder andere. Polizei sah man gerade nicht. Aber nach Hause waren die wohl kaum. Die Situation wirkte – bestens unterstützt von dem Tränengas – komplett unüberschaubar. Man hörte eine Megafonstimme von draußen, vermutlich am Treffpunkt der Polizei, Leute liefen durcheinander, von irgendwoher kam auch Rauch.

»Spül deinen Stoff runter«, verlangte Gärtner.

»Was, spinnst du? Der war sauteuer!«

Anke stolzierte über die am Boden liegenden Typen hinweg, Gärtner zögerte nur kurz und hastete dann hinterher. Er suchte ihre Hand, sie schritten durch das absolute Chaos. Danke, Prinz.

Wie die letzten Überlebenden des jüngsten Tags stapften sie würdevoll, während andere stürzten, schrieen und mitunter kleinere schwelende Brände an der Kleidung aufwiesen. Völlig sicher bewegten die beiden sich, Hand in Hand. Traumwandlerisch. An ihnen vorbei rannten jetzt maskierte Einsatzkräfte Richtung Toiletten. Wenige Sekunden bis zum Zusammenprall mit der Gang dort. Wieder Gebrüll. Herabfallende Scheinwerfer, herumfliegende bunte Förmchen von der zertretenen Stranddeko bewegten sich wie in Bullet Time, dieser modischen Zeitlupe. Nichts konnte Anke und Gärtner gefährlich werden. Aus einem zerbombten Stand schnappte sich Anke noch vier Alko-Mixgetränke, die sie größtenteils Gärtner aufbürdete. Dann verließen sie die Fabrikhalle.

\+ + +

Draußen ging der Zauber weiter. Krankenwagen, Feuerwehr, Polizei. Alle buhlten mit lauten Sirenen und Blinklicht um die Aufmerksamkeit der aufgescheuchten und unsicheren Besucher der gesprengten Prinz-Party. Es war eine tolle, eine entfesselte Parade, auf der alles möglich schien.

Anke und Gärtner guckten sich das an. Dann fiel Anke vehement ein, dass sie ja pinkeln musste, bevor diese Eigendynamik aus Küssen und Razzia alle anderen Eindrücke verstellt hatte. Und wie. Die rotierenden Lichter, Schießereien und Menschenströme wollte sie daher bitte umgehend verlassen. Gärtner war einverstanden. Der von Autos nur noch dünn besiedelte hintere Teil des schotterigen und riesigen Parkplatzes war hastig erreicht und nur spotlightend durch diverse aufblendende Scheinwerfer entsetzt flüchtender Gäste kurz erhellt. Anke ging noch ein Stück allein. Okay. In der Hocke merkte sie erneut, wie voll sie eigentlich schon war und beim Pinkeln musste sie sich abstützen, um nicht umzukippen wie ein Fahrrad.

Da hörte sie auch schon Gärtner rufen. Konnte der nicht warten? Immerhin waren sie seinerzeit knapp ein Jahr zusammen gewesen. Und damals musste sie immer auf ihn warten. Oder hatte er jetzt irgendwas gerade?

»Ich habe was!«, entschuldigte sich Gärtner über ein paar Autos hinweg rufend.

»Vielleicht hat er mir ein Gedicht geschrieben?«, dachte Anke selig, während sie ihre Kleidung in Ordnung brachte. Nur um kurz darauf den Gedanken mit dem Gedicht als definitiven Indikator zu enttarnen, dass sie sich momentan wirklich fern jeglicher Zurechnungsfähigkeit befinden musste. Schade. Aber was sollte die Konsequenz sein? Jetzt alleine abhauen? War doch gerade alles so aufregend – wie bei Leuten aus Soaps oder sonstigen übersexten Zusammenschlüssen. Und außerdem hatte er die erbeuteten Getränke. Und man doch auch Instinkt.

»Hier. Und wir haben eine Mitfahrgelegenheit!«

Gärtner schien sehr stolz. Eigentlich seltsam, wenn man bedachte, dass neben ihm nur der rotbackige Juli dämlich grinsend seinen Autoschlüssel hoch hielt, als habe er den gerade als Pokal überreicht bekommen.

Sie stiegen ein. Juli startete den Motor und fuhr los. Im Auto drehte sich Anke eine Zigarette. Nachdem das zur Hälfte erledigt war, hörte sie auf. Ihr wurde zu übel davon.

»Ist ja schlimmer als auf langen Fahrten zu lesen!«, sagte sie.

»Was meinst du?« Gärtner guckte skeptisch – aber noch immer voll enthemmter Begeisterung für jede noch so sinnfreie Lebensäußerung Ankes. Mann, war er überrascht und offenbar wieder komplett verliebt.

»Ach so, das konntest du nicht wissen, habe ich wohl eben nur gedacht. Ging so im Großen und Ganzen darum, dass einem beim Runtergucken auf der Fahrt schnell schlecht wird.«

»Ihr könnt ruhig kotzen da hinten«, verkündete Juli ernst.

Er war nämlich kein Spießer.

»Bin nämlich kein Spießer!«

Juli, das musste man ihm lassen, fuhr auch nicht so, als wäre er einer. Er fuhr eher ungewöhnlich. Nicht schnell aber doch total beängstigend.

»Ihr könnt auch beide! Einfach aus dem Fenster oder in Gegenstände, die ihr im Fußraum findet. Das meiste ist Abfall oder trotzdem schon zertreten.«

Anke guckte interessiert in diesen Fußraum. Eine sehr aufwändige Installation, vermutlich gewachsen über Jahre der Verwahrlosung. »Auto mit Müll« müsste unter diesem Exponat Duchampscher Lässigkeit stehen. Ob da was für sie zu finden war? Zeitschriften mit Sohlenabdrücken und leere Flaschen. Hm. Juli schien nicht nur Künstler sondern auch Sportler. Zu sein oder welche zu verehren. Zumindest kompensierte er seine Trinker-Identität mit diversen isotonischen Getränken und dem Sportteil der Bild.

»Nein. Wir möchten uns nicht übergeben. Anke und ich wollen uns noch ein paar Geheimnisse voreinander bewahren.«

»Genau, das kommt dann alles später.«

Das schien Juli zu überzeugen. Bestimmt hatte er auch eigene Geheimnisse, von denen aber niemand was wissen wollte. An einer Ampel sah er in den Rückspiegel wie der voyeuristische Chauffeur aus der erotischen Chauffeur-Literatur. Anke tat es Leid, dass er sich so sehr Intimität wünschte. Und noch nicht mal bei anderen welche sah. Sie küsste Gärtner übertrieben auf die Wange. Aber selbst das war weniger witzig als unaussprechlich aufregend. Gärtner schmiegte sich an sie, der alte Schmieger.

Dann bremste das Auto abrupt.

»Ihr seid da«, sagte Juli. Leicht wehmütig. *Abschied ist ein scharfes Schwert.*

»Wo sind denn wir?«, fragte Anke ehrlich interessiert.

Obwohl sie bereits eine Ahnung hatte.

»Bei mir. Komm.« Bemühte sich Gärtner so zu klingen, als wäre das genauso selbstverständlich wie die Träne, wenn wer stirbt.

»Meine Eltern sind für ein paar Tage weg. Ich hab also, na ja, also, also ich hab sturmfrei.«

»Was für eine Highschool-Ansage«, dachte Gärtner.

Er stolperte über die Schwelle der Haustür, konnte sich mit drei, vier schnellen Schritten nach vorne gerade noch vor einem Sturz bewahren. Jetzt waren sie also drin.

»Wir sind die Betrunkenen aus den Cartoons der Fünfziger. Wo die noch so Luftballons um die Hand trugen. Und jemand sie immer mit dem Nudelholz abfing«, sagte Gärtner, als er mit einem Aschenbecher aus der Küche wiederkam. Anke hatte ihren Mantel, den sie vorhin noch wachsam aus der verwüsteten Garderobe gezerrt hatte, abgelegt – sie begab sich zielstrebig ins Wohnzimmer. Einiges kannte sie hier noch. Verrückt, dass überall Orte existierten, an die man sich nie mehr erinnern würde. Aber wenn man sie betrat, erkannte man sie sofort wieder. So viele schlafende Erinnerungen.

»Hier ist noch was zu trinken.« Gärtner händigte die geklauten Dosen aus und hatte das Gesagte betont lallend intoniert.

»Du klingst gar nicht voll, bloß wie Betrunkenen-Darstellung in einem deutschen Film. Wie wenn Katharina von Garnier Peter Alexander und Georg Thomalla befiehlt, sie sollen mal besoffen durch das Set torkeln und dabei nicht wieder so subtil sein wie in ihren sonstigen Filmen. Das ist doch nicht sehr glaubwürdig. Weißt du«, belehrte Anke konzentriert, »man muss eher Nuancen belallen«. Danach schickte sie eine kryptische SMS an Rebecca und trank.

Erst vorsichtig. Dann durstig. Jetzt war es ja auch egal. Gärtner ging kurz in sein Zimmer, zog sich sein langweiliges Hemd aus und tauschte es gegen ein hochinteressantes, gut geschnittenes T-Shirt. Als er zurückkam, hatte Anke den holzgemantelten Eltern-Fernseher angemacht. Musikkanal lief. R'n'B. Klang gut.

+ + +

In seinem Zimmer. Vor seinem Bett. Anke zog sich das Kleid über den Kopf. Als sie die Arme nach oben streckte, blieb das Halsbündchen an ihrer Kette oder an einer Art Kinn hängen. Eine würdelose Position. Schließlich war sie im Kinderzimmer ihres 30-jährigen Ex-Freundes, den sie aufgeschnappt hatte und zu dem sie jetzt ins Bett steigen würde. Angeblich zum Schlafen, vermutlich würde jetzt aber gebumst. Als ihr in aller Hektik auch noch schwindelig wurde, während das Kleid ihr den Atem nahm, riss sie dran. Zornig. Es gab etwas nach und ein schmerzendes Geräusch von sich. Doch es löste sich einfach nicht. Ihre Beine wurden weich. Weicher. Ihre Handinnenflächen feucht. Luft knapp. Das Kleid war doch teuer. Sie versuchte es wieder etwa zurück zu bewegen. Den Druck zu nehmen. Zurück. Wieder hochziehen. Nein, verdammt. Noch einmal. Komm, noch einmal. Sie schwitzte, diese große Spannung. Wann war sie endlich erlöst? Konnten nur noch Sekunden sein, die perlten unweigerlich in den Höhepunkt. Jetzt! Jetzt bewegte es sich. Über sie. Ja, Ja! Atmen, atmen. Plötzlich konnte sie wieder sehen, nahm die Arme erschöpft nach unten. Auslösung! Sie stöhnte demonstrativ und pustete gegen den zerzausten Pony. Das war schon Sex. Gärtner sah ihr interessiert zu. Er rauchte bereits.

Gärtner rauchte ein weiteres Mal. Seit dem Ausziehen war einige Zeit vergangen, war einiges passiert. Es gab immer gute Gründe zu rauchen. Anke hatte sich auf seine weiße Brust gebettet und verlangte oft mit der Hand wedelnd, auch einen Zug abzubekommen.

Gärtner seufzte. Anke sagte: »Guck mal, mein Busen!« Und zog kurz die rotweiße Decke weg. Und dann wieder darüber. Wie geil das war. Gärtner streichelte ihr übers Haar. Ihr Kurzhaarschnitt war ungefähr so lang wie seine rausgewachsene schicke Unfrisur.

»Wow, ich mag vor allem deine handtellergroßen Brustwarzen.«

»Bitte, was?« Empört kniff sie in seine Seite, so was hatte sie ja nun wirklich nicht.

Er freute sich. So gut wie sie beide jetzt musste man sich erst mal fühlen. Absolut betrunken, befeuert und frisch gebumst riechend – in ihrer genauso vertrauten wie ratlosen Konstellation.

»Kurz bevor es dir zum dritten Mal richtig kam, hast du ja geschrieen, als würdest du geschlachtet.«

»Jetzt reicht es aber!« Anke fing an, den blöden Angeber zu kitzeln. Das ertrank allerdings voll in seiner kompletten Entspannung.

»Gar nicht hab ich geschrieen. Nur mal ein Geräusch gemacht als Anerkennung, dass du es irgendwann überhaupt noch geschafft hattest. Und Anfang und Schluss lagen übrigens auch sehr nah zusammen.«

Gärtner ließ die Zigarette in die Dose neben dem Bett fallen. Ein beruhigendes Zischen durch den Rest Flüssigkeit, auf das die Glut traf. Dann war es ganz still.

»Ja, also. Ich kann natürlich schon länger. Und unmittelbarer. Das lag sicher nur an deinem Kokain.«

Er sagte »Kokain« mit so einer pathologischen Distanz wie ein Arzt oder König die Worte: »Scheide« und »Penis« ausspricht – also überwältigt vom eigenen Unwillen dagegen.

»Mein bisschen ...«, sie äffte seinen Sprachekel nach, »Kokain – trägt an nichts Schuld.«

»Also, ich habe früher mal in einem Körper-Ratgeber gelesen, ein Schwanz auf Kokain sei imstande, einen gefrorenen Acker umzupflügen. Kam mir jetzt nicht so vor.«

»Komm, Gärtner, was du meinst, ist »Schöner Drogen mit dem Kleinen Arschloch« von dem Comic-Zeichner Walter Moers. Das ist doch kein seriöser Ratgeber. Das ist bloß eine Erinnerung an deine Zeit kurz nach den MAD-Heften.«

Gärtner stand auf. Sie sah seinen weißen Po. Kein Sport seit der Mitgliedschaft im Fitnessstudio in Hamburg. Aber immer noch mager. Und schmale Hüften. So was Geiles müssen Typen erst mal haben. Hüften. Anke unterbrach sich, als sie merkte, dass sie schnurrte, wie ein Bauarbeiter, an dem eine attraktive Prostituierte vorbei ging.

»Was machstn?«, fragte sie interessiert.

»In der Hausbar müsste doch noch was zu trinken sein.«

Hausbar, damit meinte Gärtner das gebrechliche Wägelchen im Wohnzimmer. Wo angebrochene Flaschen Likör aus den Sechzigern spazieren gefahren wurden. Na, aber das hier sicher nicht – dieses Gefährt war bestimmt seit Willy Brandt nicht mehr bewegt worden. Zuletzt hatte sich Gärtner in seiner Pubertät davon bedient. Zusammen mit Juli oder Juli-ähnlichen Typen. Sie waren damals alle gerade erst in die Alkoholiker-Trendcharts eingestiegen. Mehr Prozente, mehr Ruhm. Strohrum galt als die Königin des Eisbergs. Quasi untrinkbar. Jeder Schluck verhieß Verderben. Erträglich geschmeckt hatte damals eher der Eierlikör, das durfte man natürlich nicht zugeben vor den Kumpels. Eine Flasche davon war sogar noch halbvoll zu finden. Verstaubt und am Verschluss körnig verklebt. Gärtner entschied sich für Marillen- statt Eierlikör. Es gab zwar in der Gourmet-Subkultur die Legende von 100-jährigen Eiern, aber er hatte schließlich Besuch und wollte allgemein Vergiftungsrisiken minimieren. Er brachte Anke die Flasche ans Bett. Sie sagte ergeben: »Gib schon her. Aber nur mal nippen jeder.«

Viel mehr war bei dem durch Zucker und Alkohol unsterblichen Zeug auch nicht zu machen. Als die Lampe endlich aus war, schien schon von draußen neues Licht rein. Gärtner wankte zum Rollo. So nicht, Natur. Er ließ es krachend hinab. Licht und Lichtvernichtung. Beide wollten im Dunkeln schnell noch mal über alles Geschehene nachdenken. Schliefen aber gleich ein.

+ + +

»Magste Kaffee oder Tee?«, rief Gärtner aus der Küche. Er trug mal keine Klamotten und kam sich vor wie ein gut geöltes Tier. Sicherlich gab es besser geölte Tiere. Aber er hier war sein eigenes. Beschwingt schloss er den Kühlschrank mit einem Hüftschwung. Bomm! Satter Sound, dieser Schrank. »Was ein bisschen ruckeliger Mittelschichts-Sex doch so alles mit einem machen kann«, dachte er kritisch – aber auch unheimlich dankbar.

Anke stand etwas belämmert in der Tür. Sie guckte aus kleinen Augen, deren zerlaufene Lidstriche sie wirken ließen wie einen verrückten Waschbär.

»Tee! Hast du gehört?«, sagte sie mit von Zigarettenecho belegter Stimme.

»Hatte ich nicht gehört! Gut, dass du kommst und davon kündest.«

Anke trug ein hellblaues Höschen und ein weißes Unterhemd. Leicht verwundert sah sie sich Gärtners fehlende Aufmachung an. Der hatte wohl im letzten Jahrzehnt seinen Frieden gemacht mit Nacktheit nach dem Vollzug. Der verdammte Swinger?

»Du verdammter Swinger!«

Gärtner lachte. Ein Rest Schamhaftigkeit fuhr zurück in seinen weißen, fast haarlosen Leib. Er griff sich einen Topflappen, um seine Blöße zu bedecken. Speziell im Gliedbereich.

»Was für Tee geht denn?«, fragte Anke, nachdem sie Anstalten gemacht hatte, ihm durch eine plötzliche Bewegung den Topflappen wieder wegzuziehen. Doch sie war nicht fit und flink genug. Vorerst. Also Tee.

»Wir haben Lindenblüte, Salbei, Fenchel.«

Pause.

»Und?«

»Was und?«

»Und wann zählst du die guten Sorten auf?«

»Anke, das sind doch die guten.«

Anke rollte demonstrativ und schmerzhaft mit den Augen, »Und die schlechten sind wohl: Vogelbeere, Lauch und Fuß?«

»Mann, bin ich Teekenner? Das ist der Tee meiner Eltern. Ich trinke nur Kaffee, das weißt du doch noch. Oder?« Er guckte sie an.

»Dann Fenchel. Aber nicht solange ziehen lassen den Dreck in meinem guten heißen Wasser. Ich geh mal wieder ins Bett. Hab schon kalte Füße.«

Anke drehte sich auf den kühlen Fliesen der Küche effetvoll um. Und lief raus. Gärtner guckte ihr nach, sie wackelte mal mit dem Hintern. Schließlich turnte er für sie nackt ein Frühstück zusammen. Da konnte man sich ja mal revanchieren.

»Heißes Wasser am Morgen ist übrigens die Grundlage von Ayurveda …«, rief er ihr hinterher. Aber sie warf sich schon wie ein großer Vogel ins Bett. Und hatte nichts mehr gehört. Noch mal liegen. Gut.

\+ + +

»Zeig mal!«

Anke setzte sich so auf, dass sie auch in die Zeitung sehen konnte, die Gärtner zusätzlich zu dem einfachen aber angenehmen Brotfrühstück mit ins Bett geschleppt hatte. Toll, ein Foto von Festnahmen bei der Prinz-Party. Sie fühlten sich allein durch ihre Anwesenheit dort mitberühmt.

»Gestern Nacht unternahm die Frankfurter Polizei eine Razzia bei der jährlichen Feier des Magazins Prinz. Auf einen Hinweis hin …« – »Verrat!«, unterbrach Anke kauend ihren eigenen Vortrag des Artikels. »Auf einen Hinweis hin wurde der Rapper Illofantic festgenommen. Er wurde bei einem fingierten Drogendeal gestellt. Im Zuge dessen kam es zu hochentwickelten Ausschreitungen. Viele Polizisten waren unglücklich über die Vehemenz, mit der sich Illofantic und seine anwesende Gang gegen die Festnahme zu Wehr setzten. Erst nach

Eintreffen von Verstärkung konnten die Galgenvögel ihrem Schicksal zugeführt werden. Aus einer Laune heraus wurden viele weitere Gäste durchsucht und es fanden sich zusätzliche Verstöße gegen das Betäubungsmittelgesetz. Illofantic war lange Zeit bei dem Frankfurter Musiklabel 3P-O unter Vertrag. Wollte sich aber in der derzeitigen Krise des deutschen Hip-Hops als Dealer selbstständig machen. Torsten Müller.« Gärtner guckte jetzt mal genauer hin auf den Artikel, den Anke da vorgelesen hatte. Klang seltsam, aber das meiste schien sie richtig wiedergegeben zu haben.

»Ziemlich skurrile Schreibe«, sagte er.

»War wohl gestern Nacht in der Redaktion nur noch der Praktikant wach.«

»Na, der ist jetzt bestimmt der Champ und wird geehrt.«

»Quatsch«, lachte Anke, »nach diesem Text wird der zurückgeprügelt ins zweite Glied.«

Anke nahm einen Schluck Tee. Gärtner sah sie an. Sagte plötzlich – und es war ihm sehr ernst zu fragen und er betonte es daher besonders beiläufig –:

»Hast du eigentlich einen Freund?«

Anke hatte auch schon über diese Frage nachgedacht. Erschrak aber trotzdem. Vielleicht fiel jetzt alles als One-Night-Stand mit ein paar betrogenen Partnern in sich zusammen. Und sie merkte, das wäre ihr gar nicht so recht. So was musste man einkalkulieren, das wäre alles auch kein Problem, ganz sicher nicht. Und Rebecca würde sich freuen, wenn sie ihr erzählte, dass sie eine Nacht mal mit wem in der Kiste war. Aber dennoch – eine hässliche Wendung wäre es jetzt schon, wo sie sich auch verkatert irgendwie besser verstanden als mit normalen deprimierenden Affären. Es gab trotzdem keine Garantie, dass es nicht einfach nur diese Nacht war – es gab nur die Frage, die Gärtner gestellt hatte.

»Nein!« Anke stand hinter diesen vier Buchstaben unter Strom. Der Typ machte sie verrückt. Sie fragte zurück: »Und? Hast du etwa eine Freundin?«

»Nee.«

Sehr gut. Doch trotzdem … Wie unangenehm wurde es denn jetzt, bitte?

»Ich brauche aber theoretisch deine blöde Ego-Gunst nicht. Ich habe hier sicher nicht acht oder zehn Jahre auf die Rückkehr von Prinz Armleuchter gewartet.«

»Hätte ich nie gedacht«, sagte er eilig und küsste sie aufs Ohr.

»Einfach wieder auftauchen nach all den Jahren. Als wäre nix. Kann ich schön drauf verzichten. Ich habe einen guten Hund, der mich liebt!«

Er guckte irritiert.

Weitere Wachheit durchfuhr Anke plötzlich: »Ach du Scheiße, mein guter Hund! Den habe ich ja ganz vergessen. Himmel, der wird schön sauer sein.«

\+ + +

Gärtner sah zur Küchenuhr. Er war wieder am elterlichen Herd und noch immer unbekleidet, die Zeit so gegen Mittag. Anke hatte zwar anscheinend einen guten Hund, den sie liebte und der zu Hause schon mit dem Essen wartete, gegangen war sie trotzdem noch nicht. Gärtner dachte, es sei eine schöne Geste, sie mit weiterem Tee an den Moment zu binden. Schließlich fühlten sich beide noch ziemlich dehydriert und vom Rausch zerfickt. Er rief wieder durch das versteinerte Anwesen seiner Eltern. Ob sie noch was trinken wolle.

»Ja, Tee!«, hustete sie aus dem Bad undeutlich zurück.

Übergab sie sich gerade? Schmälerte eine solch nachdrückliche Derangiertheit die Hoffnung, diese letzten zwölf Stunden basierten auf freiem Willen? Und wie fand er das hier eigentlich selbst noch mal? Und starrte gedankenverloren an sich herab auf sein Glied.

»Oh, mein Junge? Was ist denn hier los?«

Irgendwie hatte er das Klacken des Schlüssels gehört. Aber die wenigen Sekundenbruchteile, die vom ersten Geräusch bis zu den entsetzten Gesichtern seiner Eltern, die ihn vom Flur aus anstarrten, waren zu schnell vergangen. Einfach dahin. Und schon wieder diese Elterngesichter. Alt geworden, jenseits der Milde, erschöpft von ihrem Urlaub, der offensichtlich heute schon sein Ende gefunden hatte. Hätte er mal besser zugehört, wann sie wiederkommen wollten. Aber sein Herz schlug so donnernd fröhlich bei ihrer Abreise, dass einige

Details wohl auf der Strecke geblieben waren. Handlungsableitung fürs nächste Mal? Mal zuhören, wenn Mutter Daten nannte? Sich Notizen machen? Worauf denn? Auf einen Block? Im Internetzeitalter? Vielleicht nächstes Mal. Aber dass es noch von irgendwas ein nächstes Mal gäbe, schien anbetracht dieser Situation hier äußerst abwegig.

»Ich werde nie wieder lachen können«, jammerte Gärtner auf der vergeblichen Suche nach dem Topflappen der zurückgekehrten Scham.

»Wir auch nicht«, hörte er seinen Vater mit Grabesstimme.

»Guck mal, jetzt, wo ich in eurem Bad gekotzt habe, bin ich wieder topfit«, trat Anke vergnügt auf den Plan.

Sie kam gerade aus dem Bad, trug noch ihr Hemd am Leib, ihren hellblauen Slip komischerweise in der Hand.

Die Familie Gärtners betrachtete wie gelähmt ihr Schamhaar.

»Gute Güte!«, brachte Anke noch hervor. Befreite sich aus dem Traktorstrahl der entgeisterten Blicke und rannte in Gärtners Zimmer. Schlug die Tür hinter sich zu.

Mutter wandte sich wieder dem Glied ihres Sohnes zu. Vater stellte dagegen erst mal die Koffer ab und schritt benommen ins Wohnzimmer, um Abstand von der Sache zu bekommen. Er wollte auch mal für sich sein. Er war doch auch schon so lange verheiratet. Er brauchte eigentlich eine Höhle für sich.

»Habt ihr hier geraucht?«, fragte Mutter, als gäbe es tatsächlich noch weitere Dimensionen der Verfehlungen Gärtners auszuloten. Als ginge es tatsächlich noch schlimmer.

»Habt ihr etwa unsere alten Hausbar-Vorräte geleert?«, fragte Vater aus dem Off des Wohnzimmers.

Gärtner stockte, hob an, was zu sagen. Doch was? Mit 30 von den Eltern ertappt, ähnlich dem Typ aus dem Kinofilm, als er den warmen Obstkuchen befickt hatte. Und in all das diese unglaublich wunderbare Ex-Freundin mit reingezogen. Gärtner dachte an Anke. Ihr Abgang von eben gefiel ihm immer besser. Er sprintete auf Mutter zu, die einen Schritt zurückwich, er bog kurz vor ihr ab, rannte auf seine Zimmertür zu. Drinnen. Anke sah er nicht direkt. Sie lag im Bett und hatte die Decke über den Kopf gezogen. Gärtner kam auch dazu. Kaum was zu atmen.

Beide sagten nichts. Draußen hörte man Mutter und Vater sich empören über weitere skandalöse Entdeckungen in den Räumen. Immerhin hatte Gärtner nicht viel aufgeräumt in ihrer Abwesenheit. Eher im Gegenteil. Klang zudem so, als würden Möbel gerückt. Vermutlich aber nicht, und nur die hochfeine Spannung beider unter der Decke potenzierte jedes eingehende Geräusch an die Grenzen der körperlichen Erträglichkeit. Gärtner sah, wie Anke sich die Ohren zuhielt. Er lachte sie mal an. Sie kicherte. Nahm die Hände runter. Vor Scham sterben. Das war keine Floskel, das war totenscheintauglich. Aber daneben waren sie sich im Zeitraffer der wenigen Stunden ihres Wiedersehens so nah nah nah gekommen, dass sie hier unter dem luftleeren Deckenzelt hätten platzen können.

Anke sah Gärtner nachdenklich an. Er war schlecht rasiert und sein Haar plattgedrückt, sah also ziemlich süß aus. Irgendwie besaß er neuerdings aber auch etwas Verzweifeltes. Statt der sexy Dorfboy-Arroganz von damals. Gärtner schaute zurück. Ihre zwei Grübchen fürs Lachen waren mittlerweile noch ausgeprägter, ihr Pony hing auf ihren Augenbrauen und der Augen-Make-up-Reste Marke »Verrückter Waschbär« hatte sie sich wohl im Aufwasch mit dem Übergeben entledigt.

Er flüsterte: »Mensch, seit wir uns wiedergetroffen haben … was ein Ding. Du und ich gegen die Bullen, Eltern und und und. Gegen alle, was?«

Sie sagte noch leiser: »Du könntest vielleicht bei mir einziehen. Da wird ein Zimmer frei.«

Gärtner sah in ihre Augen. Nickte. Strahlte! Ergänzte dann aber ängstlich:

»Aber das ist doch jetzt nicht bloß eine deiner Gesprächshalluzinationen?«

Stimmt, davon hatte sie Gärtner ja erzählt. Das tat sie sonst nie. Niemand wusste davon. Wenn man Stimmen hörte, wollte man ja sicher auch nicht, dass das jeder wusste. Die Tatsache solcher Wahrnehmungs-Schluckaufs war doch schon blöd genug.

»Nein, ist es nicht. Und ich sage nichts Halluzinogenes. Ich höre halt manchmal Leute Sachen sagen – und die gibt es dann bei Rückfrage gar nicht.«

Gärtner nickte, als wäre das ganz normal. Sie schwiegen. Diesen Augenblick festhalten, hieß zusammenziehen. Oder? Anke fühlte sich ganz seltsam. Doch die Entwicklung, dieses Love-Drama, die letzten Stunden waren so aufregend gewesen, sie hatte mit ihm sogar ihr Stimmengeheimnis geteilt. Und all der Groll über die verkorkste Teenie-Beziehung und Gärtners damalige Egotripperei schienen ihr so abgehalftert, so weit entfernt. War er genau genommen doch auch.

Und beide sehnten sich nach mehr als ihr Alltag hergab. So viel Begeisterung und Leidenschaft wie seit ihrem Wiedersehen – darauf hatten sie arglos aber ganz bestimmt gewartet. Beide konnten diesen Schwur eben unter der Decke kaum fassen. Aber ihre wiederentdeckte Gemeinsamkeit besaß eine fast schon ungeheuerliche Dynamik. Das hier war doch nicht nichts!

Gärtner beugte sich zu ihr, roch an ihrer Halsbeuge und flüsterte verschwörerisch: »Hey, hol mich hier raus.«

Und steckte ihr seine Zunge ins Ohr. Anke schreckte auf und quietschte. Beide mussten lachen.

Draußen maulte Vater – für die beiden im Post-Kinderzimmer nicht zu hören: »Von wegen, der Junge wird nie mehr lachen. Alles nur leere Versprechungen!« Vaters Höhle war zugerichtet und sie war voller Leute. Er würde irgendwann sterben.

DRITTER TEIL

BOTSCHAFT AUS TRÄUMEN

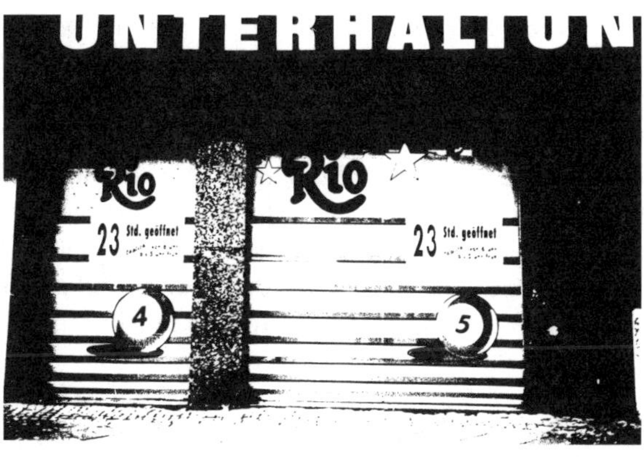

»Wo sind denn meine Schlüssel?«

Langsam wachte Gärtner auf. Irgendwas war mit Schlüsseln los. Verträumt rieb er seine Augen. Wie ein kuscheliges Säugetier, dessen Augen sich erst Wochen nach der Geburt öffneten. Und das vorher nur schlief und tastete.

»Mann, die Hausschlüssel!?« Anke stand neben dem großen Bett. Gärtner guckte raus. Sie rein. Er brummte irgendwas. Woher er das denn wissen sollte. Diese Aussage würde ihm Zeit verschaffen.

»Du hattest sie dir gestern genommen, weil du noch beim Italiener was holen warst.«

Viel Zeit hatte er nicht gerade gewonnen. Anke war aber auch sehr präsent in dieser Unterhaltung, die er zuerst für eine Botschaft aus Träumen hielt.

»Was denn geholt?«

»Eine scheiß Pizza!«

Eine scheiß Pizza? Das musste doch ewig her sein, dass er mal eine scheiß Pizza gegessen hatte. Vielleicht zur Kommunion, oder so. Aber gestern? Ausgeschlossen. Er wollte sich am liebsten umdrehen und weiterschlafen.

»Hier, und räum den Karton noch weg. Ich habe die ganze Nacht Pizza geträumt. Weil der durchtränkte Karton neben deiner Bettseite stand. Ich habe Pizza geträumt! Andere träumen von Tod oder vom Fliegen.«

Gärtner lehnte sich ein bisschen aus dem Bett. Er trug ein weißes tailliertes Werbe-T-Shirt mit der Aufschrift »Sommerrodelbahn Taunus«. Darunter eine hellblaue, nicht ganz enge Shorts von H&M. Auf dem kleinen Tisch neben seiner Bettstatt erblickte er einen Pizza-Karton. Anke schien Recht zu haben. Oder sie hatte das Ding aus ihren Träumen rüber in die richtige Welt gerissen. Wie das eine Mädchen in »Nightmare on Elm Street«. Die hatte aus ihren Träumen einen echten Handschuh mit Messern mitgebracht. Souvenirs, Souvenirs. Möglich war ja immer einiges. Neben dem Karton sah er einen Schlüsselbund. Viele Schlüssel dran. Der Besitzer dürfte damit mehr öffnen können, als es gewöhnlich üblich war für eine Privatperson. Als Anhänger fungierte eine Miniatur-Figur von einem Sailor-Moon-Mädchen. Es sah trotz der heldischen Pose seines anorektischen Körpers schon ziemlich abgekämpft und zerschlissen aus. Dabei hatte Gärtner es Anke erst unlängst aus Moosbach, dem Venedig des Odenwalds, mitgebracht. Sie mochte es. Es sah irgendwie cool aus. Aber all die sperrigen Schlüssel drum herum, die Reibung in den Taschen der hautengen Jeans von Anke, all das hatte Sailor Moon die Konturen gekostet. Okay, Anke trug nie wirklich enge Jeans, aber das hatte es auch nicht viel besser gemacht für den Anhänger.

»Hier, dein Schlüssel!«, frohlockte er matt.

Anke, die mittlerweile noch mal ratlos an das Schlüsselcamp im Flur neben der Wohnungstür gelaufen war, kam an und griff zu.

Sie küsste Gärtner. Der sich extra dafur aufgerichtet hatte. Sein Bartschatten kratzte. Sie sagte: »Bis heute Abend.«

Als er die Tür ins Schloss fallen hörte, sank er mit dem Kopf ins Kissen. Noch mal schlafen. Um neun war in der Musikbranche noch nichts los. Jetzt trockneten alle noch die Tränen ihrer dicken Clownsgesichter und schnurrten gegen den erwachenden Tag an.

Gärtner konnte nicht sofort wieder einschlafen. Er musste sich anhaltend räuspern. Jeden Morgen. Er hatte wieder angefangen, viehisch zu rauchen. Fraglos bestand ein Zusammenhang. Am Wochenende, wenn Anke länger schlief, ging er ins Bad, stellte die Dusche an, um sich Erleichterung in Mund und Rachen zu verschaffen. Werktags dagegen löste er geräuschvoll Schleim im Bett ab und schluckte ihn runter. Es ekelte ihn. Aber er hatte keine Geheimnisse vor sich selbst. Manchmal, wenn er sich besonders alltäglich widerwärtig gebärdete, fürchtete er bloß, all die toten Verwandten stünden unsichtbar mit ihren Astralleibern und ihrer geisterhaften Unfehlbarkeit um sein Bett und beobachteten ihn – enttäuscht über sein absolut würdeloses Treiben.

»Verdammte Tote, die um einen rum stehen«, rotzte Gärtner. Die hatten ja keine Körperlichkeit mehr zu bewältigen. Er dachte daran, gleich mal zu rauchen. Aber als er spürte, wie ihn die Gnade überkam, noch mal hinabsinken zu können in den Schlaf, wusste er, das war erstrebenswerter. Da war noch mal ein bisschen honigsüße Nacht drin am Morgen.

\+ + +

Träum nicht mein Leben, leb meinen Traum. Mühsam hielt sich Gärtner im Schlaf. Immer kurz davor, aufzuschrecken. Zehn Uhr. Sonne drang durch die dünnen Wände. War schon überall.

Gärtner wühlte sich blind vom Schlaf durch die Laken.

Draußen hüpfte eine Dohle auf dem Fenstersims herum. Ihr quälend knarrendes Geräusch verhöhnte den Euphemismus, der hinter dem Begriff »Gezwitscher« stand. Gärtners schöner Schlaf und der Traum waren aus.

Und was für ein mieser. Mit Eltern, Ärger, Monstrositäten und Laufen ohne Vorwärtskommen. Danke für gar nichts, Morpheus. Gärtners Schlaf halluzinierte stetig diesen oder ähnlichen Quatsch, während alle anderen sicher jeden zweiten Morgen davon aufwachten, dass sie sich an der Matratze rieben – aufgrund ihrer anbetungswürdigen fotografischen Sexträume.

Gärtner checkte den Status seines Körpers. Keine Fehlermeldungen.

Draußen machte dagegen die Dohle auf sich aufmerksam. Mmh, Dohle. Das Auftauchen von einem dieser Unheilsboten, soviel wusste er, galt als Symbol dafür, dass bald ein enger Feind sterben würde. Gärtner freute sich. Obwohl. Immer sollte alles ein Zeichen sein – hierfür, dafür, hierfür. Der Traum, die Dohle. Alles Stückwerk. Rauch war ein Zeichen für Feuer. Auf alles andere war kein Verlass. Man musste seine Feinde schon noch selbst umbringen. Wollte man sichergehen.

\+ + +

Gärtner und Smaragd frühstückten zusammen im Bett. Wie Susi und Strolch. Statt Spaghetti mit Fleischbällchen gab es Croissants und Frolic und statt des Zungenkusses als Finale des Nudelaufsaugens gab es Schulterklopfen für den Hund. Der hätte wohl auch mehr Intimität zugelassen – in dieser relaxten Atmosphäre. Überhaupt, dafür dass Gärtner den Hund offiziell nicht mochte und anfänglich auch schon mal eine Allergie angeboten hatte, um ihn loszuwerden, verstand er sich bei ihren gemeinsamen Morgen sehr gut mit ihm. Gärtner führte ihn aus. So konnte Anke jeden Morgen eine halbe Stunde länger schlafen. Was sie aber auch nervös machte, schließlich war Hund ihr einziger Sport. Auch Smaragd musste sich umstellen. Schließlich war seine Zeit statt acht plötzlich elf. Aber er ließ sich nichts anmerken, das zottelige Pokerface. Alles war okay. Seit Anke Gärtner in das frei werdende Zimmer in ihrer WG hatte ziehen lassen. Dort hatte er seinen Kram reingestellt, die Kisten, einen Schreibtisch, Computer, Telefon und ein ziemlich antiquarisches Fax. Äußerst robustes Low-Tech. Die wenigen eingehenden Nachrichten quälten sich auf dem schon vorauseilend vergilbten Thermopapier-Bogen aus dem jammernden Apparat. Über jedes Papier zogen sich dunkle Striche. Flecken auf der Linse, oder wie man das bei so einem Gerät nannte. Neben Kisten und diesem Mini Steck Büro lagen diverseste Postversandtaschen für die CDs der Kunden, die Gärtner mit dem Stempel seiner Agentur verschickte und noch eine Matratze und Kleidung. Meist schlief er aber drüben in Ankes Bett, in ihrem schönen Venusfliegenfallenbett. Absolut groß und man fühlte sich super angenehm drinnen.

»Hat Anke eigentlich genervt geklungen, als sie vorhin nach den Schlüsseln verlangt hat?«

Gärtner sah Smaragd in dessen runde dicke Augen. Der Gefragte wirkte ratlos.

»Ich meine, sieh mal davon ab, dass Morgen war und sie ihren Schlüssel gesucht hat und zur Arbeit musste. Klar nervt das. Aber es ging doch nicht gegen mich?«

Smaragd verließ mit seiner federnden Sehnigkeit das Zimmer. Die absolut unhöfliche Sau. Lassie hätte sich abgeknallt, wenn er diese treulose Seele im Fernsehen gesehen hätte.

»Verflucht. Ich rede mit dir!«

Gärtner kam Smaragd nach. Der Hund war auf dem Gang der WG allerdings schon nicht mehr zu sehen. Gärtner drehte ab ins Bad. Sich frisch machen und so. Schließlich kam gleich »Star Trek – Das nächste Jahrhundert« mit Captain Picard und so im Privatfernsehen. Das war ein schönes Ritual, bevor er dann um zwölf mit seinem Job loslegte.

Um zwölf? Ja ja, um zwölf. Na ja, komm. Vielleicht doch noch eine Folge »Love Boat« im Kabelkanal kontrollieren. Bloß eine. White Trash auf hoher See. Gärtner fand das sinnstiftend. Eine Folge begann, sie würde fast eine ganze Stunde dauern. Und los: erst mal das Exposé der

Figuren, dann die unmissverständlich angelegten Dramen, der Kapitän und natürlich Isaac Washington, der fröhliche schwarze Barkeeper mit der Träne im Knopfloch. Gärtner sah die Inselparadiese der Südsee, er sah, wie Status und Upper-Class-Kreuzfahrertum immer wieder von der Menschlichkeit eine kleine Lehre erteilt bekamen. Eine Serie voll humanistischer Merksätze. Zum Beispiel, dass ein blinder Passagier in Wahrheit auch mal ein orientalischer Prinz sein kann, oder dass ein unverbesserlicher Griesgram zum Schluss doch ein kleines armes Seelchen von Mädchen adoptiert. Spitzen Romantik für Jetsetter – aber auch all jene, die auf Besitz und Boote nur vertröstet werden. Am Ende der Geldwirtschaft steht ein Topf mit Gold.

Als die Auflösung der Folge nahte, fühlte sich Gärtner schon wieder schlechter. Jetzt also arbeiten. Na, oder vielleicht doch noch die Ein-Uhr-Talkshow nach »Love Boat« mitnehmen? Nein, lieber nicht. Verfluchte Selbstdisziplin. Zumindest mal nach dem Thema schauen. Dann entscheiden. Vielleicht war es überzeugend. So überzeugend, dass die »Geschäfte« noch eine Stunde hinten anstehen konnten. Die Schwelle dafür war niedrig. Nur ein gutes Thema. Ein halb gutes. Bitte!

Die Moderatorin schritt ihre mittelmäßige Show-Treppe hinab. Sie war stark geschminkt, das unheilvolle Publikum nicht, Stirne glänzten im Scheinwerferlicht.

»Heute bei uns: ›Was tragen deutsche Luder drunter?‹«

Wie sehr hasste der Fernseher ihn eigentlich? Diese Sendung konnte man ja wohl kaum ohne existenzielle Zweifel einer anderen Tätigkeit vorziehen.

Selbstmotivation bedurfte es jetzt – kam ja keiner, der einem was sagte. Es galt, sich nicht jeden Anruf bei einer Redaktion, jede Mail an einen potenziellen Kunden mit einer Pause, einem Hähnchenbein zu entlohnen. Sonst wurde man nie fertig. Diese Ich-AG war eine Zumutung. Prekarisierung, Medienproletariat – und dabei sollte man noch gut drauf und erfinderisch sein. Flexibel, und genügsam. Und für unter Wert hörte er sich selbst am Telefon Schauriges reden. Wie ein Vertreter, er hatte was zu verkaufen. Das Callcenter schien da nicht mehr weit – oder am besten gleich Wischmopp statt Laptop, dann hatte man es endlich hinter sich. Er sagte Dinge wie:

»Die Platte, die ich dir geschickt habe, musst du dir mal laut anhören. Am Anfang ist die ein bisschen sperrig. Aber bei mir läuft die jetzt hoch und runter. Ist echt gewachsen. Ein Grower!«

Er wusste, er hatte den Mist, besagtes Album, als er den Auftrag seinerzeit annahm, nicht einmal ganz bis zum Ende durchgekriegt. Er fürchtete bei dem Job auch nicht die Lüge – absolut nicht. Er fürchtete viel mehr, sich irgendwann selbst zu manipulieren. Weil es eben leichter fiel, »das ist spitze« zu sagen, wenn man es glaubte. Auf diese Talfahrt sukzessiver Selbstverleugnung durfte es nicht gehen. Er war doch kein Frettchen, hatte doch Ahnung von Musik, von Szene, dem ganzen Business. Musste alles bloß wieder besser laufen, dann könnte er sich die Aufträge aussuchen und nur noch Rosinen anpreisen.

Er telefonierte weiter.

Nach zweieinhalb Stunden überwogen die Alibi-Aktionen, die ziellose Zeit im Internet überstieg die der Recherche. Ach, noch einmal vielleicht zu Amazon – gucken, wo die Bands, die er promotete, beim Verkaufsrang standen.

Ups, nicht gerade weit vorn.

Mehr so im Feld. Wie bei der Tour de France. Einige von Millionen, aber trotzdem nicht weniger abgekämpft als die Führenden. Dann wieder Leerlauf in diesem Arbeitstag. Um nicht zum Schluss noch aus Lebensüberdruss »Busen« auf Google zu suchen, schickte er sich in den Feierabend. Sein eigener Chef zu sein war wirklich eine Zumutung. Das Leben zu schaffen ohne Stechkarte, das sollte der wahre Job sein, man sollte Geld dafür bekommen. Stattdessen kam das spärlich von der freien Wirtschaft, an der Gärtner das Gefühl hatte, so mühselig zu saugen wie an einem geschlossenen Wasserhahn. Fuck. Da konnte er sich ja gleich ums Essen kümmern und den Hund, der im Korb lag und auf seinem Standby der Genügsamkeit verharrte. Ja, der Hund. Ja, das Essen.

Gärtner hatte es jetzt auch schon viel besser drauf mit dem Kochen, als noch vor vier Monaten, als er überraschend bei Anke eingezogen war. Das war aber auch sehr schnell nötig geworden, im gemeinsamen Haushalt eine Produktivkraft darzustellen. Denn die Anfangstage nach seinem Einzug liefen eher sehr unglücklich ab.

+ + +

Dieselbe WG im Westend, wenige Monate zuvor.

»Gärtner, habt ihr 'nen Korkenzieher?«, rief Juli aus der Küche.

»Bist du auf deine alten Tage doch noch dement geworden?«, rief Gärtner zurück und schüttelte den Kopf.

Er lag auf dem großen Bett, das er sonst mit Anke betreute. Eine ziemlich verrutschte blassrosa Tagesdecke sollte dabei verhindern, dass die tödlichen Keime der Straßenklamotten auf die reguläre Zudecke übertragen wurden. Heute ging es dabei nicht nur um seine Keime. An diesem Dienstagnachmittag lagen hier auch noch Juli und Areti drauf. Areti war eine griechische Studentin, die zwei Semester in Wiesbaden Wirtschaftsinformatik studierte und solange das Zimmer von Maria, der sonstigen Mitbewohnerin Ankes, belegte. Die sich ihrerseits gerade auf Auslandsaufenthalt befand. Sie hatten sich Chips besorgt, die fettesten Sorten (Ungarn, Vier-Käse, BBQ und normal). Sowie zwei Dosen fertige Dips der Richtungen »scharf« und »Käse«. Und auch noch drei DVDs mit Highschool-Filmen aus den Achtzigerjahren. Weil Areti letztens nicht wusste, um was es ging, als Juli und Gärtner über »Ferris macht Blau« sprachen. (»Was kennste nicht? Biste bescheuert? Den müssen wir uns mal ausleihen. Total abgehalftert, wie Matthew Broderick seinen Lehrer, Mister Rooney, austrickst. Und bei einer Parade auf dem deutschen Wagen mitfährt zwischen Blondinen in Lederhosen, die Beatles-Songs singen.«) Zusätzlich noch den Mädchen-Power-Schlankheitsfilm »Clueless« und »L.I.S.A. – Der helle Wahnsinn«, wo sich zwei Nerds eine Frau mit Hilfe eines schwer antiken Computers erschaffen. Dieser PC kann aber via Akustikkoppler mit dem Pentagon-Rechner vernetzt werden. Die Folge: ein heilloses Durcheinander voll Phantasie, prüder Erotik und dem CIA.

Alles schon längst durch, alles schwer fragwürdige Nostalgie. Aber irgendwie fiel Gärtner und Juli nichts ein, was noch besser gewesen wäre. Und die Freude, die Areti gefälligst bei dem Erstkontakt mit den Filmen empfinden sollte – schließlich war sie zehn Jahre jünger als die beiden, kannte also schon mal gar nix –, diese Freude sollte noch zusätzlich was bringen. Wie wenn man den Affen das Feuer und das Rad gibt. Der Überbringer der guten Nachricht wird zu jener. Gerade lief schon der zweite Film. Der mit Alicia Silverstone. Gefiel Areti anscheinend gut. Sie probierte mit ihrem Akzent den zentralen Spruch der

Hauptfigur, das »verzickt«, nachzusprechen – während Gärtner wortreich versuchte ihr dessen Bedeutung näher zu bringen. Juli war in der Küche, weiteres Bier aus dem Kühlschrank holen. Dafür brauchte er doch keinen Korkenzieher.

»Ich will den Wein hier aufmachen. Mann, du kennst doch den Spruch aus den Studentenmensas der Welt: ›Wein ist das, was man trinkt, wenn das Bier alle ist‹.«

»Danke, dass ich wieder drauf hinweisen darf: Ich war doch nie an der Uni. Aber ich erlaube mir trotzdem zu sagen, es heißt im Plural sicher nicht ›Mensas‹, Herr Professor.«

Juli grunzte in der Küche vor Freude. Für ihn schien dieses neue Arrangement, Gärtners Rückkehr und was damit zusammenhing, nur Positives zu beinhalten. Er war seit zwei Jahren graduierter Elektrotechniker und arbeitsuchend. Also ziemlich lose arbeitsuchend. Wohnte in einer Eigentumswohnung in Kelkheim, die seine Eltern ihm und seinem älteren Bruder geschenkt hatten. Der Bruder, ebenfalls E-Techniker, lebte aber seit Jahren in London. Dessen familiärer Ruhm – angeblich verdiente er fünfstellig – hatte Julis Ehrgeiz nie aufflammen lassen. Eher sein Phlegma. Sein eigener Abschluss schien ihm Ruhm genug, der Triumph hielt noch vor. Zumindest machte Juli, im Gegensatz zu dem trotz Freizeit-Hammer latent gehetzt wirkenden Gärtner, einen überaus entspannten Eindruck.

Areti hatte etwas mehr als schulterlanges dunkles Haar, dunkle Augen, dunkle Augenbrauen – sah aber auch nicht übertrieben südländisch aus, sie war normal groß für eine Frau und trug eine zerrissene Jeans und das schwarze T-Shirt einer düsteren italienischen Metal-Band. Sie mochte das Prätentiöse und hatte vor ihrer Reise nach Deutschland gedacht, hier würden alle Scorpions hören und wie uncool das wäre. War aber irgendwie nicht so. Sie beobachtete mal, wie es hier sonst so ablief, trank einen Schluck aus ihrer Bierflasche, die schon fast leer war. Sie sagte:

»Ich bin heute nicht an der Uni. Ich bin Chips essen, ich bin Bier trinken im Haus. Verzwickt«

»Verzickt!«

»Lernt ihr erst mal Griechisch. Unsere Sprache ist so viel älter und besser als eure.«

Gärtner sah keinen großen Sinn, die deutsche Sprache zu verteidigen. Höchstens das deutsche Bier.

»Juli, dann hol halt neues Bier. Der Wein schmeckt nach Kork und steht seit Wochen in der Sonne. Und durcheinander trinken ist nicht mehr ab 30.«

»Bin ich ja noch gar nicht!«

»Dieser Klugschwätzer«, dachte Gärtner, den müsste es mit der 30, ja, den würde es doch auch erwischen. Eher früher als später. Schließlich sollten sie doch theoretisch ein Jahrgang sein, wenn sie zusammen in der Schule gewesen waren, oder? Allerdings war der Punkt, an dem er Juli nach seinem Alter hätte fragen können, irgendwie vorbei. Wie wenn man im Gespräch mit einem entfernten Bekannten auch nach fünf Minuten nicht mehr fragen kann: »Schlimm, dass deine Schwester angefahren wurde und deine Hochzeitsreise so ins Wasser fiel – aber entschuldige mal bitte, wie heißt du eigentlich noch mal?«

»Wenn du noch so jung bist, dann kannst du ja auch unsere 200 Treppen laufen. Los, auf zum Kiosk! Na los!«

Angelockt von diesem motivierenden Aufforderungscharakter kam neben Juli auch Smaragd wedelnd angegondelt. Sollte es hier einen Spaziergang abzustauben geben?

»Und nimm ruhig den Hund mit!«

»Okay, wenn's sein muss«, sagte Juli ohne den geringsten Tonfall von ehrlicher Verstimmung. »Aber der Hund? Ich glaube, mal unter uns«, er drehte seinen Kopf so, dass er abgewandt zu Smaragd war und flüsterte, »der Hund hasst mich!«

Gärtner lachte. »Quatsch, der liebt jeden, der ihn ausführt. Nur wenn er plötzlich an dir hochspringt und sich in deinem Unterarm verbeißt, versuch nicht, deinen Arm wegzuziehen. Denn dann reißt er dir nämlich das ganze Fleisch vom Knochen ab. Drück ihm den Arm tiefer ins Maul. Dann bekommt er keine Luft mehr und lässt los.«

Juli grinste und ließ sich von Areti die Leine zuwerfen. Das war sicher nur Spaß. Trotzdem glaubte er weiter, mit dem Hund stimme irgendwas nicht.

»Bitte bring mir Apfelwein mit!«, rief Areti, als Juli schon die Tür auf hatte.

Er schloss sie hinter sich. Hoffentlich hatte er es noch gehört.

»Bitte keinen Apfelwein. Da gärt doch wieder alles in deinem Südländerinnendarm. Und wir liegen hier zu dritt auf engstem Raum im Bett.«

Areti sah ihn finster an. Die Lippen zusammengepresst. Sie war sehr stolz und es nicht gewohnt, dass Männer sich so aufführten. Es fiel ihr auffällig schwer, den schwabbeligen Juli und den dürren Gärtner mit seinen tiefen Augenringen als weisungsfähige Männchen zu begreifen. Diese führten zwar ein locker gammelstudentisches Leben (ohne Uni wohlgemerkt), aber sie waren schon auch zehn Jahre älter als sie und Deutsche.

»Verstehe, du musst wohl nie pupsen«, versuchte Gärtner den in ihrem Blick offenkundig gewordenen Gap of Civilizations wieder zu schließen. Doch die griechische Studentin schnaufte nur verächtlich. Ihr rosiges, restbabyspeckiges Gesicht bekam einen Anflug von Röte. Natürlich Zornesröte.

»Ihr Griechinnen habt ein Temperament«, sagte Gärtner mit faul kaschierter Süffisanz.

Areti bemerkte die Verächtlichkeit, spürte aber auch, dass sie es trotzdem positiv aufnahm. Denn so hinderlich solche Nationaltugenden waren, so sehr hatte sie diese Zuschreibung, besonders seit sie hier war, verinnerlicht und trug sie, na ja, auch voller Stolz mit sich rum. Und fühlte sich bestätigt, wenn es ihr von anderer Seite angetragen wurde. Denn Temperament, das fehlte den Vögeln hier halt. Und sie besaß es, schon von Herkunftswegen.

Ungeachtet der Kühle dieses Moments schien sie aber das Rumhängen mit Gärtner und dessen Gästen zu genießen. Auch wenn sie zuerst seinen Einzug in das freie kleinste Zimmer der WG mit Missfallen quittiert hatte. Schließlich kam das ziemlich plötzlich und als Areti sich vor einem halben Jahr hier vorgestellt hatte, bewohnte das Zimmer noch ein anderes Mädchen. Das war aber kurzfristig wegen eines besseren Studienplatzes weggezogen. Nach Freiburg, oder so. Dann brachte Anke Knall auf Fall ihren neuen alten Freund Gärtner an. Der seine Zeit hier ziemlich abwesenheitslos abwohnte, während seine Partnerin lange im Büro saß.

Eigene Gäste, also Freunde aus der griechischen Studenten-Community der Uni (und das waren nicht wenige) lud Areti nie zu solchen

Abhänger-Nachmittagen, die sich unheimlich schnell etabliert und vermehrt hatten. Offenbar schämte sie sich ein bisschen, dass sie mit diesen Typen abhing. Irgendwie waren die so welk und deutsch. Dafür konnte man wenig Anerkennung in der regulären Griechen-Clique erwarten.

Gärtner stoppte die DVD. Es war die Szene, wo der Vater von Alicia Silverstone dem smarten Jungen begegnet, der seine Tochter für den Abend ausführen will. Ohne große Gestik, nur mit stechendem Blick erklärt er dem Verehrer, dass er eine Magnum, eine Schaufel und einen großen Garten hätte. Und dass ihn sicher niemand vermissen würde. Der Junge ist sofort verängstigt und beschwört, nur ehrenhafte Absichten zu hegen. Total witzig. Das musste er gleich noch mal mit Juli sehen. Auch wenn die gedrückte Pausetaste hieß, dass er das Schweigen mit Areti jetzt ein paar Minuten auszuhalten hatte. Sie kam ihm verdammt launisch und eingebildet vor. Lange kannte er sie ja noch nicht.

Oft war sie aber auch ganz lustig. Meistens jedenfalls. Sie fragte selten nach was, hing nicht an einem, hatte aber trotzdem oft nichts Besseres zu tun, als mit Video zu gucken und ab und zu das Haus Richtung Uni oder Supermarkt zu verlassen. Nette, etwas schnippische Gesellschaft – Europa, ein Zirkuszelt der Superfreunde. Oder zumindest morbider Interessengemeinschaften.

Juli kam zurück. Er hatte Bier und Apfelwein. Gärtner vermied etwas zu sagen, als Areti sich nur ein Bier statt den im Magen gärenden Apfelwein schnappte.

Dann erlöste er das stehende Bild und sie sahen sich die Szene mit dem Vater und dem von Erschießung-und-Vergrabung bedrohten Verehrer an. Kam gut.

\+ + +

Gegen acht schauten sie schläfrig betrunken die Tagesschau, Areti döste immer mal wieder weg. Sie lag in der Mitte des Bettes, Juli und Gärtner rahmten sie ein. Es roch nach Rauch.

»Nur scheiße, dass wir keinen Tisch fürs Bett haben. Weißt du, so einen wie in Hotels, diese Mischung aus Tablett und Tischchen.«

Juli schien noch Träume zu haben. Dieses rührende Untier mit den Krümeln und Blumen in den Haaren. Okay, Schwerpunkt: Krümel.

»Wir sind doch kein Hotel«, erklärte Gärtner post-nachmittagsbesoffen sanft.

»Aber man kann die Pfläumchen gar nicht aufklopfen. Hier auf der Matratze. Soll ich dazu jedes Mal an die Werkbank gehen?«

Seit sechs tranken sie kleine Fläschchen mit Pfläumchen. Aus einer 24er-Box aus dem Konsum von um die Ecke. Gärtner hatte Juli gleich darauf hingewiesen, dass dieses Aufklopfen ein extremes Assi-Ding darstellte und Trinkrituale aufgriff, die sogar noch dümmer waren als Zuprosten. Schließlich hatte er aber aufgegeben. Denn dieses unausrottbare Programm seiner Ahnen würde Juli nicht mehr loswerden.

»Zur Mitte, zur Titte, zum Sack, zack, zack!«

Er versuchte Gärtner mit Beteuerungen zu überzeugen, wie sehr solche Rituale die Menschen zusammenbrächten und dass sie kultisch seien und noch mehr so diskurslosem Kram. Einen Moment gab sich der Blick für Gärtner frei auf die Tristesse dieser Konstellation. Das war nicht mehr Hamburg, war nicht mehr Berlin. Das war eben zurück zur Schule. Prost.

Aber hatte er sich nicht in seiner Zeit bei der Firma gesehnt nach ein bisschen Pause, nach der Abwesenheit von Brisanz? Genau. Und um weiter konstruktiv in diese Sache einzutauchen, entschied er sich, eine 0,3er-Bierdose zu stechen. Denn Areti wusste doch tatsächlich nicht, was »Shotgun« bedeutete. Das musste man sich mal vorstellen!

Juli trank sein frei Hand geschütteltes Pfläumchen, Gärtner schubste die dösende Austauschstudentin an. Sie lag ihm zugewandt auf der Seite und hatte im Schlaf einen dunklen Fleck auf das Kopfkissen von Anke gesabbert. Darauf würde er Areti aber besser nicht hinweisen, sonst schaltete sie nur wieder auf beleidigt.

Er rammte einen Schlüssel unten in die Dose. Bier-Inferno. Rechts, links brach es sich Bahn in kurzen konzentrierten Schaumstößen oder auch länger anhaltenden Spritzern. Mühsam und erst nach diversen weiteren Eruptionen von Gärtners öffnungsumschließendem Mund unter Kontrolle gebracht. Jetzt hing er mit seinen für das schmale Gesicht recht vollen Lippen über dem Loch in der Dose, drückte die Zunge rein. Bereit, sie zu entfernen und zu schluckenschlucken. Areti hob ihren Schlafzimmerblick nur matt an, war aber dennoch nicht uninteressiert. Juli johlte.

Gärtner ließ es geschehen. Die schlimmsten Unfälle passieren am Ballermann, aber es ging alles gut. Das immense Luftvolumen, das ihm dabei die Kohlensäure in den Magen gepumpt hatte, entließ er durch brüllendes Rülpsen, das er aus Rest-Contenance noch etwas zu dämpfen suchte.

Mittlerweile stand Anke in der Tür zu ihrem Zimmer, in dem sie seit neuestem mit Gärtner im Bett schlief. Sie kam von einer harten Schicht in den Mode- und Kulturminen der Medienmanufaktur. Im Bett lagen die faule stolze Griechin, dieser Juli mit Turnschuhen und ihr neuer alter Macker. Letzterer besudelte zudem alles mit einer Bierdose, in die er unten ein Loch reingebohrt hatte.

Exakt so mussten sich die Eltern von Gärtner gefühlt haben. Als Anke nach dem Kotzen unten ohne durch deren Lebensraum gewackelt war. Sie schauderte. Musste sie jetzt ihren Typen zur Ordnung rufen? Bettelte er mit dieser Selbstdemontage vielleicht um Hausarrest? Nein, den hatte er sich in den wenigen Monaten ja schon selbst verordnet.

Sie schmiss ihre Jacke Richtung Garderobe.

Juli rief: »Äh, willste auch ein Bier? Ein Feierabendbier?«

Anke sagte nichts. Stand unschlüssig sauer im Türrahmen rum.

Gärtner gefielen die Umstände auch nicht. Mit ihren Augen betrachtet musste er sich vor sich selbst ekeln, so stark, dass er sich fast übergab. Und nicht nur durch ihre Augen wirkte das hier wenig lebensfähig. Von wegen: alles Chef, alles Routine.

Sie empfand das ähnlich.

»Bin ich jetzt schon die öde Vaterfigur in deinem spätpubertären Pennersystem? Ziehst du vielleicht bald mit Areti und dem Typen in eine eigene WG? Weil die Übereinstimmung da noch größer ist als mit mir?«

»Ich heiße Juli …«, ereiferte sich Juli matt.

Und Gärtner litt so super – trotz der Wirkung des geschossenen Biers in seinem Kopf. Nur brachte das nichts. Machte ihn nur noch schwächer. Er wusste auch nicht so recht, was das hier sollte. Es hatte sich halt so ergeben.

Er sagte: »Mensch, Areti hat tatsächlich noch nie ›Ferris Macht Blau‹ gesehen.«

Juli fügte schuldbewusst hinzu: »Und noch nie Pfläumchen getrunken. Und wusste nicht, was Dosenschießen ist!«

Anke schnaubte verächtlich.

Areti nickte teilnahmslos: »Ja, stimmt.«

Sie schien am wenigsten mitgenommen von der Situation, sie hatte sich aufgerafft und sammelte ihre Pantoffeln, Zigaretten und einige Tüten Chips auf. Hielt das alles wie ein riesiges Kuscheltier von der Losbude vor sich. Offensichtlich wollte sie sich mit all dem Kram auf ihr Zimmer verziehen.

»Kaum auszudenken. In Griechenland haben die zwar noch Getränkedosen, schießen die aber nicht.«

Juli konnte von der angestrebten Vulgär-Hedonisierung Aretis offenbar nicht genug bekommen.

Von solch selbstgefälliger Entwicklungshilfe überrollt, kam die zu Entwickelnde allerdings übel drauf:

»Griechenland ist die Wiege der Demokratie! All eure Kultur habt ihr von uns. Und während der griechischen Antike hattet ihr Deutschen noch nicht mal den Affen erfunden.«

Juli war empört.

»Ach ja? Aber bei euch hat sich die letzten 2500 Jahre seitdem nicht mehr viel getan. Ihr lebt ja immer noch in Fässern und stellt Getränkedosen her. Ihr habt den Anschluss verpasst. An alles!«

Areti fühlte sich nun um ihr Land und den netten Nachmittag betrogen. Den sie den beiden Senioren geschenkt und sich ihren antiken Ami-Klamauk aus besseren Tagen angesehen hatte. Was wollten die eigentlich? Die konnten sie mal. Sie verließ Ankes Zimmer, zischte Juli, als sie ihn passierte, nur noch mal zu: »Lutsch Schwanz!«, um dann ihre eigenen Räumlichkeiten zu betreten und mit dem Zuschlagen der Tür zu versiegeln.

Juli empfahl sich ebenfalls. Gärtner räumte hektisch das Zimmer auf, strich die Tagesdecke glatt, die zum Schluss nur noch als Kopfstütze gedient hatte. Als sich das Chaos langsam verzog, entschied er sogar, das Bett komplett neu zu beziehen. Seine anfängliche Hektik war dabei einer Resignation gewichen. Warum waren denn, wenn man Ich-AG wurde, also hoffnungslos selbstständig, warum waren da plötzlich alle deine Eltern? Deine Freundin, deine Eltern, dein Amt. Wer kam als nächstes noch dazu? Und hatte er in Ankes Blick, als sie sich abwandte und in die Küche ging, neben Wut ganz kurz auch noch Mitleid entdeckt? Himmel. Er stöhnte leise. Bezog ihr Bett und schlief selbst heute aber mal auf der Matratze in seinem Zimmer, das mit dem Interims-Büro. Anke machte sich währenddessen ein einzelnes Spiegelei. Sie hoffte ein bisschen, dass sich das alles als Anfangsschwierigkeit rausstellte. Immerhin war eine Beziehung, war gemeinsames Wohnen doch auch nicht leicht. Sogar ziemlich schwer. Diese Erkenntnis stellte nichts Persönliches dar. Sondern bloß etwas bedrückend Allgemeines.

+ + +

Gärtner schnitt Karotten zu Würfeln auf einem Holzbrett. Es würde indisches Möhrencurry geben. Seit dem Tag, als Anke ihn, Juli und Areti betrunken im Bett liegend vorgefunden hatte, war Gärtner dabei, seine Rolle im Alltag der Beziehung zu überarbeiten. Keine Besuche unter der Woche, den darunter leidenden Juli hielt er auf Distanz, Areti tauchte ohnehin nur noch selten auf, galt als in irgendwen verliebt und verbrachte die Nachmittage regelmäßig auswärts mit »ihren Leuten«. Als Gärtner in Hamburg und Berlin so viel hatte arbeiten müssen, hatte er sich immer gesehnt nach der Rumhängerei seiner frühen Tage. Aber als er das in seiner neuen Wohnung, mit seiner neuen alten Freundin erfüllt sah, war klar gewesen: Das ist es aber echt auch nicht. Das konnte keine Option sein. Er fühlte sich unterfordert: Nachts konnte er oft nicht schlafen, weil der Körper so was dachte wie:

»Ach, schlafen, jetzt? Und was hab ich die letzten 18 Stunden da im Bett gemacht?«

Aber was sollte er tun? Ein absoluter Horror war die Drohung, als Pärchen mal ein Doppelwaschbecken zu besitzen und sie würde sich um 8 Uhr morgens frisch machen für den Job, Lidstrich ziehen, auf den Kaffee warten, der gerade durchfloss. Währenddessen am anderen Becken der gerade heimgetorkelte Partner hing, dessen Jacke stank wie im Aschenbecher gewendet und der zeitgleich neben ihrem Wimperntuschen kotzte. Tja, das Ying und Yang einer Beziehung am Doppelwaschbecken, mochte man meinen. Aber nee. Zu diesem Bild sollte es nicht kommen – auch nicht in irgendeiner Abschwächung.

Gärtner führte daher mittlerweile Hund und Haushalt – und das war ja auch nicht wenig. Und abends kochte er so, dass Anke essen konnte, wenn sie aus dem Büro kam. Das war keine Hexerei. Das war einfach Emanzipation vom Stand der Siebzigerjahre und Gärtner schämte sich, dass er sich trotzdem so unzufrieden dabei vorkam. Auf einem großen Brett ließ er das Messer über die Möhren hageln. Hack, hack. Ein gutes Geräusch. Die riesigen geputzten Stangen zerstoben zu Würfeln. Dann musste Gärtner im Rezeptbuch nachsehen, wie es weiter ging. Nach Buch zu kochen, hieß es, war wie vom Blatt zu singen. Aber Gärtner scheute dieses Anfänger-Insignium nicht, denn er hatte in seiner Vergangenheit weder viel gekocht noch Rezepte verinnerlicht. Selbst über das Transparentmachen einfachster Kniffe, zum Beispiel wie und wann Salz und Pfeffer kamen, war er dankbar und verfolgte es akribisch, wog ab, überließ nichts dem Zufall. Er besaß keine Intuition für das, was er seit seinem Rückzug nach Südhessen tat. Vielleicht hatte es eine gegeben bei dem Kuss auf dem Klo. Der Rest war Tasten. Das Fleisch aus dem Rezept ließ er weg. Er hatte zwar vor Jahren angefangen, wieder welches zu essen, aber Anke verzichtete darauf. Er seufzte. Stützte sich auf dem Brettchen bei den Möhrenwürfeln ab. Mit dem Küchenmesser in der einen Hand. Bei ihrer ersten Beziehung damals hatte er unheimlich aufgetrumpft. Sie war ja noch etwas jünger und er im Besitz des »coolen Wissens«. Lange Vorträge über Schlachtviehhaltung und Ethik und die Verknüpfung von Musik und Tierrecht hatte er ihr gehalten. Und sie mit Liebesentzug gestraft, wenn sie bei ihren Eltern ein dickes Schinkenbrot angenommen hatte. Damals aß sie kaum noch Fleisch. Und jetzt, jetzt lebte sie gesund und vegetarisch und er konnte froh sein, die Vorträge von einst nicht zurückzubekommen. Verdient hätte er es.

Es war schwer, Top of the World zu sein, wenn man kein Star mehr war. Wofür ihn früher Mädchen liebten, lag auf der Hand. Da zog er die Fäden auf dem Dorf, später sogar bei der Aftershow-Party von Grönemeyer und verbreitete dort Knistern im Raum. Jetzt musste er wohl oder übel für dieses Möhrencurry hier geliebt werden. Oder, noch schlimmer, nur für sich selbst. Eine schreckliche Vorstellung.

Er briet die Karottenwürfel zusammen mit gehackten Zwiebeln in einer massiven gusseisernen WG-Pfanne an, die es sicher schon seit den Dreißigern machte. Und gab die bereits vorbereiteten Stücke einer Banane sowie Nüsse, Kokosflocken, Kurkuma und Curry zu.

»Warum sollte ich nicht liebenswert sein mit meinem Curry?«, er kratzte sich an der Stirn. Auch das noch, er spürte den hässlichen, pulsierenden Schmerz eines unter der Haut keimenden Pickels. Gärtner musste ihn loswerden, bis seine Freundin kam. Jetzt auch noch widerwärtig aussehen oder vor allem sich so zu fühlen, dafür gab es in diesem neuen System keinen Spielraum. Echt nicht.

Er goss den lauthals in der Pfanne bratenden Inhalt mit Gemüsebrühe und Orangensaft ab. Das Curry zischte noch mal schreiend auf, dann beruhigte es sich durch die Flüssigkeit.

»Wird Zeit, dass ich auch noch im Bett versage.«

+ + +

Anke biss in ein belegtes Brot. Ein Körnerbrot. Mit Käse, Mayonnaise und längs halbierten Gewürzgurken. In ihrer Tupperdose lag zusätzlich noch ein Schokoriegel. So eine gefüllte Box stellte Gärtner ihr seit einiger Zeit immer mal morgens zur Verfügung. Gestern hatte er einen Zettel mit einem Herz und ihren Initialen ins belegte Brot eingearbeitet. Den hatte sie gegessen. Nach dem ungläubigen Rauswürgen war sie aber schnell versöhnt gewesen. Ein Freund mit Einfällen, der sich damit abgefunden hatte, lieber Brote und was Vernünftiges zu machen, anstatt die Austauschstudentin besoffen und nachmittags ständig Nickerchen. Obwohl er irgendwie bedrückt wirkte. Vielleicht hätte die Geschichte zwischen ihnen enden sollen. Nach dieser gigantischen Wiedersehensnacht. Solche Höhepunkte stellten eine große Belastung für den armen Alltag dar. Und in den Tagen vor dem Dosenstechen-im-Bett-Eklat lief es schon mehrfach ziemlich trostlos:

»Oh, ich habe schon mal eine Flasche Wein auf dein Wohl geleert und deinen Light-Joghurt gefressen. Sorry, Schatz. Wie war dein Tag?«

Und als sie dann am Herd stand und sich finster Rührei machte, kam er von hinten mit seiner leicht sauren Fahne und seinen Tentakeln. Und sagte, weil er ja sonst nichts zu tun hatte: »Komm, lass uns Sex haben.«

Da gefiel ihr der Umschwung zum Hausmann besser. Und früher oder später würde er ja auch doch wieder einen Job bekommen und dann wäre alles wie normal.

Anke starrte auf den Bildschirm. Sie befand sich im Büro. Ihre Mittagspause fiel bis auf das Käsebrot aus. Es gab viel zu tun in der Hessischen Vogue. Redaktionsschluss war bereits gewesen. Der letzte Termin, der Druckunterlagenschluss, nahte. Das Telefon klingelte immer mal wieder.

»Hessische Vogue, Anke, hallo.«

Es waren Ankes Eltern, in Gestalt ihrer Mutter. Und Vater, der Bahnbeamte im Ruhestand, rief auf der Couch sitzend ständig Kommentare rein und schaffte so eine latent unruhige Gesprächssituation. Vermutlich traute er den beiden Frauen nicht zu, eine Unterhaltung zu führen, die ohne seine Einwürfe – die größtenteils das Handballspiel betrafen, das er sich laut im Hintergrund ansah – auskommen könnte.

Dass Anke nicht gern während der Arbeit Anrufe von der Elternruheresidenz – die lag in Hassloch im Spessart – bekam, ignorierten diese. Abends könne man Anke doch so schwer erreichen. Anke konnte sich aber beim besten Willen nicht erinnern, wann sie das je versucht hätten. Schließlich besaß sie Anrufbeantworter, Mitbewohner und ging unter der Woche meist nach der Arbeit gleich heim.

So nahm sie das hier jetzt etwas säuerlich hin. Immerhin besaß sie eine räumliche Distanz zu Mutti und Vati. Davon konnte ihr Freund nur träumen. Der fand sich familiär ganz schön ausgelastet wieder und sah seine nächsten Angehörigen vielleicht häufiger als ein scheinselbstständiger junger Mann sollte.

Aber Anke fragte sich ernsthaft, wie viel Distanz sie zum Zuhause eigentlich hatte. Wohl genauso wenig wie er, wie die meisten. Immer musste man bei allem noch die Eltern mitdenken. »Was denken die über meine gescheiterten Beziehungen, dass ich noch kein Baby, aber seit dem neuen Jahrtausend fünf Kilo zugenommen habe, dass die Tochter der Nachbarin ihren Eltern letztes Jahr einen Geländewagen geschenkt hat, obwohl die gar nicht studiert hat? Und was meine ich eigentlich damit, wenn ich meiner Mutter vorlüge, mehr Gehalt zu bekommen und wieder anfangen will, Volleyball zu spielen? Reicht das alles nicht? Ist es nicht genug, was ich bin? Müsste vielleicht das, was immer als Familienbande bezeichnet wird, nicht eher Strick heißen?«

Als Anke ganz klein war, war die schlimmste Vorstellung, die sie jede Nacht vorm Schlafengehen quälte, dass ihre Eltern sterben könnten. Als sie ein Teenager wurde, änderte sich das, sie dachte: »Ich könnte nicht mal Selbstmord begehen, solange meine Eltern noch leben. Weil ihnen das Herz brechen würde.«

Sie musste überleben. Ach, und nicht mal das war genug: Sie musste sogar gut leben, um sich nicht zu schämen vor dieser Instanz. Die hier am Telefon doch so harmlos über das Wetter referierte, während im Hintergrund wirres Zeug über ein Handballspiel reingerufen wurde.

»Wie geht es denn deinem Freund? Hat er jetzt wieder richtige Arbeit?«

»Ja, er hat da was Gutes in Aussicht, das wird sich demnächst entscheiden«, log Anke, ohne es richtig wahrzunehmen.

Nichts hatte Gärtner in Aussicht und seine Freiberuflichkeit erwies sich als kaum unkostendeckend.

»Du, ich muss aber hier auch mal weitermachen. Ist viel zu tun, Mutti.«

»Was du da immer machst. Der Vati sagt, er sieht nie Artikel von dir, wenn er sich mal dein Heft durchblättert.«

»Ich bin ja auch Redakteurin und nicht Autorin …«, versuchte es Anke matt und nicht zum ersten Mal, ließ es aber dann doch bleiben. Zumal sich auch seit einigen Minuten Tilman um ihren Schreibtisch rumdrückte, sich mittlerweile sogar auf dessen Kante niedergelassen hatte.

Privatgespräche im Büro vor Zeugen. Er hob Sachen auf von ihrem Schreibtisch, auf dem er halb saß, Magazine, kleine Plastik-Figürchen und Faxe und betrachtete sie. Nicht aus Interesse, sondern offensichtlich davon getrieben, selbst wahrgenommen zu werden. Mann, Anke nahm ihn ja wahr. Sie wand sich auf dem Stuhl rum, ihre Unterhose verrutschte dabei unter dem halblangen Donna-Karan-Rock. Wie unangenehm. Würde sie aber wohl erst später wieder richten können. Wenn der Typ und das Gespräch zu Ende waren. Zum Glück verlangte

Mutti nicht auch noch, dass sie »Ich liebe euch« in den Hörer flötete. »Also Liebes, mach's gut, und der Papa lässt auch grüßen.«

Im Hintergrund schrie der Besagte.

»So eine Scheiße! Das seh ich aber ganz anders, ihr Weicheier!«

Hoffentlich sprach er mit dem Fernseher.

+ + +

»Die Eltern, was?«

Tilman lächelte sie so an, als würden sie von jetzt an ein weiteres dunkles Geheimnis teilen. Nur weil er mitbekommen hatte, dass sie mal Mutti zur Bürozeit im Hörer hatte. Wie schaffte der Typ es bloß immer, Begegnungen gleich so zu gestalten, dass er die Oberhand hatte?

»Ja. Was dagegen?«

Ankes Patzigkeit war schlecht überspielte Schwäche. Unglaublich. Sie fühlte sich wirklich ein wenig schuldig. Dieser Teufel.

Tilman trug eine braune Stoffhose, braune Schuhe und ein weißes Hemd. Leger, luftig. Und, hm, Brusthaare. Allerdings nicht so viele wie Leberflecken. Ob er die alle prüfen ließ? Zumindest die knotigen und die, die keine festen Konturen mehr besaßen und leicht ausuferten. Aber so viel Zeit hatte der Dermatologe sicher auch nicht, da jedes Jahr drüber zu scannen und außerdem waren Männer wie Tilman doch Ärztemuffel. Sie waren Hypochonder ohne Befund. Sie konnten sich nur auf Aufgeschnapptes stützen in ihren selbst ausgedachten Diagnosen. Die sie dann als tatsächliche ausgaben. Das musste man wissen, wenn es wieder hieß: »Ich habe mir im Sportstudio einen Muskelfaserriss geholt.«

Das meinte eigentlich:

»Ich wünsche mir Anerkennung und mir tut mein Bein weh. Ich bin ein Mensch.«

Tilman hielt derweil mit besorgter Miene eine umständliche Gesprächseröffnung ab.

Anke las auf ihrem Bildschirm aus dem Augenwinkel ein bisschen Spam-Mails. Spam, das war doch auch nur ein geschwätziger Monolog – vermutlich von Männern.

»Deshalb, Anke, stelle ich ihnen eine Frage, die sie mir sicher beantworten können …«

Anke verlagerte ein wenig Aufmerksamkeit von den Maileingängen zu Tilman. Der schien ja offensichtlich bei seinem Anliegen angekommen zu sein.

»… wie schmeckt eigentlich mein Penis?«

Bitte? Anke zuckte zusammen, sah Tilman irritiert an, der redete weiter. Seinen Penis hörte sie nicht mehr raus. Aber gesagt hatte er das eben doch. Oder? Ganz sicher. Obwohl … sie siezten sich ja nicht. Und doch hatte sie den Satz so in Erinnerung.

»Hast du mich gerade gesiezt?«, fragte sie unsicher aber listig.

»Wie kommst du denn darauf?«

Tilman schaute sie an, als wäre sie leicht wahnsinnig. Anke empfand diese Fremdwahrnehmung in dem Moment nicht völlig abwegig. Ihre Halluzinationen – ein Befund, der schon allein bedenklich wäre – hatten noch eine Art Tourette-Syndrom vorgeschaltet. So dass sie Ordinäres, Sexuelles zu hören glaubte, dessen Herkunft äußerst ungewiss war. Bloß kein Aufsehen. Das legte sich sicher wieder. Das war wie Tinnitus, nur verwunschener.

»Also?«

»Äh, also was?« Anke guckte ihn an. »Geht es um deinen Penis?«, dachte sie.

»Also, was um Himmels willen hast du dir dabei gedacht?«

»Und wenn du gerade noch mal den Zusammenhang sagen könntest?«

Tilman sah so aus, als verlöre er gleich die Fassung.

»Was du dir dabei gedacht hast«, seine Stimme hob an, klang nicht wütend sondern panisch, »unseren scheiß verdammten Laden zu ruinieren?«

Kommunikation wurde echt überbewertet. Eigentlich kriegte man unterm Strich kaum etwas mit von dem, was all die armen Seelen um einen herum auf einen einteufelten. Anke jedenfalls wusste nicht, welchen Schrecken Tilman gerade mit ihr zu teilen suchte.

Sie war dabei nicht mal entsetzt über das Gesagte, vielmehr über den unbekannten Tonfall zur Schau gestellter Hilflosigkeit dieses Alpha-Männchens.

»Ruiniert?«

Tilman nickte leidend – wie sonst nur, wenn er neue Krankheiten an sich diagnostiziert hatte.

+ + +

»Hast du gelesen, was auf den Seiten mit den Musikkritiken steht?«

Tilman hielt ihr ein an den betreffenden Seiten umgeschlagenes Heft hin. Anke guckte höflich darauf rum. Sah aber nichts als die Hand voll von ihr redigierten Texte neben den dazugehörigen Alben-Covern. Er hielt ihr das gerade vorgestern aus der Druckerei und heute in die Läden gekommene Magazin mittlerweile so sehr unter die Nase, dass sie nur noch reinbeißen oder es ihm abnehmen konnte. Als sie es in der Hand hielt, fühlte sie, dass die Seiten von den Händen des Chefredakteurs warm geworden waren. Und obwohl sie auf umweltfeindlichstem Hochglanzpapier sendeten, fühlte es sich feucht an wie saugfähiges Toilettenpapier im Dampfbad.

Anke spürte ein Ziehen im Magen, unterdrückte mühsam die Hysterie, die herausbrechen will, wenn die Polizei morgens zerknirscht in der Tür steht und verlangt, man möge sich erst setzen, bevor sie den Anlass des Besuchs offenbart.

»Verdammt noch mal, was denn?« Dass sie fast schrie, war ihr jetzt auch schon egal.

Tilman gewann ein bisschen Souveränität zurück, als sie ihre ziehen lassen musste. »Vermutlich absorbiert er meine, der Arsch.«

Tilman deutete auf die Kritik zur Platte eines Casting-Sternchens. Na, endlich. Und was sollte da wen ruinieren?

Dort stand:

»Das Elend hat viele Gesichter, wie gefällt ihnen dieses hier? Dieser neue Star ist weder neu noch ein Star. Er ist das, was vom kurzen Knall übrig blieb. Und trotzdem gut für ein paar zehntausend Abverkäufe und Klingelton-Downloads, weil er eben einige Netto-Stunden im Fernsehen und in der Boulevardpresse verbracht hat. Musikalisch die übliche Discount-Boykotthetze gegen guten Pop. Zugunsten von schlechtem. Diesen Kauf sollte man sich sparen und sich besser mal eine alte Robbie Williams brennen lassen. Till Meyer.«

Aha? Beschwerte sich das hier so geschmähte Vieh jetzt? Was sollte das aber für Auswirkungen haben? Immerhin wurden diese armen Trolle doch nur in die Arena gescheucht, um bespuckt zu werden. So schlimm das war, aber wusste das Tilman nicht? Wusste er nicht, dass sich um jenen schwer beschränkten Casting-Jungen schon zahlreiche Comedy-Shows rankten, in denen dessen Niedrigkeit wieder und wieder Thema war? Und die Boulevard-Schlagzeilen hießen ihn »Dieb« oder »geisteskrank«. Dass er und seine deformierte Kunst auch in der Hessischen Vogue überfahren wurden, war definitiv kein Grund zur Beunruhigung.

»Der Justiziar der Plattenfirma von Robbie Williams hat heute angerufen. Sie sind empört über den Aufruf, ihre CDs zu brennen. Gebrannte CDs und illegale Downloads seien der Untergang ihrer einst prosperierenden Branche. Und jetzt möchten sie ein Exempel statuieren. An uns! Wegen Aufruf zu einer Straftat. Der Typ hat aufgelegt, bevor ich irgendwas erklären konnte. Und vorher noch gesagt, er will den Printmedien endlich Sensibilität mit diesem existenziellen Problem lehren.«

»Oh, wie in der Schule.«

Anke guckte skeptisch. Ob Tilman vielleicht lächeln würde. Er versuchte es. Das machte es eher noch schlimmer.

So sehr sie sich das Herunterkrachen seiner Großkotzigkeit immer gewünscht hatte, so sehr wollte sie doch nicht dran Schuld sein. Zumindest nicht so.

»Was machen wir jetzt?«, fragte sie.

»Zusammenhalten!«

Ah, die große Koalition. Die war aber auch nötig, die benötigte man in jedem Krieg. Tilman schilderte, dass schon eine Rundmail an die Branche gegangen sei, die Hessische Vogue würde zum Brennen aufrufen. Der ganze Zorn des taumelnden Riesen Pop-Biz konnte sich endlich einmal kanalisieren. Ungeahnte Vehemenz lag in diesem Aufschrei. In all dem Frust, einmal einen Schuldigen auszumachen, der scheinbar dafür gesorgt hatte, dass es nicht mehr so champagnergeil lief wie in den letzten Jahrzehnten. Da erschienen die wirklichen großen Koalitionen am Horizont. Unheilige Allianzen zwischen Weltkonzernen, die sich sonst auf höchster Ebene mit Konkurrenz überzogen.

Waren sich wunderbar einig. Sie würden jetzt, wie die apokalyptischen Reiter, ihre schwarzen Rösser satteln. Anke und Tilman spürten einen Luftzug in ihrem Büro. Sie sahen sich an. Mussten sie jetzt Fässer heißes Pech anrühren und es auf die Zinnen ihres Verlagshauses schleppen? Nein. Diplomatie, Diplomatie war gefragt. Vielleicht könnte die Bestie ja ruhig gestellt werden. Immerhin war das doch alles nicht so gemeint gewesen. Ironie. Genau. Damit könnte man kommen, schließlich war es ja auch welche. Till Meyer ging es doch offensichtlich eher darum, die schleichende Verselbstverständlichung der Problematik heraus zu stellen. Das musste man doch sehen.

Anke schwitzte. Unter ihren Achseln bitzelte es. Wie auf der Oberfläche von zimmerwarmem Mineralwasser mit wenig Kohlensäure. Nicht weil sie sich so sehr sorgte um die Zukunft ihres Magazins – ja, schon, auch. Aber sie besaß eine fatalistische Neigung und einen Distanzpuffer zu diesem Job. Nein, ihre Achseln bitzelten, weil sie wusste, wer unter dem Pseudonym Till Meyer hier aufgetaucht war. Uh, das war ja der Text von ihrem Partner. Da Anke die Kulturseiten inklusive der Kritiken betreute, hielt sie auch Kontakt zu Autoren und vergab die Schreibaufträge. Ihren Freund hatte sie hinzugezogen, schließlich hatte er Ahnung von Musik und brauchte mehr Geld, als ihm jede Plattenbesprechung der Welt erlösen könnte – aber immerhin. Und da er absolut keine Erfahrung oder gar Reputation als Autor vorweisen konnte und das Ernennen der eigenen Lieben als freie Mitarbeiter in ihrem Hause als verpönt galt, hatte sie sich mit ihm schnell auf ein Pseudonym geeinigt. Ihm war das mehr als recht gewesen, schließlich ging er Anke bei all jenen Platten zur Hand, die noch übrig waren, die den regulären Schreiberdiven zu wenig Distinktionsgewinn verhießen.

So war das. Und die Firma jetzt ruiniert. Anke überlegte, ob sie regresspflichtig sei. So ganz ausgeschlossen schien ihr das nicht.

»Wer ist dieser Meyer?«

Sie hatte wohl zu intensiv an das Verfasserdilemma gedacht. Sogar ein so wenig spiritueller Mann wie Tilman hatte ihre Gedanken aufgeschnappt.

»Ein freier Autor aus Pirmasens«, log Anke engagiert. Und ergänzte:

»Der ist sonst sehr zuverlässig. Dir hat auch schon mal das eine oder andere gefallen. Weißt du nicht mehr. Diese eine Kritik zu der Lounge-Platte vor drei Monaten.«

»Ach, ja.« Tilman erinnerte sich an irgendwas Derartiges. Aber das war ja nicht der Punkt.

»Das ist ja nicht der Punkt.« Anke schaute, während er sich ereiferte, über ihren Schreibtisch, ob da nicht noch was zu trinken stünde. Ein halb leeres Wasserglas.

»Denn im Endeffekt bist du verantwortlich für den Inhalt auf diesen Seiten.«

Oder war das nur ein Blumenglas? Konnte man trinken, wo Blumen drin gestanden hatten? Oder war das wie Spinat aufwärmen? Tödlich? Und hatte sie eigentlich eine Rechtsschutzversicherung? Eine mit harten grobporigen Anwälten, die in ihren Maßanzügen so grausam überlegen aussahen wie eine Verbindung aus Jürgen Prochnow und Stephen Hawking?

»Aber bist nicht du als Chefredakteur für den gesamten Inhalt des Hefts verantwortlich?«

Tilman sah sie unfreundlich an.

»Davon will ich nichts hören.«

Anke nippte am Blumenwasser. Sie glaubte, sich zu erinnern, dass es ganz gewöhnliches Quellwasser war. Schmeckte trotzdem komisch. Ach ja, bei ihrer ADAC-Mitgliedschaft, da war doch neben einer Mobilitätsgarantie und der Rückführung ihres in den Ardennen bei einem Autounfall zerschmetterten Körpers mit einem modernen Hubschrauber, auch noch eine Rechtsschutzversicherung integriert, oder? Aber ob die überhaupt helfen würde? Schließlich hatte sie die besagten Seiten nicht an einer Ampel in ihrem Wagen freigegeben.

»Wir müssen eine Gegendarstellung verfassen. Für die Branche und die auch gleich auf die Webseite bringen. Oh Mann, das macht ja alles nur noch mehr Wirbel. Wir sind ein Mode- und Lifestylemagazin, verdammte Scheiße, wir wollen doch nur dienen.«

Tilman hatte sich mittlerweile auf das bauchige Hinterteil von Ankes Monitor mit den verschränkten Unterarmen gestützt. Wohlig warm fühlte sich das an. Staubig, schwach elektrisch, warm. Anke schluckte schwer an dem Wasser.

Sie sagte: »Ich fürchte, mein Anwalt hat einen gelben Overall an, ölschwarze Finger und benutzt statt Paragraphen-Jargon nur Motor-Allegorien.«

Tilman entgegnete: »Kann es sein, dass ihr Anwalt Mechaniker ist?«

Oh, Gott, wusste es denn jeder schon? Anke schüttelte unauffällig in einem kleinen Radius aber äußerst vehement ihren Kopf. Wo kam diese Unterhaltung denn wieder her? Das war doch erneut nicht echt gewesen, oder? Immerhin ging es nicht um Schwanz. Sie versuchte sich zu konzentrieren. Immer wenn Tilman sie siezte, war das ein Hinweis auf ein momentum irrealis. Das musste sie sich merken. So bekäme sie das schon in den Griff. Aber der Rest war doch wahr? Oder war das auch Einbildung gewesen?

»Den Ärger mit der Plattenfirma gibt es wirklich?«

Tilman sah sie einigermaßen fassungslos an. Das war Antwort genug, sie korrigierte sich:

»Ich meine, hat sich noch nicht gelegt?«

Tilman sah genervt zur Uhr. »In den letzten fünf Minuten? Nein.«

Okay. Alles okay. Dachte Anke. Ihr Magazin sollte nur normal von der Plattenindustrie exemplarisch zerfleischt werden. Das war keine dieser unheimlichen Halluzinationen. Sehr schön. Na ja, nicht ganz.

\+ + +

»Hallo, Schatz«

Anke war in die Küche gekommen, Gärtner stand in einem Trägerunterhemd am Herd.

»Hey!«

Anke strich mit ihrer Hand über seinen Nacken. Dort, wo sich kein Stoff befand. Das Unterhemd war dabei keineswegs ein Zeichen verinnerlichter Lieblosigkeit im Alltag, es war wie die Trainingshose eher das Gegenteil. Gärtner sah darin sexy aus. Und Anke wusste das im Gegensatz zu seinen Eltern zu schätzen. An diese unangenehme Geschichte der Robbie-Williams-Affäre vor ein paar Tagen musste sie immer wieder denken. Na, nicht immer. Brachte doch ohnehin nichts.

Gärtners weißer Körper war erhitzt von den pumpenden Herdplatten, auf denen zwei Töpfe und eine Pfanne leise aber geschäftig Kochgeräusche von sich gaben. Er erschauderte unter ihrer Berührung, ihre Hand war kalt und feucht. Schließlich war sie gerade von draußen gekommen. Aus dem Regen. Smaragd schnüffelte an den Tüten, die sie mitgebracht hatte. Darin waren neue CDs, DVDs und Bücher. Unablässig zugeschickte Muster, die keine Verwendung fanden und die Anke, nach einer gründlichen Vorsortierung, ihren Regalen einverleibte. Gärtner drückte sich, nachdem Hand und Nacken ihre Temperatur ein wenig angeglichen hatten, gegen ihre Fingerrücken, mit denen sie über ihn strich. Wie ein kochendes Kätzchen. Sie fuhr durch sein strähniges kurzes Haar. Es war auch jenseits der 30 noch ziemlich blond. Naturblond. Wobei das nach Kokos riechende Haarwachs es dunkler wirken ließ. Er schnurrte. Das Essen köchelte.

Anke küsste seine Schulter. Gärtner drehte sich um. Jetzt küssten sie sich. Anke ließ die Tüte fallen, die sie noch in der Hand hielt. Smaragd ging sofort zu den CDs, die herausgetrudelt auf dem ätzenden Laminat der Küche – dem Schandfleck der Wohnung – lagen. An einer leckte er probehalber. Gärtner ließ, während er Ankes kühle Zunge schmeckte, den Kochlöffel fallen. Hier kam Smaragd endlich auf seine Kosten, leckte dran und war glücklich. So glücklich, dass die Sorge, ihn wieder einzubüßen so schwer wog, dass er ihn ins Maul nahm und aus der Küche galoppierte.

»Der Löffel!«, hörte er Gärtner noch empört aus der Umarmung der beiden sagen.

Anke kicherte. Sie küssten sich noch ein bisschen weiter.

»Aber den Löffel benutzt du jetzt nicht mehr, gell?«, fragte sie mit leicht beschleunigtem Atem und roten Backen. Mann, war es in der Küche heiß, wenn man von draußen kam und drinnen gleich knutschte.

»Wieso nicht? Smaragd leckt doch auch die schmutzigen Teller ab, statt dass ich sie für teures Geld in der Spülmaschine spüle.«

Sie knuffte ihn an die Schulter. Er torkelte aus der gelösten Umarmung gefährlich nah mit seiner Hüfte Richtung Herdplatte. Hoppla. Anke sah, dass auf der Arbeitsplatte ein Glas Rotwein stand, das hatte sie eben auch schon beim Küssen geschmeckt. Er folgte ihrem Blick.

Wurde verlegen, als er scherzte, ein guter Koch tränke immer schon beim Essen ein Gläschen. Stimmte ja auch. Aber dass sie mitbekam, dass es noch zwei mehr waren, wollte er dennoch vermieden wissen.

Er war ja nicht Dionysos, der Ziegenbockgott des Weins mit der Schlangenkrone. Auch wenn er sich manchmal so fühlte.

Denn dem wurde ja auch übel mitgespielt. Nach der heiligen Hochzeit der Nymphen Sony und Bertelsmann wurde der von deren brennenden Priesterinnen, den Mänaden, in Stücke gerissen. Und erst später in der Unterwelt von seiner Mutter, der Demeter, wieder zusammengesetzt.

Gärtner rührte in der Sauce die spritzenden Blasen etwas runter. Anke war mittlerweile im Badezimmer verschwunden. Smaragd fraß in seinem Korb engagiert den Kochlöffel. Gärtner wusste aber auch, dass die griechische Mythologie sich gar nicht so dringlich um den Weintypen mit seinen Hörnern drehte. Viel bedeutsamer war ja dessen Mutter – und gleichzeitig Schwester – Demeter. Die Urgöttin, deren Abstieg in den Hades jedes Jahr der Winter symbolisierte. Nach diesen drei Monaten kam sie als Frühling wieder hinauf mit ihrem neu zusammengesetzten Sohn und Bruder Dionysos, dem armen Kerl. Das elendige Patriarchat war eine erst viel später erfundene Unsitte. Die weit weniger Angenehmes für das Miteinander brachte als Demeter, wenn sie sanft die Bauern das Pflügen lehrte und das Getreide Jahr für Jahr erblühen ließ. Gärtner war jetzt eben ein moderner Mann der Mythologie. Zerrissen, zusammengesetzt und auf Wein. Und schaute sich mal an, was Anke da für neue CDs mitgebracht hatte. Vielleicht konnten sie die eine oder andere gleich mal beim Abendessen hören.

\+ + +

»Hallo, Schatz«

Anke war in die Küche gekommen, Gärtner stand in seinem Trägerunterhemd am Herd.

»Wow!«

Anke freute sich schon wieder, am Geruch der garenden Speisen, an ihrem Freund im Unterhemd. Allerdings heute nicht so sehr wie gestern, als sie genau das schon mal erlebt hatte. Denn sie wusste,

Gärtner kochte da gerade nicht für sie beide, nicht für ein weiteres Candlelight-Love-Match sondern auch für Rebecca, Tilman und dessen Freundin Linda. Tilman hatte dieses Essen angeregt. Denn in einer Nacht im Büro, in der Anke ihren Computer nicht mehr zum Laufen bekam, hatte er sie und andere Umstehende auf Pizza und so beim Bestelldienst eingeladen. Einmal. Beim Bestelldienst. Unser tägliches Brot gib uns heute. Für die Revanche dieser Gefälligkeit schuftete ihr Gärtner jetzt. Revanche für einen Stapel schäbiger Bring-Pizzen.

Gärtner legte jetzt den Teig für die Nuss-Muffins der Nachspeise an. Seine zarten Finger kneteten ihn, obwohl das nicht nötig gewesen wäre. Es war ein recht flüssiger Rührteig, ein Schneebesen hätte es auch getan. Aber Gärtner genoss den Kontakt zum süßen handwarmen Ton, aus dem er die Nachspeise formte. Er seufzte leise, als er Milch hinzugab. Verzuckerter Schweiß. Das würde Ankes Gästen schmecken. Eat me. Mehr Koch konnte man nur noch sein, wenn man sich selbst anrichtete in einem letzten tödlichen Akt. Gärtner hörte seine Freundin kommen.

»Scha-hatz«, rief sie.

»Nicht jetzt! Der Teig und ich wollen allein sein.« Er griff tief in die Schüssel und unterstrich sein Tun durch wollüstiges Stöhnen. Dann strahlte er sie an.

»Ich mache Muffins. Das ist wie Kunst!«

Er bemerkte, dass Anke nur in einem schwarzen BH und ihrer Haushose im Flur vor der Küche stand. Sie wühlte dabei in dem Schmutzwäschekorb.

»Mann«, sie klang genervt, »wieder so fettes Zeug? Willst du, dass ich aussehe wie ein Lasttier? Mit Oberschenkeln wie Schornsteine?«

Ihre halb gute frivole Stimmung vom Heimkommen schien sich ziemlich überholt zu haben. Gärtner merkte das und stachelte aus Trotz den Teig immer weiter an. Der wurde immer williger.

Außerdem wollte er doch mit dieser Nachspeise sein Lobdefizit ausgleichen und nicht abserviert werden wie ein seniles Schulkind, das seiner Stiefmutter ein hässliches, mit Rotz gemaltes Bild vorlegt.

»Muffins sind die Essenz der US-amerikanischen Küche. Das ist doch nicht einfach Kaloriendreck wie ein bescheuerter Zucker mit Sahne.«

Anke wühlte weiter – tief in den immensen Schmutzwäschekorb gebeugt. Würde sie noch etwas mehr Gewicht ihrem Oberkörper zuführen, würde sie kopfüber reinstürzen.

»Ein Stück Zucker wäre mir vielleicht lieber«, hörte er sie missmutig und gedämpft durch die Atemlöcher des Korbs.

Jetzt reichte es Gärtner. Dafür stand er hier wie blöde am Herd und hatte vorhin noch im Internet das Originalrezept von einer frankokanadischen Webseite übersetzt?

»Was ist denn los mit dir? Vorhin als du kamst, hast du mich doch noch geliebt!«

»Da habe ich auch noch nicht gewusst, dass ich in meine hellblaue Jeans nicht mehr reinpassen würde!«

Gärtner war mit seinem Topf mittlerweile rausgetrabt und betrachtete Ankes Hintern, während sie im Korb anscheinend weitere Klamotten suchte. Sah gut aus, was hatte sie denn?

Er gab den Anflug von Erregung an den Teig weiter. Der wand sich sanft, den zugeführten Joghurt hatte er schon völlig in sich hinein gefressen.

»Vorsicht!«

Anke warf alte Socken aus dem Korb nach hinten. Beinah hätte sie Gärtner und den Topf erwischt.

»Dann zieh dir halt keine so hautengen Sachen an.«

Anke zischte wütend. Obwohl sie erkannte, dass das nicht böse, sondern nur treudoof gemeint war.

Sie zog einen längeren Tweedrock heraus. Hielt ihn sich an. Kontrollierte Flecken und Geruch.

»Der stinkt voll nach Rauch von deinen Kneipenhemden.«

»Erlaube mal, das ist ja auch der Wäschekorb. Da kann ich wohl meine verstunkenen Sachen reintun.«

»Ist ja gut.«

Sie ging mit dem Rock in ihr Zimmer, klopfte ihn dabei aus, Gärtner mit seinem Teig immer schön hinterher.

»Aber du musst aufhören mit diesem Nachspeisenkult. Das meine ich ernst. Früher hat mir abends sowieso ein Salat gereicht.«

Gärtner fühlte sich elend, er sollte wohl schon wieder entlassen werden. Diesmal als der tolle Koch. Jetzt durfte er wohl nur noch Salat waschen und ein bisschen Feta darüber zerreißen. Da blieb doch gar nichts mehr.

»Kann ich dir dann wenigstens ein Kind gebären?« Gärtners Satz sollte lustig klingen – als er allerdings im Raum stand, ließ er tief in eine Verzweiflung blicken.

Anke lachte trotzdem.

»Ich will doch nur nicht aussehen wie Jabba the Hutt. Ich weiß deine Törtchen sehr zu schätzen. Viel zu sehr.«

Gärtner und der Teig schnurrten. Anke hantierte an einem silbernen Döschen, das in ihrem Bücherregal an dem freien Platz neben dem deutschen Fremdwörter-Duden stand. Mit einem kleinen Briefchen daraus, dem Schmutzwäscherock und einem Oberteil schob sich Anke in einem Anflug von Hektik an Gärtner vorbei durch die Tür. Sie wollte ins Bad.

Gärtner wieder ihr nach.

Er öffnete die Badtür. Anke war schon beschäftigt eine feine Spur Kokain auf den Klodeckel zu klopfen.

»Kannst du nicht anklopfen? Oder willst du es unbedingt drauf anlegen zu sehen, wie ich auf dem Klo hocke und den Sportteil der Geo lese?«

»Du sitzt gar nicht auf dem Klo.«

»Ich habe aber mit dem Gedanken gespielt.«

Gärtner seufzte, seine neue alte Partnerin hatte echt viel Drive. Eigentlich war er ziemlich beeindruckt, sagte aber:

»Ich will nicht, dass du das jetzt nimmst.«

Anke sah von ihrer Beschäftigung nicht auf, nahm den vorgerollten Schein und zog heftig und im Bruchteil einer Sekunde alles in ihre Nase.

Passte.

»Früher, wenn ich dich nach der Schule besucht habe, warst du meist schon im Juz und hattest die dritte Tüte geraucht. Und ich habe dich immer bloß angehimmelt. Natürlich nur bis du nach Hamburg gezogen bist und beschlossen hast, ein Arsch zu werden.«

Sie stellte sich vor den großen Badezimmerspiegel des überhaupt sehr geräumigen Bads und knipste die Lichterkette an, die sich um den Spiegel rankte. Jetzt konnte sie in all ihre Poren sehen und zeichnete sich den Lidstrich etwas nach. Schließlich würden in einer Stunde die Gäste kommen.

»Das mit den Drogen ist mir doch egal. Ich weiß ja, wie es bei euch Stars zugeht. Aber jetzt, wo du was genommen hast, hast du doch wieder keinen Hunger.«

Gärtner sah echt unglücklich aus, als er fast schon leise ergänzte: »Mensch, meine scheiß Nuss-Muffins …«

Anke war gerührt. Aber er hatte Recht, Hunger verspürte sie wirklich keinen mehr. Bevor er jetzt noch sagen konnte: »Ich habe doch sonst nichts mehr«, gab sie ihm einen kurzen Zungenkuss. Etwas versöhnt verließ Gärtner das Bad.

Anke schloss die Tür jetzt ab. Obwohl sie nichts mehr zu tun hatte, außer ein bisschen stylen. Und klar würde sie mal von seinem Nachtisch kosten, wenn ihm das so wichtig war. Dennoch bedauerte sie die Abwesenheit von Hunger vor dem großen Essen nicht, schließlich hatte sie dieses Schützenköniginnenfett, das sich über dem Bund so akzentuiert, wenn man eine enge Hose anzieht. Das hatte sie in den Schmutzrock getrieben. Der war zwar auch gut, aber ein schlechtes Karma besaß diese Aktion dennoch. Und sie musste heute ohnehin fit und aufmerksam sein. Schließlich hatte sie ihrem Gärtner nie erzählt, dass seine unter Till Meyer im vorletzten Heft verfasste Besprechung so einen Zorn bei der dunklen Seite ausgelöst hatte. Als das passierte, hatte sie sein karges Zutrauen in sich nicht noch mehr erschüttern wollen. Bestimmt könnte sie es ihm irgendwann sagen, wenn es zur Anekdote geworden, oder zumindest kein schwebendes Verfahren zwischen der Hessischen Vogue und den Plattenfirmen-Justiziaren war. Irgendwann dann. Sie schniefte und konzentrierte sich auf das betäubende Drogen-Echo im Rachen. Sie musste, das wusste sie, nur aufpassen, dass das Thema »Klage« nicht zur Sprache kam. Die Chancen dafür standen ganz gut. Und falls doch, konnte sie immer noch beherzt wie in einer Bauernkomödie eine Schüssel fallen lassen. Genau. Sie entriegelte die Badezimmertür. Jetzt wollte sie Smaragd suchen. Der musste mal wieder gestreichelt werden.

\+ + +

»Habt ihr auch frischen Pfeffer? Möglichst weißen? Der schwarze aus der Tüte bekommt einem echt ganz schlecht. Der ist wie Rattengift.«

Gärtner sah zerknirscht auf das Pfefferfässchen, das er von Linda wieder zurückgereicht bekam. Eigentlich hielt er es schon für eine Frechheit, dass die Freundin von Tilman überhaupt nach Pfeffer und Salz gefragt hatte. Ohne von seinen Tagliatelle mit Minz-Gorgonzola-Sauce überhaupt gekostet zu haben. Diese blöde Prinzessin. Die konnte froh sein, dass er ihr nichts Nasses, Klebriges in den Schoß warf, wie Anke es einst tat, als er Linda zum ersten Mal gesehen hatte. Ein Umstand, der übrigens nie wieder zur Sprache gekommen war.

Gärtner stand auf, um zu sehen, ob in die alte leere Pfeffermühle, die er aus der kleinen Vorratskammer in der Küche kannte, nicht irgendwas einzufüllen war, das aussah wie weißer Pfeffer. Erdnüsse, Perlen, Mäusekot, egal. Hauptsache, die Pfeffer-und-Salz-Alte gab Ruhe und verdarb sich den Magen. Um den Tisch herum tobte das pralle Leben der Frankfurter Modemagazinszene. Obwohl toben wohl zu viel Vitalität inbegriff. Es dämmerte eher so dahin wie jemand, der seit längerem starb. Tilman trug ein frisch gestutztes Menjou-Bärtchen, ein helles Sakko, eine helle Hose und dazu ein rosa Hemd. Miami-Vice-Feeling, Don Johnson – natürlich in letzter Konsequenz alles ironisiert. Linda sah ebenfalls gut gestylt aus. Halblanger Rock, bunte Strumpfhosen, ein weißes Sweatshirt mit Micky Maus drauf. Gärtner glaubte sich erinnern zu können, dass er das Teil unlängst in der Hessischen Vogue gesehen hatte. Und auch schon Ähnliches an Stars in der Gala und auf MTV. Rebecca hatte dagegen eine leichte Erkältung, ihr Teint war weiß, bis auf die Seiten um die Nasenlöcher, die sich gerötet und leicht aufgeschuppt fanden – dazu trug sie einen dunkelblauen Kapuzenpulli und eine Jeans. Den ersten Gang, die Tomatensuppe mit Sahnehäubchen – prima Autobahnraststättenstyle – hatte er ziemlich unmittelbar nach dem Eintreffen der drei serviert. Vielleicht etwas zu unmittelbar. Denn ohne Wein und ein gewisses Vorgeplänkel lief der Akt des Drei-Gänge-Menüs äußerst zäh an. Und die Gäste geizten mit Lob. Rebecca meinte, sie schmecke nichts wegen ihrer Nase, Linda wollte, als sie den Hauptgang sah, gleich Salz und Pfeffer, Tilman stellte den Typen dar, der eh immer alles fraß und Anke führte sich gar nichts außer bemühten Verlegenheitsbissen zu. Gärtner wusste warum. Die anderen vermuteten aber wohl eher, das läge daran, dass sie als seine Partnerin seinen Kochkünsten nichts zutraute. Schrecklicher Abend. Wie lange würde der denn noch gehen?

Gärtner kramte in der Vorratskammer, wobei er zu 80 Prozent auf Dinge stieß, die man nicht essen konnte. Einen Fahrradhelm – diese Idiotenselbstklassifizierung der 90er –, diverse Uni-Ordner, einen platten Fußball. Okay, da hinten bei den handballgroßen Spinnen standen ein paar Konservendosen.

Draußen hörte er Rebecca über ein Märchen zum Thema Essen reden. Er bekam nur noch das Ende mit.

»… und als alle ihre Töchter abgemagert starben, merkte die böse Königin, dass trotz der 50 Gewürze eine Zutat gefehlt hatte.«

»Weißer Pfeffer?«, versuchte Linda die Pointe abzubekommen.

»Quatsch, nein. Natürlich nicht. Die Zutat, die fehlte, war Liebe!«

Gärtner überlegte, ob das wirklich ein Märchen war, oder ob einfach nur über eins der skandinavischen Königshäuser gesprochen wurde. Immerhin fand eine Unterhaltung statt. Gärtner ertappte sich dabei, immer noch in dem Gerümpelverschlag rumzusuchen. Obwohl schon längst klar war, dass er diese alte Pfeffermühle nur geträumt hatte. Dennoch kostete er die Zeit in der Küche aus. Wann würde man ihn wieder zurückrufen? Die Sekunden verstrichen hier so viel schneller und entspannter als zu Tisch. Immer diese Zeitphänomene.

Überhaupt, dauernd fragte ihn Tilman nach seinem Ex-Job und seiner Zukunft und in die peinlichen Pausen, wenn er missmutig schwieg, weil er einfach nicht wusste, was es da anzupreisen gab, erzählten die anderen von ihren Jobs und Leuten, die sie daher gemeinsam kannten. Wenn ihnen auffiel, dass dieser Gesprächsverlauf ihn komplett ausschloss, fragte Tilman wieder nach seinen beruflichen Optionen. Und das Ganze ging von vorn los. Gärtner versuchte die Scham, die er dabei empfand, zu verbergen. Vor sich, vor Ankes Kollegen und vor allem vor Anke, die aufgekratzt aber irgendwie doch erschöpft am Tisch saß und immer mal wieder motiviert und unglaubwürdig sein Essen, das sie nicht aß, feierte.

Für ein Sozialdrama war das alles zu wenig, viel zu wenig. Das wusste Gärtner selbst. Aber er dachte an die Songzeile »Irgendwo geht es anderen schlechter, doch das ist längst kein Trost mehr.«

Linda arbeitete ja auch nicht für das Magazin. Trotzdem fiel es ihr augenscheinlich leichter, sich in die Unterhaltung einzubringen. Gärtner ärgerte sich. Nach ihrer beruflichen Zukunft fragte niemand, vermutlich weil sie eine hatte. Außerdem schien sie viele von den Kollegen, über die hergezogen wurde, zu kennen. Hieß das, sie sprach mehr mit Tilman über dessen Alltag? Am Ende führten diese beiden Umsturzgewinnler noch die bessere Beziehung als Anke und er.

Bevor Gärtner sich noch ein bisschen in Selbstmitleid wälzen konnte, kam Areti in die Küche gestapft. Seltener Gast. Sie trug ihre ausgelatschten hellblauen Chucks auch immer in der Wohnung, und wenn es draußen regnete, maulte sie stets, sie seien undicht. Ans Sich-davon-Trennen dachte sie aber kaum. Ihre Miene war finster. Das kannte Gärtner schon. Sie tauschten nur ein fast unmerkliches Zeichen aus. Eine Restbegrüßung. Vermutlich war Areti genervt davon, dass die Gäste das Wohnzimmer blockierten. Sie ging zum Kühlschrank, nahm eine große Scheibe Salami aus einer bereits angebrochenen Klarsicht-Salami-Aufschnitt-Packung, rollte sie zigarrig zusammen und dippte sie tief in ein Glas Mayonnaise, biss hinein und ging damit in ihr Zimmer.

Das wirkte – bei allem Respekt vor Ankes und seinem Vegetarismus – ein Stück weit begehrenswert. Nicht mal die Salami neidete er ihr. Vielmehr die Pose der Nichtintegration in gemeinsame Essensabende. Was hatte er dem entgegenzusetzen? Ein ambitioniertes Drei-Gänge-Menü am runden Holztisch, bei gepflegter Lounge-Musik frisch aus dem Fahrstuhl der Geschichte? Das perfekte Dinner? Dieses Scheiß-Ambiente eines Doris-Dörrie-Films? Verflucht. Mit Thirtysomething-Pärchen, die alle ihren eigenen Weg genommen hatten und jetzt hier in diesem Wohnzimmer in Frankfurt zusammengekommen waren. Die Rahmenbedingungen: bisschen Geld, bisschen Stil, bisschen was auf der Strecke geblieben. Ganz konkret heute zum Beispiel Juli. Den hatte er nicht einladen dürfen. Der würde nicht passen. Der wäre ätzend. Sicher, fand Gärtner ja quasi auch. Aber in diesem deprimierenden Filmset da draußen hatte er jetzt keinen zum Spielen. Areti kam erneut in die Küche, ging wieder an die Salami am Kühlschrank, Gärtner dehnte sich noch mal kurz wie vorm Sport und ging dann wieder rein ins Wohnzimmer. Musste ja sein. Musste ja.

+ + +

Da kam Gärtner endlich. Hatte der sich in der Küche noch mal hingelegt, oder was? Anke war nicht entgangen, mit welcher Entschlossenheit er in der Küche die Pfeffermühle suchen geeilt war. Eine Entschlossenheit, die in krassem Gegensatz zur Tatsache stand, dass sie absolut nichts dergleichen besaßen. Das durfte doch auch Gärtner nicht entgangen sein. Und sein Essen bekam gute Bewertungen – was erwarteten Jungs nur immer für ein Aufgebot, wenn sie mal antraten? Zu schade, dass alles andere so schlecht für ihn lief, doch die bitteren Tränen in seiner Salatsauce verliehen dieser vielleicht gerade den letzten Kick. Kunstschaffen ohne Schmerz war ohnehin eine Schande.

Anke schenkte sich das Weinglas schön voll. Ergänzte dann auch den Spiegel bei Rebecca, die an ihrem nur zweimal genippt hatte. Rebecca schien Linda ertragen zu können. Sie sprachen über irgendwas. Es ging um Badezimmer von Jungs und von was man auf was schließen könne. Tilman hörte motiviert zu und arbeitete offensichtlich schon wieder an seinem Kommentar.

Linda war ziemlich begeistert dabei in dieser Unterhaltung. Zum ersten Mal dachte Anke etwas Nettes von ihr. Entlarvte dieses Gefühl dann aber als ersten Anflug einer leichten Betrunkenheit.

»Aber schlimmer als die Typen mit dem schwarzen Stockschimmel am Duschvorhang, sind eigentlich die mit dem totalen Tussi-Sortiment – Bodylotion, Augencreme, Körperfettwaage. Da gehst du doch raus und sagst, hey, ich dachte, du wärst ein Typ.«

Anke rollte mit den Augen. Ja, ja, runter mit dem Männlichkeitswahn. Aber bitte nicht zu viel. Schließlich wollte man als Frau dann doch den Cowboy als Mann, der andere Männchen verbellt und nach Fußball riecht. Mann, diese Frau war doch selbst das Problem.

Rebecca kannte Anke sehr gut. Sie versuchte das Thema daher mal auf Smalltalk-Konsens zurückzuführen:

»Na ja, am schlimmsten sind doch eigentlich die Badezimmer mit Türen, die man nicht absperren kann. Weißt du, wenn man im Sitzen noch akrobatisch den Fuß gegen die Tür stemmt. Oder, wenn der Platz dazwischen zu groß ist, man es mit Telekinese versucht. Oh, Gott.«

Sie schauderte.

»Wie können einem Typen nur nicht abschließbare Klos zumuten? Die wissen einfach nicht, wie dünn das Eis der Intimität ist.«

Tilman nahm sich noch mal von dem frischen Brot und von der Kräuterbutter. Er lachte.

»Dass ihr Frauen euch so anstellt. Ist doch alles so natürlich. Mit meiner Ex-Frau habe ich das Bad bei allen Aktivitäten geteilt. Wir hatten keine Scham.«

Mühsam versuchten Anke, Gärtner und ihre Gäste sich dem aufbrandenden Bilderinferno hinsichtlich des Gesagten zu entziehen. Anke konzentrierte sich daher auf die neue Information, dass Tilman schon mal verheiratet gewesen sein sollte. Das half. Gärtner dachte wegen der seltsamen Formulierung »wir hatten keine Scham« an die Bilder aus seiner Kinderbibel von Adam und Eva. Das half auch.

+ + +

Nach der Pasta mit der raffinierten Sauce, nach den Nuss-Muffins, nach der Runde Espressi war die Stimmung mittlerweile doch locker geworden. Die Macht eines gemeinsamen Essens schien größer zu sein, als man es sich auch nur entfernt vorgestellt hatte. Dieser träge Abend, dieses gelangweilte Zusammentreffen hatte auf eine magische Art eine Blüte getrieben. Anke stellte fest, dass alle rosig aussahen, Tilman unter großem Hallo den obersten Knopf seiner Hose geöffnet hatte und sich zu Rebeccas roter schnupfiger Nase ein leichter Silberblick gesellt hatte. Gärtner hatte durch die Begeisterung für seine Nachspeise und die wohlige Abfütterung aller sehr an Präsenz gewonnen. An lange eremitenhafte Eskapaden hin in die Iso-Haft der leeren Küche dachte er offensichtlich nicht mehr.

Zum Schluss klangen seine Toasts auf den schönen Abend, das gute Essen unverhohlen eitel. Anke ertappte sich dabei, in einigen Momenten das Gespräch wieder auf die Frustthemen Arbeit und Soziales zu bringen. Hoffentlich nicht, weil er ihr in seiner Rolle als hilfebedürftiges Wrack doch lieber war, als jetzt, wo er wieder mit Meilenstiefeln einer alten Souveränität entgegen schritt. Gärtners Eloquenz sprang an wie die zu hoch eingestellte Flamme eines Einwegfeuerzeugs. Anke schauderte ein bisschen – so obenauf musste er gewesen sein zu seiner besten Zeit vor Jahren. Als sie merkte, dass sie sich verunsichert fühlte durch diese Ungeheuerlichkeit, die in ihm schlummerte, betäubte sie das Gefühl mit einem großen Rest aus ihrem Weißweinglas. Sie war doch kein Arsch. Sie wollte doch seine Häutung, sie wollte, dass er wieder aus seinem Schneckenhaus kam – und hoffte insgeheim, dass aus all diesen Metarmorphosemetaphern kein Monster erwuchs. Das zu hoffen war doch legitim, oder?

»Ich schäme mich, Gedanken zu haben, die mich selbst in meiner Würde verletzen«, dachte Anke. »Ich bin ja wohl auch toll!« Stimmt, sie freute sich darüber. Und hörte Rebecca, die gerade sprach, zu:

»Ich meine, ich habe einfach kein Bock mehr, mir CDs im Laden zu kaufen. Ich kopier mir das Cover und stell mir die Platte in den Schrank.«

Anke wurde nervös, wieso quatschte die denn jetzt so Robin-Hood-mäßiges Zeug über Musik daher? Sie hatte ihr doch im Vorfeld verklickert, dass Gärtner nichts von dem Ärger wegen seines Brennen-Satzes im vorletzten Heft mitbekommen sollte. Dass derartige Wortbeiträge daher kontraproduktiv waren, musste Rebecca doch auch selbst mitkriegen – ohne dass Anke ihr mühsam unter dem Tisch vors Schienbein trat. Vorhin war schon mal so eine Situation gewesen, als es um das Thema Casting-Shows ging und der spezielle Künstler aus Gärtners Review und dessen Platten-Flop verhandelt wurde. Himmel. Anke hätte fast eine Ohnmacht vorgetäuscht, sich dann aber für einen schwerst gekünstelten Hustenanfall entschieden. Den anderen war zwar nicht entgangen, dass da etwas nicht mit rechten Dingen zuging, aber immerhin kam der Tisch tatsächlich vom Casting-Thema ab und man sprach indes über den Unterschied zwischen Longdrink und Cocktail. Den es in der Tat zu benennen gab. Tilmans Glaube, Longdrinks seien vom Mars, Cocktails von der Venus, wurde nicht entsprochen. Eher hatte man sich entschieden, die Zahl der Zutaten, nämlich entweder zwei (Longdrink) oder mehr (Cocktail) seien für die Bezeichnung ausschlaggebend. Das schien genauso spannend und keinem war bewusst geworden, dass Anke diese Themenverschiebung vorsätzlich eingeleitet hatte.

Jetzt war es aber wieder brenzlig, weil Rebecca meinte, es sei Zeit für das Statement, ihr stehe Musik gratis zu, weil Plattenfirmen ohnehin Feinde von Kunst und Künstler darstellten. Anke trat gegen ihr Schienbein, einen weiteren Ohnmachts- oder Hustenanfall vorzutäuschen, schien ihr nicht ratsam. Schließlich legte sie Wert darauf, von ihrer Peergroup nicht für exzentrisch und nervig gehalten zu werden. Sie trat. Und schaute in die Gesichter. Das von Rebecca erzählte ungetrübt weiter, das der daneben sitzenden Linda verzog sich voll überraschtem Schmerz. Sie prustete »Au!« und rückte ein Stück ab vom Tisch. Anke war zufrieden, versehentlich Linda, dem reaktionären Schaukelpferd, einen mitgegeben und durch deren Aufschrei die Unterhaltung gestoppt zu haben. Jetzt durfte bloß nicht wieder Rebecca mit ihrem zivilen Ungehorsam gegen Urheberrecht loslegen. Konzentriert starrte Anke sie an, während Linda von Tilman wieder mit dem Stuhl an den Tisch gerückt wurde. Sie ließ es über sich ergehen und legte dabei leicht verkrampft die Hände in ihren Schoß. Anke starrte weiter auf Rebecca.

»Der Großvater von Anke war im Zweiten Weltkrieg ja mit der Wehrmacht in Jugoslawien – und hatte dort einen florierenden Zahngoldhandel, weil er den Hausrat der Deportierten zwischenlagerte und dabei immer wieder auf Wertsachen stieß. Das meiste fand sich im Bettzeug eingenäht.«

Woher wusste Rebecca das denn? Ankes Hände schwitzten. Sie hatte selbst eine dunkle Ahnung dieser Geschichte, die aber zu Lebzeiten jenes Großvaters (und danach) nie Thema war. Anke glaubte, sie als Teenie mal zwischen den Zeilen seiner Kriegserinnerungen wahrgenommen zu haben. Aber gesprochen hatte sie noch nie mit jemandem darüber.

»Woher willst du das wissen?«, fragte Anke unsicher hin zu Rebecca, deren Antwort eine kurze Verzögerung besaß, da sie sich gerade ein weiteres Mal in einen schon steifen Taschentuchklumpen schneuzte.

»Das weiß doch jeder, dass die CD in der Herstellung billiger ist als Vinyl – aber damals von den Plattenfirmen fast zum doppelten Preis eingeführt wurde. Sollen sie sich doch erst mal die goldenen Nasen wieder versilbern, die sie auf unsere Kosten gemacht haben. Ich zahl nix mehr.«

Anke hatte voll den trockenen Mund. Eine unpraktische Begleiterscheinung nach drei kleinen Linien Koks, drei großen Gläsern Weißwein und ein paar Alibi-Essensbrocken aus der Hand ihres Lovers. Was wollte Rebecca da mit goldenen Nasen? Nur die Ruhe, nur die Ruhe. Anke hatte sich wohl verhört – wie sie ihre Visionen mal etwas harmloser einordnete. Keiner wollte ihren zarten Drogenkonsum und ihren Ehrenmann von Großvater überführen.

»Alle wollen nur reden. Das ist doch ganz normal«, dachte sie.

Dabei war das Thema Musik einfach nicht auszutreten. Anke brauchte sich da nichts vorzumachen. Allerdings hatte das Gespräch bereits noch eine weitere unschöne Wendung genommen. Tilman und Gärtner waren sich nämlich ziemlich einig, dass die Auseinandersetzung der Hessischen Vogue mit Musik oft einfach zu trivial war. Zu zufällig. Nichts, was ihrem Ritus, Wissen und Können entsprach. Zukünftig müsse es mehr Kompetenz geben – statt ewigem Illustriertengeschwätz von »klasse Album« bis »die Musik klingt wie der Soundtrack zu einem Film, der nie gedreht wurde.«

Anke hatte während ihres Studiums zwei Semester in Chicago verbracht. Sie kannte den international geächteten Begriff für das, was da gerade ablief. Er hieß »Male Bonding«. Typen, die über ihre Allmachtsansprüche und/oder über Fußball plötzlich ungeahnte Allianzen schmiedeten, ihre Umwelt zu knechten oder zumindest auszuschließen. Linda fraß noch Krümel von ihrem Teller, Rebecca ging zum Klo, es war offensichtlich die Brandy-Hour der Herren.

Gärtner fuhr fast etwas hektisch sein gesammeltes Wissen über Musikjournalismus auf, ließ Name um Name um Name fallen, wen er persönlich kannte und wie man das alles besser aufziehen könnte. Halbherzig formulierte er die Kritik so, dass er Anke nicht unmittelbar angriff, aber wozu diese Mühe? Es war doch schon klar, er könnte den Job des Kulturredakteurs allemal besser als sie, denn er kannte sich eben aus. Tilman schien ganz seiner Meinung und flocht sich selbst auch in diesen Chauvi-Checkerkanon ein, indem auch er schamlos Branchenparties und besuchte Konzerte dazu hoch stilisierte, ganz nah am Puls der Musikszene zu pochen.

Dass Gärtner noch vor wenigen Tagen Ankes Arbeit in der Kulturredaktion als populär und gleichermaßen speziell gefeiert hatte, hatte er anscheinend mit dem anderen Männchen am Tisch genauso vergessen, wie er tatsächlich nie gewusst hatte, dass seine eigene Plattenrezension zuletzt das Magazin in eine kapitale Schieflage gebracht hatte.

Tilman hatte diese Affäre zwar die letzten Wochen mitunter schmerzlich mit durchlitten, aber heute, nachdem zwei weitere Ausgaben ohne weitere Krise und vor allem ohne die gedrohte Klageeinreichung über die Bühne gegangen waren, dachte er schon wieder an andere Dinge. Zum Beispiel an Kontinentalflüge oder daran, sich wegen seiner ständigen Rückenschmerzen einen orthopädischen Sitzball für zu Hause zu kaufen. Und daran, Gärtner für das Heft als Autor zu verpflichten. Das war der schon, nur wusste Tilman davon nichts. Gärtner überschlug sich fast in seiner Einwilligung. Statt pseudonymisierter Hausmeister für die unattraktiven Themen konnte er ab jetzt auch hochoffiziell unter seinem eigenen Namen die guten und wichtigen Platten – vielleicht Madonna oder die Strokes – besprechen. Dazu wusste er ohnehin mehr als zum Casting-Sieger Hans-Arsch-Vom-Speicher, den die Öffentlichkeit gelangweilt bei seiner ersten Albumveröffentlichung nur noch kurz auf seinem Weg nach unten begleitete.

Anke wartete sekündlich wie ein Reh im Fernlicht auf der Landstraße auf den Aufprall. Darauf dass Gärtner raus ließ, dass er ja schon längst inkognito eben jenen Job bekleidete. Darauf, dass Tilman die Notwendigkeit neuer Autoren pries, nachdem ihm ein Till Meyer so viel Ärger eingehandelt hatte. Aber es geschah einfach nicht. Anke blinzelte. Ihre Muskeln waren gespannt. Das schmerzte langsam. Tilman und Gärtner prosteten sich zu. Sie schienen das eigentliche Paar des Abends zu sein. »Na, danke«, dachte Anke. Und sah hinüber zu Linda, die ja in dieser Partnertauschsituation rechnerisch nun ihre Partie wäre.

Linda blickte apathisch die beiden Männer an, ihr etwas verzerrtes Gesicht erklärte sich Anke damit, dass Linda vergessen hatte, ihr zustimmendes Lächeln abzunehmen, bevor sie hier auf dem Stuhl verstorben war. Obwohl, irgendwas zuckte noch, irgendwas in dem Fadenkreuz zwischen Nasenwurzel und den Lidern, dort, wo man sonst den Bindi-Punkt trug – natürlich nur, sofern man dem hinduistischen Glauben angehörte. Vermutlich baute das Gesicht Lindas in dieser Ruheposition das Botox ab, mit dem sie sich bestimmt eine senkrechte daumenlange Stirnfalte hatte abschalten lassen. Anke grinste matt, ihr komisches Brennen-Affäre-Geheimnis blieb also eins – und ihr Gärtner feierte sich und ihren beknackten Chef in der halboffenen Hose zur Belohnung auf ihre Kosten. Wie einsam konnte man eigentlich sein? Typisch Beziehungen.

Und überhaupt:

»Sag mal, die Fotografin geht aber lang kacken«, erweckte sich Linda wieder mit einem wohl dosierten Kommentar an der Schmerzgrenze. Anke sah sie strafend an, nahm die zwei leeren Weinflaschen vom Tisch, ging Richtung Küche. Vielleicht eine neue holen und mal nach Rebecca sehen.

Die kam ihr gerade entgegen. Schon voll in den Klamotten, Mantel, Muff, Schal, neben ihr hechelte fröhlich Smaragd, der zuvor ausgiebig im Flur gepennt hatte.

»Wie, du gehst schon?«

»Ja!«, rief Rebecca über sie hinweg auch zu den anderen, »das Essen war lecker, vielen Dank!« Sie wandte sich direkt Tilman und Gärtner zu: »Und das Fachgespräch, wie viel ihr über Pop und Journalismus anderen voraushabt, würde ich mir gern noch ganz geben. Aber meine vorvorletzte Bahn fährt gleich.«

Sie lachte spöttisch, aber versöhnlich. Anke stand mit den zwei leeren Weinflaschen neben ihr, sagte: »Bleib!«

»Nee, ich geh noch in diesen neuen Club auf der Eschersheimer. Und daneben ist später noch eine Party. Von diesem Stadtzeitungs-Typen, der letztens auch in der ›Hessenschau‹ im Dritten Programm war. Zum Thema, dass Frankfurt im Henninger Turm ein festes Musical bekommen soll.«

»Habe ich auch gesehen! Das Froschauge, das beim Reden voll gezittert hat.« Tilman ordnete den konkurrierenden Redakteur vom Frankfurt Journal für alle gleich mal ganz unten in der Hitliste der Blattmacher ein. Nicht dass da Missverständnisse aufkamen.

Gärtner machte ein glucksendes Geräusch. Hörte sich an wie »Höhö«, wenn eine Kuh das sagen würde.

»Höhö?«, dachte Anke. Wie beiläufig und furchtbar hatte das denn geklungen?

»Ihr könnt ja auch noch kommen, ich simse euch die genaue Adresse, wenn ich da bin«, sagte Rebecca im Gehen und schwang sich den Schal über die Schultern, so dass das Ende wie ein wolliger zarter Peitschenhieb durch Ankes Gesicht fuhr.

»Au?!«

Anke guckte daraufhin anscheinend so irritiert, dass Rebecca gleichzeitig hustend und lachend halb zusammenbrach. Anke drückte ihre Hüfte gegen die sich mittlerweile wiehernd schnäuzende Rebecca und schob sie in den Flur. Tilman und Gärtner führten längst wieder ihr eigenes Gespräch fort. Es ging wahrscheinlich schon um Sport.

»Ich bring dich noch raus«, hörte Rebecca Anke durch ihre erkältungsverstopften Ohren, die aufgrund von Glatze und ihrer Piercings, den eigentlichen Hingucker des Gesichts stellten. Vielleicht nach ihren nicht besonderen, aber in ihrer Unspektakularität doch irgendwie sehr hübschen, grüngrauen Augen.

Im Flur roch Anke, dass Areti in ihrem Zimmer vermutlich rauchte wie verrückt. Das war in der hochdeckigen, im Winter schwer zu heizenden Altbauwohnung auch gestattet. Nur möglichst nicht im Exzess, schließlich waren zum Beispiel Smaragds Lungen nur so groß wie eine Handtasche. Darauf konnte man ruhig Rücksicht nehmen. Aber Areti gab angesprochen auf ihren Zigarettenkonsum stets zur Antwort, sie würde überhaupt nicht rauchen. Höchstens mal einer ihrer Gäste. Die Lüge sicherte sie ab durch Kaugummis. Dennoch stank sie nach Qualm aus Mund und Gesicht. Nikotinkaugummis vielleicht. Aber am frechsten kam diese patzige Lüge, die es dazu gab. Und diese tödlich arroganten Blicke, wenn man diese Lüge als solche benannte. »Dieses selbstgerechte kleine Untermiet-Schwein«, dachte Anke und erinnerte sich gerade noch, dass sie Rebecca was zuraunen wollte. Sie raunte:

»Das war nicht schlecht, was du den Typen eben vorm Gehen gesagt hast. Gell, das nervt jetzt schon sehr, wie die sich gerade aufplustern.«

Rebecca klopfte ihren Hintern ab, mit Hilfe ihrer fühligen Finger wollte sie sicher gehen, Portemonnaie und Schlüssel in den Hosentaschen zu spüren. Ganz bei der Sache war sie nicht.

»Ja, und wie. ›Blablabla, ich habe kein Diplom aber einen Steifen in Journalismus und beim HR schon mal gegen die Leitplanke gepisst.‹ Na, mir doch egal. Ich geh jetzt feiern. Erkältet hat Alkohol immer so was Wohliges.«

Anke ignorierte den Smalltalk-Ansatz über Bier und Schnupfen: »Mir ist das alles nicht so egal. Schließlich ist der eine ja mein Mann.«

»Dann beschwer dich doch.« Rebecca schien selbst zu bemerken, dass ihre Ratschläge sehr ins Abwiegelnde glitten.

»Oder ruf morgen mal an, oder komm gleich noch in den Club oder auf die Fete, Süße.«

Sie näherte sich Anke, um sie zum Abschied zu küssen. Zog dann aber zurück, weil sie augenscheinlich erinnerte, wie sehr sie es selbst nicht leiden konnte, wenn die rotzende Clique nach wenigen Minuten Pietät jeglichen Viren-Sicherheitsabstand aufgab und einem herzlich ins Immunsystem keuchte. Anke merkte, dass ihre Freundin nicht für Bazilla die Grippeoffensive gehalten werden wollte. Die abgestoppte Berührung behagte Anke aber noch weniger, fühlte sie sich doch arg einsam in ihrem blöden Glück mit dem alten Typen gerade. Anke schnappte sich Rebecca, bevor die einen Ersatzgruß mit der Hand zu Ende gestikuliert hatte.

»Vorsicht«, mahnte Rebecca, während Anke sie rechts und links und nicht nur angedeutet küsste.

»Ich will lieben«, jammerte Anke kokett und bedrückt.

»Ja, das klären wir alles, Schatz. Ich muss jetzt zur Bahn. Die fährt!«

»Okay.« Anke gab sie frei. Hinter Rebecca schloss sie die Tür. Jetzt war die auch noch weg und sie selbst sicher erkältet. Zur Bekräftigung musste sie tatsächlich niesen. Was heutzutage psychosomatisch schon alles möglich war …

VIERTER TEIL

VERRAT

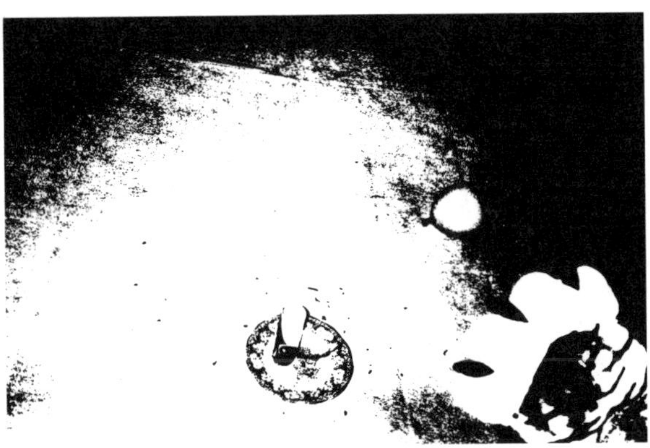

»Und dann sagt sie, meine überbackenen Käsenudeln wären der Grund, dass sie so schlecht drauf sei. Weil sie drei Kilo zugenommen habe. Ich meine, hallo, darf ich nicht mal ein guter Koch sein? Ich bin ja nicht ihr Fitness-Coach. Ist das besonders emanzipatorisch, wenn man den Partner sogar in seiner Rolle als Hausmann noch unten halten will?«

»Pfff«, Rebecca blies verschnupft gegen ihre glatzige Abwesenheit von Ponyfransen.

»Du redest echt totale Scheiße, Gärtner.«

Gärtners erhitztes Bierbubgesicht wurde blass. Wie kam die ihm denn? Nicht lange Zeit nach ihr hatte er diesen neuen Club aufgesucht. Obwohl hier »Club« nur ein Euphemismus für »Kneipe« zu sein schien. Kneipe mit zu lauter Musik. Irgendwie wollte er hier jetzt reden, sich aussprechen, Bestätigung finden für sich und sein Unglück. Und irgendwie dachte er, Rebecca sei goldrichtig als Adressat. Sie kannten sich zwar nicht gut, aber sicher könnte man sie dazu bringen, auf Anke zu seinen Gunsten einzuwirken. Sie mochte ihn nämlich aus der Distanz, hatte er immer angenommen. Jetzt aber sah sie nicht so aus, als ertrüge sie ihn überhaupt. Alles wohl ein kleiner Irrtum seinerseits. Rebecca fixierte ihn. So streng hatte er sie noch nicht wahrgenommen.

»Wie selbstverständlich ihr Typen immer euer Selbstmitleid zum Mittelpunkt der Welt macht. Als gäbe es nichts Interessanteres.«

»Ja, aber …«

»Ja, aber«, äffte sie ihn nach. »Zum Beispiel sitzen dahinten zwei Freundinnen von mir und die eine, hab ich gerade erfahren, ist schwanger. Von einem Russen, den sie erst seit ein paar Wochen kennt, der demnächst wieder nach Minsk muss, aber mit dem sie zusammenbleiben und auch den Weg nach Weißrussland antreten will. Der Sex soll atemberaubend sein. Falls du Schluffi dir unter so einer Aussage überhaupt irgendwas vorstellen kannst.«

Aua, passen Sie doch auf, wo Sie hintreten. Gärtner starrte sie an, als wäre sie gemeingefährlich. Diese Augen, die Glatze, die Piercings, die Tattoos. Was hatte er sich nur dabei gedacht, dieser Frau ein episches Lamento über seine Beziehung hinzulegen?

Jetzt drehte er sich mal um, zu dieser schwangeren Russenclique, von der er Rebecca vor einer Viertelstunde so dringlich entführt und sich mit ihr an die Bar gesetzt hatte. Zum Reden.

An jenen Tisch bei den Mädchen hatten sich noch zwei Jungs gesetzt, und die unsichtbar Schwangere ahmte mit den Händen offensichtlich die verschiedensten Fickgesten und -bewegungen nach, um den anderen den unglaublich prosperierenden Russen noch plastischer darzustellen.

Mann, Rebecca wirkte so tough hier ihm gegenüber auf diesem Barhocker. Gerade deshalb sehnte sich Gärtner danach, sie irgendwie für sich zu gewinnen. Denn mit ihr an diesem Punkt auseinander zu gehen, würde seiner Presse bei Anke sicher nicht dienlich sein.

Er versuchte es noch mal.

»Hast du nicht gemerkt, als Tilman mich bat, fürs Magazin zu schreiben, wie wenig sie sich gefreut hat?«

»Pfff«, Rebecca sah ihn noch abschätziger an.

\+ + +

Eine Stunde zuvor. In der WG. Anke kehrte entnervt ihrem blöden Partner den Rücken zu. Der machte eine abfällige Geste mit der Hand. Dann ging es erneut ab. Die sonst eher verlegenheitsresistenten Linda und Tilman kauerten peinlich berührt in dem holzigen Stuhlmobiliar. »Wir Ärmsten«, dachten sie wohl. Wenige Meter Luftlinie entfernt stritten sich plötzlich ihre Gastgeber lautstark und offensichtlich komplett verzweifelt über den gerade verlebten Abend.

Linda deutete mit dem Vorstrecken ihres Kinns in Richtung der schweigenden Musikanlage. Tilman schob den Stuhl zurück, um aufzustehen. Der kratzte über das Parkett. In der Küche wurde es schlagartig still. Anke und Gärtner mussten bemerkt haben, wie ungehindert der Schall alles zwischen den beiden Räumen, also zwischen den beiden Pärchen austauschte – wie ein übereifriger Kurier. Tilman verzog das Gesicht. In der Küche wurde die Tür geschmissen, dann ging es nach einer Schrecksekunde weiter.

»Du willst mich doch nicht im Ernst jetzt mit den beiden Pennern hier allein lassen?«, brüllte Anke mäßig gedämpft.

»Sind das vielleicht meine Freunde? Wenn Juli hier wäre, würde ich den voll versorgen und mit ihm noch die Fälle von Domian auf WDR gucken. Aber den durfte ich ja nicht einladen.«

»Juli ist ja auch nicht dein scheiß Chef mit seiner Alten!«

»Wieso, jetzt ist Tilman doch auch mein Chef. Er hat mich offiziell zu deinem Kollegen gemacht.«

Tilman und Linda hörten, wie Anke anscheinend etwas warf oder wie zumindest etwas krachte. Dennoch suchte Tilman, wie jeder gute Musikfreund, mit den Augen akribisch das üppige CD-Regal ab. Linda zischte ihm zu, er sah sie fragend an.

»Ach so!« Schneller, schneller.

Er griff sich zwar nicht wahllos, aber entschlossen eine CD, nahm sie aus der Hülle und drückte auf einen Knopf nah des CD-Einfüll-Schachts, auf dem die Worte »Open/Close« geschrieben standen. Es geschah überhaupt nichts.

»Wenn das so ist, dass er jetzt auch dein Chef ist, kannst du ja wohl erst recht bleiben. Du steckst doch eh zu tief in seinem Arsch, um überhaupt noch raus zu finden.«

»Was soll das? Ich hab nun mal mehr Ahnung von Musik als du, ich habe zehn Jahre in einer Plattenfirma gearbeitet.«

»Und dann bist du rausgeflogen. Vielleicht weil du gar nicht so viel Ahnung hast.«

»Boah, wie gemein das ist!«

»Aber du.«

Tilman holzte nun ziemlich fassungslos auf den Hi-Fi-Turm ein. Ihm ging das zu Hörende eindeutig zu weit. Und das Tor für die CD einfach nicht auf.

»Deine blöde Männersolidarität, wo ist denn die für mich, die für unsere Partnerschaft?«

»Du bist doch auch nicht solidarisch! Du willst doch nur, dass ich hier versauere, damit du der Boss in der Beziehung bleibst.«

Die nächsten Sätze konnte man schlecht verstehen, da sie erneut mit lauten Geräuschen einhergingen, Glas vielleicht.

Die Schreie dahinter klangen wie:

»Wenn du so über mich denkst, dann kannst du aber echt abhauen und mich mit diesen Affen hier im Stich lassen.«

»Gut! Das will ich doch schon die ganze Zeit.«

Gärtner riss die Küchentür auf, stand im Flur, griff seine Jacke, seinen Geldbeutel, er sah durch die Tür ins Esszimmer hinein. Linda versuchte unauffällig zu gucken. Tilman stand der Schweiß auf der Stirn, seine Anzughose saß schlecht, während er auf den Knien vor dem Hi-Fi-Turm hockte und resigniert alle zur Verfügung stehenden Knöpfe – das waren nicht wenige – drückte.

Gärtner rief ihnen in einer völlig übergeschnappten Freundlichkeit noch zu:

»War echt schön mit euch! Müssen wir unbedingt mal wiederholen!« Etwas gefasster ergänzte er: »Und, Tilman, wegen der Magazin-Sache melde ich mich dann am Montag.« Jetzt war Freitag.

»Ja«, sagte Tilman bemüht.

Er drückte einen weiteren Knopf. Das CD-Fach öffnete sich. Ein bisschen spät. Die Wohnungstür schloss sich hinter Gärtner. Um die letzten Minuten wissend konnte man heraushören, dass der Elan ihres Zufallens keinem Zufall oder Luftzug zugerechnet werden musste, sondern der destruktiven Leidenschaft nach einem verletzenden ergebnislosen Streit.

Anke kam nun ebenfalls aus der Küche. Mit geröteten Wangen. Endlich lief die CD, Tilman hatte sich in aller Eile für Pavement »Crooked Rain« entschieden gehabt. Er musste die Lautstärke runter drehen. Während seiner Beharkung der Anlage hatte er das Volume-Rad viel zu hoch gedreht.

Anke sah nach dem Abklingen der hektischen Flecken blass aus. Sie klang sehr trostbedürftig, als sie tonlos sagte:

»Und, was mache ich jetzt mit euch beiden Affen?«

+ + +

»So. Bist du jetzt fertig?« Rebecca sagte das direkt in Gärtners schmales Gesicht.

Die Frage besaß wenig von der erhofften Güte. Um die beiden komischen Kontrahenten herum klapperte träge die Club- respektive Kneipeneröffnung.

Gärtner glaubte, im Augenwinkel wenigstens die Bedienung kommen zu sehen, um ihn von seiner fast leeren Schultheiss-Flasche zu erlösen. Zugunsten einer neuen vollen. Es war aber nur eine Wimper, die am Rande seines Sichtfeldes geflattert hatte.

Gärtner schüttelte sich, er schüttelte die kalte Ansprache von Rebecca und die Benommenheit der dusteren Sauferei hier in der Kneipe ab. Für wenige Sekunden gelang das. Doch als die Bewegung verebbt war, drückte alles genau wie zuvor.

»Ob du jetzt fertig bist?«

Gärtner konnte einpacken, Rebecca war nicht mehr zu kriegen, auch nachdem er noch mal die ganze Ungerechtigkeit seiner Situation für sie aufbereitet hatte.

»Bist-du-fertig?«, hatte er dafür nur bekommen. Klar. Was dachte die denn? Und wie er fertig war. Sogar das schändliche Mitleid, um das er zu guter Letzt nur noch buhlte, war ihm vorenthalten worden. Er sah ihr missmutig auf die verständnislose Glatze. Wenn jetzt das Lied von dem gemeinen Skinhead-Mädchen über die Anlage des Ladens käme, musste die Existenz einer göttlichen Instanz zweifelsfrei als bewiesen gelten. Es kamen aber bloß Whirlpool Productions mit ihrem »Cold Song«. Das war kein Gottesbeweis – allerdings auch kein sauberes Dementi.

Gärtner soff aus. Winkte gleich das nächste Bier heran, diesmal war die Wimper tatsächlich eine Bedienung. Aus Trotz und Ratlosigkeit ging er noch mal aufs Ganze. Er sagte:

»Nein, ich bin noch nicht fertig. Weißt du, was ich gestern ganz zufällig im Bett beim DVD-Gucken erfahren habe? Anke hat mal mit Tilman geknutscht. Auf einer Party im Büro. Das musst du dir mal vorstellen.«

»War das während eurer Beziehung?«

Mann, nein. Das wusste Rebecca doch, warum fragte sie nur?

»Mann, nein, das wäre ja noch grauenvoller! Sie hat es mir auch nicht mal erzählt. Ich habe es herausfinden müssen. Durch einen dummen Zufall.«

»Komm, Schluss mit dem Gequatsche. Was Anke in der Zeit gemacht hat, bevor du wieder zu deinen Eltern strafversetzt wurdest, das geht dich gar nichts an. Wer weiß, was du so getrieben hast. In der Pop-Branche.« Pop-Branche sprach sie aus wie eine schwere Krankheit. Nur um dann noch zu ergänzen:

»Bist du eigentlich mit einem gültigen AIDS-Test in die Beziehung rein?«

Diese Aussprache war auf einem weiteren Tiefpunkt angelangt und ausgesprochen hatte sich letztlich eher Rebecca.

»Na, danke. Wenn du keinen Bock auf einen Funken Fairness hast, sag das doch gleich. Dann kann ich mir meine Zeit sparen.«

Gärtner machte Anstalten seine Jacke, die er ausgezogen und auf den Barhocker gelegt hatte, unter seinem schmalen Hintern herauszufischen. Rebecca war aber anscheinend nicht bereit, ihn so gehen zu lassen. Da war doch noch was.

»Wenn du wirklich wissen willst, was dir Anke bezüglich Tilman verschweigt, das kann ich dir sagen.«

»Ach ...« Gärtner ließ sich unverzüglich noch mal auf Jacke und Hocker nieder. Immerhin schien Rebecca soweit gereizt, dass sie Geheimnisverrat im Affekt betrieb. Sollte ihm nur recht sein. Raus damit.

»Anke hat eine Abmahnung bekommen wegen deiner sensationellen Kritik zu dem Casting-Typen vor zwei Ausgaben.«

»Bitte, was meinst du?«

Gärtner sah in die kleinen Stylistinnenpupillen, er spürte, das würde nicht die Art Geständnis werden, das er gerne gehört hätte.

»Da, wo drin stand, man solle sich besser das Frühwerk von Robbie Williams brennen oder so. Dessen Plattenfirma hat gedroht zu klagen. Und nur unter größten Demutsbekundungen und der Zusage, die nächsten Aufbaukünstler des Labels rücksichtslos abzukulten, sähe man vielleicht davon ab. Deinetwegen wäre die Hessische Vogue fast ruiniert gewesen. Nicht mal der schwarze Freitag ist so verheerend wie du.«

Gärtner guckte gequält. Was sollte das denn jetzt?

»Hätte zumindest gut sein können, dass Anke geopfert wird dafür. Immerhin ist sie verantwortlich für die Inhalte der Kulturseiten. Aber überhaupt das größte Wunder ist ja, dass du das alles nicht mitgekriegt hast.«

Sie trank einen Schluck.

»Aber ich glaube mittlerweile, das ist gar kein Wunder. Das hat Methode. Du hast nicht gemerkt, wie fertig sie die letzten sechs Wochen war, denn du hattest ja ausschließlich mit dir zu tun und der Tatsache, dass du gerade nirgendwo der King bist. Ich hab da mal einen guten Tipp: Find dich damit ab!«

Gärtner kämpfte mit aufsteigenden Wogen von Wut und Verzweiflung. Was war denn da geschehen? Und:

»Warum hat sie mir bloß nichts davon erzählt?«

»Weil sie gesehen hat, wie du mit deiner traurigen Fresse zu Hause versuchst, selbstständig zu werden. Was dir ja augenscheinlich nicht gelingt.«

Mann! Gärtner wollte auf der Stelle gehen, die Türe hier schmeißen, sich von Rebecca trennen. Aber er war ja mit Anke zusammen. Und die hatte sich die letzten Wochen offenbar voll für ihn aufgeopfert, ohne dass er es mitbekommen hatte. Das stellte mehr dar als nur küssen und nach dem Sex zufrieden lächeln. Trotzdem war er so furchtbar sauer.

»Ich bin so furchtbar«, strich er die Erkenntnis etwas zusammen.

Rebecca winkte ab. Dieses larmoyante Zugeständnis riss sie auch nicht vom Hocker.

»Trost gibt's in der Kirche«, sagte sie und stand auf.

Gärtner ächzte wie ein schlecht zusammengeschraubtes Bett, was sollte er denn machen? Nicht mal in der Büßerrolle gab es Ablass? Nur die Eltern und Gott waren anscheinend in der Pflicht, einem ewig und drei Tage alles zu vergeben.

Rebecca ging zu ihren Freundinnen an den Tisch. Dort wurde es gleich noch lauter. Entfesselt versuchten die Anwesenden, Rebecca auf den neusten Stand des Russen und seiner Glorie zu bringen. Gärtner dagegen hatte jetzt doch noch länger an der Bar zu tun. Nach dieser Aussprache fühlte er sich elend und frei. Also frei wie Sperrmüll an der Straße. Darauf deinen Dujardin.

\+ + +

Nur kurze Zeit später, nicht viele Straßen weiter.
»Hier ist es!«, rief Linda überzeugt.

Als Tilman und Anke zu ihr – sie stand zwei Hauseingänge weiter – hin trotteten, klang das aber schon wieder etwas anders:

»… glaub ich.«

»Man sieht voll den Atem«, sagte Anke, während Tilman die riesige, seit Jahren von jedem neu Eingezogenen individuell beschriftet und beklebte Klingelleiste nach dem richtigen Namen durchforstete. Die drei suchten bereits seit einiger Zeit die von Rebecca annoncierte Party dieses Typen vom Frankfurt Journal.

Tilman war beim Lesen der unterschiedlichsten Familiennamen so konzentriert, dass er auf Ankes Bemerkung nicht eingehen konnte.

Anke gab nicht auf.

»Es ist so kalt, man sieht sogar schon Schal.« Und hielt das fransige Ende ihres schwarzbraun marmorierten Zara-Schals zwischen die Bewohnernamenlegende des Eingangs und Tilmans Gesicht. Der atmete ein paar Fransen ein, vertrieb das Schalende dann fahrig von seinen Augen wie eine lästige Fliege.

»Hör auf«, murmelte er schwer.

Für exzellente Sprachausgabe hatte er wohl etwas zuviel Wein intus. Immerhin war er nicht so besoffen und fidel wie Anke.

Nach dem Streit zwischen Gärtner und ihr hatte sie sich mit Tilman und Linda zusammengerauft, zu dritt waren sie noch auf ein paar Rotwein am Tisch hängen geblieben und über die Pavement-CD irgendwie richtig unternehmungslustig geworden. Trotz oder wegen der ganzen Akkorde in Moll. Gegen eins hatten sie sich entschlossen, die von Rebecca empfohlene Party zu suchen. Sie wollten somit abkürzen und nicht erst den neuen Club wahrnehmen. Sondern gleich zum Chill-out mit Lampions übergehen. Von der gebeutelten Anke-WG war die gesuchte Straße nicht weit entfernt und die drei vor mehreren Minuten dort angekommen. Nun spürten sie der richtigen Hausnummer mit dem passenden Namen am Klingelschild nach. Der Novemberwind zog durch die Jacken.

»Linda gefriert schon der Rotz«, lachte Anke übermütig.

Linda lachte mit, obwohl es ihr eigentlich nicht gefiel, als die Rotzgefrorene verhandelt zu werden. Anke lachte noch mehr. Diese künstliche wie köstliche Hysterie lief aber langsam leer. Es wurde Zeit, wieder zum Alkotrog durchgelassen zu werden.

»Jetzt mach schon!«

Tilman machte ja schon. Aber der Name war nicht da.

»Sicher, dass es 9a war?«

Linda zuckte mit den gepolsterten Schultern ihres gemütlichen bonbonfarbenen Mantels von Issey Miyake.

Anke versuchte sich zu konzentrieren – was hatte Rebecca vorhin noch gesimst? 9a? Keine Ahnung?

»Soll ich sie mal anrufen?«, schlug Anke wieder kurzfristig begeistert vor und nestelte mit ihren unterkühlten blauen rauen Frauenhänden in ihrer schon etwas verschlissenen aber nichtsdestotrotz heiß geliebten Hello-Kitty-Tasche nach ihrem Handy. Ahh, tat das allein schon weh, den Reißverschluss zu ziehen. Das war so Russlandfeldzug hier. Obwohl die Wehrmacht wohl eher schlecht durchblutet war von der Mangelernährung und der stumpfen Gesinnung als von Koks, Prada und Wein.

+ + +

Gärtner hörte mit halbem Ohr den Geschichten am Tisch zu. Er hatte sich, nachdem Rebecca zu ihren alten Freunden abgerauscht war, die komplette – noch drittel gefüllte – Flasche Korn von der Bedienung aus ihrem Schnapsschrank geben lassen. Gegen ein ausschweifendes Honorar. Wenigstens für einen kurzen Moment Spielfilm sein. Der Bardame das Einschenkhandgelenk festhalten: »Lass die Flasche gleich da, Mädchen.«

Dieser Moment hatte etwas gehabt. Seitdem aber war er auf dessen öden Nachklapp sitzen geblieben. Bis Rebecca ein paar Meter weiter ein Einsehen gehabt und das waidwunde Männchen seufzend an ihren fröhlichen Tisch geschafft hatte.

Gärtner saß stumm in dem leicht befremdeten Zirkel. Die anderen vergaßen ihn allerdings schnell und bewegten sich wieder ganz natürlich. Er war wie eine Überwachungskamera, deren Existenz nach einer Zeit nicht mehr verunsicherte, sondern höchstens noch motivierte. Weil sie wie ein heimlicher Multiplikator von einem selbst funktionierte. Gärtner bemerkte, dass während der vielen haarsträubend munteren Geschichten zu ihm rüber gespäht wurde. Ob er vielleicht eine Regung zeigte. Gärtner fand das ätzend, er nippte an seiner pathetischen Flasche Korn. Allein, dass er diese Einladung, sich hier her zu setzen – obwohl ihn Rebecca ja so ausgesprochen gering schätzte – angenommen hatte, allein das war schon peinlich genug. Und jetzt musste er auch noch ignorieren, dass dieses Grüppchen bei ihm unterschwellig nach Feedback spähte. Wenn das hier der Percussionist von Herbert Grönemeyer wüsste oder seine Eltern. Die würden doch weiß Gott was von ihm denken.

»Und habt ihr gesehen, was letztens in so einer Wiederholung einer Hochzeits-Spielshow auf Super RTL kam?« Erzählte das eine Mädchen, das nicht schwangere. Alle schüttelten die Köpfe, man merkte, wie es zunächst schwer fiel, sich darauf einzulassen, einer etwas längeren Anekdote zu lauschen, ohne selbst andauernd dazwischenkommen zu können. Doch der Gruppe gelang das ganz anständig.

»Also ich habe es selbst nicht geguckt, aber eine Freundin hat's mir erzählt. Da wurden die angehenden Paare getrennt befragt und die Frau musste Antworten auf Fragen geben, die dem Mann dann später auch gestellt wurden. Und das Ziel natürlich, auf viele Übereinstimmungen zu kommen.«

Gärtner wollte kurz zum Klo gehen. Fand aber, das könnte noch einen Moment warten, schließlich ließ sich diese Fernsehstory doch verhältnismäßig gut an, verhältnismäßig wohlgemerkt. Das Mädchen, das erzählte, hatte von allen überhaupt die besten Anteile der Runde – nur etwas herabgesetzt von einem badischen Akzent.

»Und sie wird gefragt, wo hattet ihr das letzte Mal Sex, und antwortet nach kurzem Zögern kokett ›in der Küche‹. Und als ihr Typ dann reinkommt und befragt wird dazu, merkt man, ihm ist die Antwort voll unangenehm, er schwitzt und windet sich. Will aber natürlich die Übereinstimmung haben. Wegen der Punkte, klar. Und das Publikum und die Moderatorin möchten ihn natürlich ermutigen. Denn es gibt doch nichts Schöneres, nichts, für das man sich weniger schämen müsste, als wenn man sich in der Küche, auf dem Balkon, im Kohlenkeller oder im Flugzeug kräftig durchbürstet. Ich meine, man käme sich in solchen Sendungen ja eher idiotisch vor, müsste man sagen, ›es fand im Bett statt‹! Im Bett? Bei gelöschtem Licht, in mürrischer Missionarstellung im Schwarzwaldhaus 1907? Spießer, Spießer!«

»Also meine letzten Male waren immer im Bett«, sagte die Schwangere, obwohl sie mit diesem wilden neuen Mann zusammen war. Die beiden Typen, die alle circa fünf wenn nicht mehr Jahre jünger waren als Gärtner, pflichteten erleichtert bei. Rebecca nickte. Gärtner gab nichts durch irgendeine Regung preis, die anderen nahmen das zur Kenntnis.

»Jedenfalls soll der halt endlich sagen, wo sie zum letzten Mal Sex hatten, und der krümmt sich doch tatsächlich immer noch. Und die Moderatorin verliert bisschen die Geduld, schließlich ist das ja alles minutiös durchgeplant. Und er hebt dann doch an und die Hochzeitsgesellschaft im Publikum wartet nur noch auf diese Erlösung, um mit einem wohlmeinenden herzlichen Applaus endlich kundgeben zu können, dass das doch nichts ist, wofür sich ein Mensch schämen müsse und dann … dann sagt er endlich auf die Frage ›Wo hattet ihr das letzte Mal Sex?‹ brüchig und leise: ›Im Popo‹.«

Der Tisch in dieser Lounge nach Mitternacht in Frankfurt bebte. Das sollte sogar wirklich passiert sein? Es wurde laut gelacht. Das eben erzählende Mädchen spähte im Augenblick des Triumphs ihrer Geschichte relativ unverhohlen in den Spiegel des von Rebecca hergesetzten, saufenden Gärtners. Der konnte sich ein Lächeln trotz aller Widrigkeiten nicht verkneifen, obwohl er die Geschichte für eine urbane Legende hielt und glaubte, sie vor Jahren schon mal gehört zu haben.

\+ + +

Bereits auf der Party freute sich der Gastgeber überraschend ehrlich über das Kommen von Linda, Tilman und Anke.

»Kommt rein!«

Obwohl sie sich gar nicht kannten – oder wenn überhaupt dann vom Sehen auf so was wie der Prinz-Veranstaltung. Doch der Gastgeber mit der schwarzen Brille und dem Zehntagebart konnte sie über ihre Funktionen bei der Hessischen Vogue zuordnen, außerdem schien das Berufen auf Rebecca die Tore weit zu machen. Ein bisschen fühlten sie sich wie zaghafte Südhessen-Celebritys, als sie durch die Partywohnung schritten. In der elend geräumigen Vier-Zimmer-Wohnung mit Atelier-Appeal hielten vielleicht noch an die 30, 40 Leute – über die Räume verteilt – aus. Die hier und jetzt um 1 Uhr 30 im Live-Ticker aktualisierte Stimmung fand sich zweifellos geprägt von ersten Anzeichen des Abschwellens. An einigen Stellen loderte die Party aber noch tapfer. Anke wurde beim Solo-Rundgang durch die Räumlichkeiten interessiert beäugt. Blicke flogen zu ihr, die fragten, lohnte es, sich kennen zu lernen? Spätes Auftauchen auf einer Party – dadurch Bewunderung für sich abzuziehen war zwar absolut billig, aber immer wieder immens effektiv. Späte Gäste glichen einem Feuerwerk, das plötzlich vor der Nase der alteingesessenen Besucher, die schon mit breiten Ärschen die Deko mitgebastelt haben, abbrennt. Bengalisches Feuer. So durchsichtig, hinfällig und leicht herbei zu führen diese Fassade von Interessantheit war, so sehr unterstellten die alten Gäste der neuen Anke, dass deren betrunkenes Schwanken ungleich wertvoller war als das eigene. Denn es war mitgebracht. Es war ein Geschenk aus geheimnisvoller Ferne. Aus dem Reich der überschäumenden Fantasie – jener überschäumenden Fantasie, was man alles Glamouröseres hätte tun können, statt seit Stunden in diesem Atelier solide den Abend in die Nacht zu vertun.

Die Party in Nachbars Garten schmeckt immer süßer.

Anke fand die Küche. Sehr gut. Kein großes Geheimnis, dass man hier am besten in Gespräche und in den Kühlschrank kam. Reden wollte sie allerdings gar nicht so sehr. Höchstens über diesen Abend mit Gärtner. Was das denn eben war?

Ach, Anke hatte aber keine Lust, ihren Rausch mit diesem Pärchenschwermut zu verschwenden. Das tat Gärtner doch sicher auch nicht. Wer weniger leidet, hatte mehr Macht. So einfach war das in love.

»Soll ich dir einen Moji mixen?«

Anke sah auf. In der absolut beeindruckenden Küche, deren Herd freistehend den Mittelpunkt bot und um den herum Barhocker standen, lächelte sie ein blonder Typ mit einer gewollten Vokuhila-Achtziger-Gedenk-Frisur an. Zwischen seinen Schneidezähnen glänzte dunkel ein beträchtlicher Zwischenraum, fast würde dort noch ein schmaler Extrazahn Platz finden.

»Dich schickt der Himmel.«

»Wieso?«, fragte der Junge, der Jeans mit einem zweireihigen Pyramidennieten-Gürtel und ein etwas zu enges T-Shirt mit der verwaschenen Aufschrift ›Schlampe‹ trug. Es war türkis und tailliert.

»Ach, nur so.«

»Eben hast du noch gesagt, mich schickt der Himmel. Was denn jetzt?«

Wie eitel war der Heini denn?

»Dich schickt der Himmel, weil ich dringend was zu trinken brauche. Und bestimmt nicht, weil ich auf wen warte, der ›Moji‹ mit verrotztem »ch« in der Mitte sagt. Immer diese lästigen Abkürzungen.«

Anke merkte, dass das biestig und gar nicht so klang wie ein Gesprächsauftakt, an dem man locker anflirten konnte. Aber hey, es war doch wahr.

»Na, den kann ich jetzt wohl nicht mehr bumsen, um Gärtner zu strafen«, dachte sie und musste grinsen.

Was für ein Abend. Anke zockelte sich gedankenverloren mit den Fingern durch die Frisur. Die lag trotz Vorhin-Schal-überm-Kopp und später Stunde noch gut.

Schlampe schenkte Anke derweil ein.

»Nicht so viel zerstoßenes Eis!«, intervenierte sie.

Anke wollte bei gefühlten Minus 20 Grad Außentemperatur ihren Cocktail nicht derart frostig nagen. Er streute Minzeblätter drüber. Fertig. Reichte ihr das Glas.

»Kann es sein, dass Sie mich ablehnen, weil ich noch schiefe Milchzähne habe? Und die wie versprengt aufgestellte Grabsteine mein Maul bebauen?«

Was war das denn schon wieder? Schlampe hatte sie gesiezt und etwas ziemlich Unwahrscheinliches gesagt. Das stimmte doch bestimmt wieder nicht.

»Was ist denn?«, fragte der Typ, während er sorgsam die Zutaten des Mojito wieder zusammenklaubte und wegstellte, als wäre das der letzte Drink, der heute hier noch ausgegeben werden würde.

Anke schaute gequält. Mit Halluzinationen leben. Sie versuchte es mal: »Es war jedenfalls nichts wegen deiner Zähne.«

Er sah sie verunsichert an.

»Was ist mit meinen Zähnen?«

Anke wusste das doch auch nicht.

Sie rief: »Keine Ahnung, verdammt! Ich höre eben Stimmen! Bist du jetzt zufrieden?«

So sah er nicht gerade aus.

»Ach komm, leckt mich doch alle.« Genervt und elanvoll ließ Anke ihn stehen, drückte sich an anderen, die sich hier aufhielten, vorbei und verließ die Küche.

+ + +

»Hier kommt die Umschau!«, kommentierte Anke ihre wankige Partybeschäftigung und musste aufpassen bei der damit einhergehenden Wohnungsbesichtigung nicht Mojito auf das Klick-Parkett zu verschütten. Denn ihr Glas war bis obenhin voll. Sie trank vorsichtig beim Laufen etwas ab. Es schaukelte. Ein wenig lief ihr in den Ärmel. Kalt, kalt, kalt. Sie steckte den Kopf in das Hauptzimmer. Dort, wo es vor Gästen eng war, wo die Party stattfand. Musik lief, genauer gesagt Tonleiter-House versetzt mit gelegentlichen Frauenstimmen. Leidlich geschmackvolle Sexy-Elevator-Music. Aber man hörte ohnehin eher die Stimmen der Anwesenden. Das Zimmer besaß eine hohe Fensterfront in einer Art Erker. Das hatte etwas Wintergartiges, das war tagsüber sicher ganz hell. Schön, schön, schön. In einer der Ecken stand sogar eine Staffelei.

Von jenem wirklich riesigen Atelierraum führte als Sackgasse die Küche ab. Da war Anke schon gewesen. Sie ging zurück auf den Flur. Von dort zweigten entgegengesetzt zu dem palastigen Wohnzimmer drei Türen ab. Dahinter dürften vermutlich wesentlich kleinere Räume und ein Bad zu finden sein.

Bevor Anke sich dort umsehen wollte, musterte sie noch die Bilder hier im Flur. Wie hatte sie die beim Reinkommen überhaupt übersehen können? Es waren die schlimmsten Selbstbezichtigungen post-studentischer Blödheit. Anke brauchte einen Schluck Cocktail. Autsch, kalter klarer Cocktail schmerzte an ihren schmerzempfindlichen Zähnen – aber sicher nicht so sehr wie das gerahmte Poster des zungerausstreckenden Einstein ihre Augen schmerzte. Gerahmte Poster. Gerahmtes Einsteins-Zunge-Poster. Das musste man sich mal vorstellen.

Jetzt wollte Anke aber alle sehen. Wow, der ganze lange Flur war behangen. Der Gastgeber hatte wohl bei einer berüchtigten Postersammelbestellung aus Höflichkeit oder anderem Eifer nicht Nein sagen können. So war es früher in längst vergangener Schulzeit ja wirklich gewesen. Die beste Freundin war mit einem bunten 16-seitigen Katalog gekommen. Ein Katalog der Poster-und-Bilder-GmbH. Dort gelistet fanden sich alle Motive, die Kinder und Jugendliche begehrten: Kleine Äffchen, die eine Katze im Arm hielten für die sensiblen Jungs, chromblitzende Motorräder für die Lesben. Oder wo man sich damals eben sonst so positionierte. Egal, es gab alles außer realen Konterfeis aktueller Stars, darauf hielten Bravo und Pop Rocky seinerzeit noch das Monopol. Aber viel besser waren ohnehin springende Delphine im Mondschein, Einhörner am Strand, schwarze Panther, süße Babys, die den Mittelfinger zeigten. Etcetera. Die beste Freundin hatte dann stets gebeten, man möge reichlich Nummern angeben. Schließlich sollte eine immense Bestellung zustande kommen, die nun wieder dafür Rechnung trug, dass ein Poster nicht mehr 4.99 kostete sondern – bei über 100 Stück – 99 Pfennig. Klar, dass da alle in der Klasse in die Pflicht genommen wurden. Auch die Lahmen und Schwachen. Ja, sogar die Armen. Die aus der übel beleumundeten Hochhaussiedlung vor der Stadt. 99 Pfennig werden die ja wohl gefälligst auch noch haben. Sollten sie halt mal 'ne Mark auf der Straße finden oder so.

In so eine Sammelbestellung, mit starkem sozialen Druck, musste der Typ vom Frankfurt Journal auch gekommen sein. Anders ließ sich das Sammelsurium hier nicht erklären: Keith Haring, die mittagspausenden Typen auf dem Stahlträger beim Bau des Empire State Buildings, die traurigen Verlierer an der Bar in »Nighthawks«, diesem superberühmten Knallkopfbild von Edward Hopper, die brennende Giraffe von Dali sowie Stan und Olli in Schwarz-Weiß, die auf eine rotgelbe Feuerzeugflamme starren, die aus Stans Daumen kommt. Anke war etwas enttäuscht. Wo waren denn die Einhörner und Kätzchen?

Nicht hier.

Von wem ebenfalls jede Spur fehlte: Security. Security, die an unbefugtem Beglotzen oder gar Anfassen sämtlichen Inventars hinderte. Konnte Anke nur begrüßen. Sie öffnete eine der drei Türen. Da drinnen fand sie ein Zimmer mit einem riesigen Bett vor. Auf dem lauter Mäntel und Jacken lagen. Ach Gottchen, wie pittoresk.

»Werft eure Klamotten einfach aufs Bett!«

»Einfach so?«

«Einfach so!«

Anke dachte bis dato, so was gäbe es nur im Film.

Das Zimmer gehörte wohl dem Typen, der sie reingelassen hatte. Es besaß dieses sonderbare Medien-Flair. In einer Ecke beim Schreibtisch war die Realität, also gestapelte Zeitschriften, zusammengepferchte Jahrgänge von Magazinen, Papiere, eine einzelne Tee- oder Kaffeetasse neben der Tastatur. Dann kam die Fiktion: Der Rest des Raumes, der im Vergleich mit dem großen Atelier etwas eng wirkte, gab sich, na ja, ambitionierter, sci-fi-mäßiger. Bettgestell aus Chrom, vollverspiegelter Schrank, weiße Wände mit Zeichen in Neon-Leuchtschrift versetzt. Schon krass, die Zeichen sahen auch nicht aus wie Schrift oder eine Botschaft, sie sahen aus wie Affekt, neonrosa, neonhellgrün – und überhaupt wenig Kram sonst. Das dürfte Absicht sein. Ein Hamsterwerk zusammengeraffter Interessantheit. Musste man neidlos anerkennen. Chrom und Neon und alte Zeitschriften.

»Sähe hier wohl gern aus wie ›American Psycho‹!«

Anke schnaubte verächtlich das verchromte Bettgestell an. Immerhin lag hier zerschrammtes hellbraunes Parkett und auf dem Fensterbrett schmollte ein einzelner Farn. Das war bei genauem Hinsehen eher bürgerliche Arglosigkeit als Killer.

Sie schloss die Tür hinter sich. Von der Party drangen Stimmen und Bässe kaum noch durch. Eiskalt war es hier. Ein Fenster geöffnet. Um die Mäntel bei Minusgraden zu lüften, oder was? Anke guckte sich um, ihren Cocktail hatte sie schon zur Hälfte intus. Bisschen zu zitronensäuerlich, der vertrug sich bestimmt nicht gut mit dem milden Wein von vorhin. Aber das könnte sie ja morgen alles ausagieren. Jetzt ging es ihr doch noch blendend. Beiläufig kramte sie in den DVDs, die in einer Art schwarzem Schuhregal unter dem großen futuristischen Fernseher aufgebahrt waren. Sammlerboxen von Fellini, Jim Jarmusch, die Filme von Kim Ki-duk, »The Isle« zum Beispiel, überhaupt sehr viele Asiaten, ach, und da noch »Jackie Brown« von Tarantino.

So wär man gern, was man nicht mehr hasst, nämlich Cineast.

Anke verlor die Lust, hier unten in den DVDs zu blättern. Dabei musste man sich auch bücken wie eine Waschfrau, die einen abgerissenen Knopf von der Festtagsbettwäsche auf dem steinigen Grund des eisigen Gebirgsbaches suchte. Außerdem würde sie mit dem Hintern zur Tür schlecht reagieren können, käme jetzt jemand rein. Sie würde sich nur erschrocken aufrichten, um dann unvermittelt vor Schmerz loszuschreien und letztlich mit einem Hexenschuss durch das Treppenhaus und das winterliche Westend getragen zu werden. Von lauter angetrunkenen Fremden, die sie unsachgemäß, roh und schmerzend unter den Armen und an den Beinen hielten. Irgendwer würde ihr dabei immer wieder an den Busen fassen. Wer das wäre, sie könnte es nicht sehen, da ihr Kopf durch den Bandscheibenvorfall zu unbeweglich wäre.

Schließlich ist ein Hexenschuss der ultimative Schmerz. Leute wie Christopher Reeves sollen daran sogar schon gestorben sein. Aber einen Moment noch. Anke bemerkte, dass hinter den DVDs noch selbst beschriftete VHS-Kassetten standen. Da konnte man doch noch mal schauen. Der Stift, der die Namen der Filme in ordentlicher Herren-Handschrift seinerzeit notiert hatte, war über die Jahre ziemlich verblasst. Anke musste genau hinsehen. »Die Farbe Lila«, »Schlafes Bruder«, »The Lost Boys«, »Schtonk«, »Gilbert Grape – Irgendwo in Iowa«. Sie war zufrieden. Wenn das nicht aufschlussreich war, war es zumindest mal kompromittierend.

»Man erfährt doch immer noch am meisten über Leute, wenn man auf Koks ihre Zimmer durchstöbert.«

Anke versuchte es hinzukriegen, dass die VHS-Kassetten wieder wie vorher hinter den aufgereihten DVDs ihren Platz fanden. Dann wurde ihr das doch zu mühsam und sie schob alles irgendwie in das Fach unter dem Fernseher. Schließlich lief ja eine Party. Die Gefahr, später der Wühlerei überführt zu werden, stand eins zu einer Million. Der Gastgeber wäre nach dem ersten Schrecken ohnehin froh, dass zumindest nichts fehlte. Es gab ja auch weit Schlimmeres nach einer Party als durchwühlte VHS – Brandlöcher oder Kotze auf dem Teppich zum Beispiel oder Kratzer auf dem Parkett, als wären die Gäste auf Schlittschuhen gekommen. Anke machte den Fernseher an. Mal gucken, was so los war. Ihre Wahrnehmung verhungerte. Sie suchte Musiksender. Bei denen lief aber ausnahmslos Werbung. Und Werbung dort stellte ja bekanntlich das Verabscheuungswürdigste dar. Brüste oder rüdes Gekreische bezüglich Telekommunikation. Der

Tatsache verpflichtet, dass es schon Nacht war, liefen ausnahmslos Busen.

»Reiche Witwen erwarten deinen Anruf!«

Anke wunderte sich ehrlich. Wann war denn ein Reiche-Witwen-Fetisch entwickelt worden? Liefe man als Mann nicht Gefahr, dass die Frauen, die man für 3-Euro-sonstwas am Apparat hatte, bitterlich weinten? Wegen des Todesfalls? Seltsam. Frauen sollte um diese Zeit dagegen überhaupt nichts verkauft werden. Nichts. Alle unrühmlichen Titten-Spots richteten sich nur an Männer. Selbst der plötzlich auftauchende muskulöse Herren-Oberkörper. Der verwies auf »Die Gayline«. Ja, toll. Und was sollte Anke jetzt kaufen oder anrufen? Sie drückte mal auf den DVD-Player. Er sprang aus dem Wachkoma-Standby mit einiger Verzögerung an. Play. Das leicht krisselige Bild des Fernsehprogramms wurde von einer Sekunde zur nächsten von dem glasklaren DVD-Modus überlappt. Aber die Busen blieben.

»Mein Gott, ein Porno!«

Anke haspelte an der Knopfleiste des Recorders herum. Schnell aus! Erst erwischte sie das Standbild, schüttelte eine aus dem Nichts erblühte Panik ab und fand dann endlich Stopp.

Anke schnaufte. Was war das denn gewesen? Sie nahm einen Schluck Mojito, es war fast der letzte.

Mann, der Typ hier hatte ja Nerven. Konnte der nicht damit rechnen, dass man sich bei einer Party vielleicht mal höflich umsah? Hatte der denn keinen Anstand? Sie sah zur Tür. Sie war allein. Okay, noch einmal kurz den DVD-Player starten. Vielleicht hatte sie sich ja geirrt und es war nur eine leidenschaftliche Szene aus einem entgrenzten Autorenfilm.

Play.

Nein, das war es nicht.

Wie sollte sie dem denn später noch zum Abschied die Hand schütteln? In dem Film wurde in einem Waschkeller gefickt. Die Frau hatte einen sehr unvorteilhaften Busen – zumindest im Vergleich zu den Telefonsexclips von eben und der Typ trug langes Haar in einem voluminösen Zopf – wie eine Salami, die er sich an den Hinterkopf gebunden hatte, schaukelte der rum. Nicht gerade starlicious, was sie hier sah. Pamela Anderson konnte man nicht entdecken und das Ambiente vermittelte nicht den Anschein, als würde sie in der nächsten Einstellung unter großem Hallo auf einen Dreier reinplatzen.

Klar, wenn man in einer fremden Wohnung hinter die Kulissen guckte, dann hoffte und fürchtete man gleichermaßen, nebenbei die ganz peinliche Enthüllung zu machen. Aber Anke hatte es darauf gar nicht abgesehen, schwor sie sich. Es war eher ihre Natur gewesen: mal gucken, mal anfassen, mal Play drücken. Sie schlenderte streng genommen doch nur friedlich umher. Und jetzt das. Casual-Porn aus der Waschküche. Sie stoppte die DVD, Power aus, Fernseher aus. Nichts wie weg aus diesem Zimmer hier.

+ + +

Draußen fand sich alles, wie sie es verlassen hatte. Die Poster hingen noch, der Rauch aus dem Atelier, in dem die Party lief, zog zart in den Flur. Ganz zart, das meiste stieg an die Decke oder verschwand in Ritzen und Winkeln, die für das menschliche Auge unsichtbar waren. Anke probierte die nächste Tür. Abgeschlossen. Was war das für eine Frechheit? Was glaubte der Wohnungseigentümer denn? Dass man hier besoffen durch seine blöden Gemächer marodierte, auf alle Knöpfe drückte, Kleingeld auflas und höchst Privates mit nassen Fingern anfassen würde? Erlaube mal, Porno-Jost! Aber gut, wer ganz ohne Schuld war, der dürfte diese Türe hier eintreten. Anke sparte sich das. Ihre Schuhe passten nicht zu einer solchen Aktion. Hinter der – vom Eingang gesehen – letzten Tür, die vom Flur abging, musste sich wohl das Bad befinden. Bäder verraten, das wusste Anke nicht erst seit Linda, a) am meisten über einen Menschen, und b) konnte man darin auf einer Toilette hocken. Anke ging darauf zu, vielleicht würde sie in der Abgeschiedenheit auch noch mal Drogen zu sich nehmen. Außerdem gluckerte sie voll Wein, saurem Rum und einer tiefen Unzufriedenheit, die lediglich vom Rausch bedeckt worden war – doch diese Decke wurde schon merklich transparenter.

Anke öffnete die Tür. Sie hatte in den letzten Minuten niemand reingehen sehen und wäre das Bad dennoch besetzt, würde eine einfache aber unmissverständliche Verschlossenheit sicher davon zeugen. Dachte sie noch, als sie den recht großen Sanitärbereich betrat und ein

Typ sie anstarrte, der in Straßenklamotten in der leeren Badewanne lag und rauchte, während ein anderer mit dem Rücken zu ihr stehend pinkelte. Sie erkannte in Letzterem problemlos Schlampe vom Kühlschrank, auch ohne sein Gesicht zu sehen – das türkise Shirt und dieser arschschicke Styler-Schnitt waren unverkennbar. Die Frisur besaß, konnte man von hinten gut sehen, an den Zotteln sogar ein paar Strähnchen. Zum Akzentuieren. Theoretisch fiel Anke jetzt rücklings aus diesem peinlichen Intimitätsszenario raus, praktisch stand sie aber weiterhin mittendrin und meckerte empört gegen den Rücken des ihr halbbekannten Typs. Der hatte schon kurz über seine Schulter geschaut, wusste Bescheid.

»Könnt ihr nicht abschließen? Das ist schon Belästigung, sich hier so zu präsentieren! Ach, und dann noch im Stehen pinkeln. Was fällt euch Typen als nächstes ein? Im Stehen scheißen?«

Der in der Wanne glotzte unbeteiligt. Was er rauchte, das sah man, und das roch man noch mehr, war Hasch, honigsüßes Hasch. Dieses Teufelszeug aus dem Orient oder der örtlichen Dutch-Connection.

»Oh Mann, und ihr raucht ja Haschisch! Ihr seid doch von allen guten Geistern verlassen!« Ankes Hysterie in Form von Soap-Opera-Overacting machte Mordseindruck, aber aus den Socken fielen die zwei Heinis jetzt auch nicht.

»Willste mal?«, fragte Wanne seelenruhig und wedelte mit dem Joint.

»Nee, danke.«

Das nicht auch noch.

Anke stand etwas unschlüssig rum. Bäder gaben bei Partys heute vielleicht das her, was Küchen nicht mehr taten. Wo man früher bei Hausbällen über das Alltagsambiente an Kühlschrank und Spüle in die besseren Gespräche kam, konnte das jetzt nur noch das Bad leisten. Hier existierten noch Rest-Tabus, hier war es wirklich informell.

Anke schloss die Tür ab. Der Schlüssel steckte.

»Warum habt ihr nicht einfach abgesperrt?«

»Ich dachte, das hättest du«, wandte sich Schlampe an seine Begleitung. Dabei knöpfte er sich die Front seiner Jeans zu. Anke wandte sich auch schnell zu dem anderen. Damit man nicht denken musste, sie glotzte auf diese Knopfleiste.

»Dachte, ich hätte«, erklärte der Angesprochene so desinteressiert, als hätte die Frage genau genommen gar keine Antwort verdient.

Gut, nachdem man sich nun besser kennen gelernt hatte, schaute sich Anke mal um.

Hey, was ein schönes Bad. Weiß gekachelt, sehr sauber, um den riesigen Spiegel über den Doppelwaschbecken (den Doppelwaschbecken!) waren einzelne Glühbirnen montiert, wie bei »A Chorus Line«, dem Musical-Musical – ein irres Licht, warm, hell und superangenehm. Sah man jung drinnen aus. Der zurückgezogene Duschvorhang vor der Badewanne war blassrosa, genau wie der Teppich. Na ja, schon schön, aber vielleicht doch nicht so geschmackvoll, wie das überquellende Perlweiß es zuerst glauben gemacht hatte. Der hier zur Schau gestellte Geschmack passte zur ganzen Wohnung.

Wellige Zeitschriften lagen auf einem Beistelltisch, der wohl zwischen Klo und Wanne hin- und hergerollt wurde.

»Lesen in der Wanne, finde ich, ist der Inbegriff von heimischer Wellness. Dazu noch duftende Badezusätze. Und das im Winter – bei minus 30 Grad draußen!«

Anke seufzte eifersüchtig, in ihrem Bad war es immer kalt und die Armaturen und Co stammten noch aus rustikaler, verkalkter Vergangenheit. Schlampe wusch sich die Hände. Statt sie abzutrocknen schüttelte er sie so aus, dass seinen Freund, oder wer immer da in der Wanne saß, Tropfen trafen. Der zog maulend den Kopf ein.

»Wofür ich dagegen aber kein Verständnis habe, ist, wenn die Leute auf dem Pott lesen.« Sie äffte irgendeine Stimmlage nach, die sie für Scheißhaus-affinen Lifestyle hielt: »Wow, drei Monate alte Brigittes? Du hast so herrliche Klolektüre, bitte entschuldige mich für eine halbe Stunde! Danach brauchst du übrigens einen neuen Vanille-Wunderbaum.«

»Was dir fehlt, ist ein natürliches Verhältnis zu deinem Körper. Ist doch voll klemmy«, kam Anke eine dunkle belegte Stimme aus der Wanne entgegen.

Ja, ja. »Primitivität mit Befreiung verwechseln, das könnte euch wohl so passen«, fuhr sie Wanne scharf an.

Aber dennoch gefiel es ihr hier. Mit den Typen wurde sie spielend fertig. Und das Unstatthafte der Situation tat ein Übriges. Aber sie wollte den Jungs nicht zwanghaft deren possierliche Niedrigkeit vorhalten. Dafür war sie schon zu gönnerhaft durch den Rausch, nee, sollten die doch mal zeigen, was sie drauf hatten. Vielleicht war für Anke irgendwas drin. Ein guter Satz, ein lustiger Moment, hier wurde schließlich gefeiert. Und außerdem …

»Huch!«

Ankes Blick fiel auf das riesige Poster an der Badezimmertür. Das konnte doch nicht wahr sein. Frank Zappa saß in DIN-A-Doppelnull auf dem Klo.

»Was denkt ihr eigentlich so über diese Poster hier in der Wohnung?«, fing sie mal vorsichtig an.

»Glaube, die sind nur deshalb da, damit man sich fragt, was das denn soll.«

Sehr schmeichelhaft gedacht.

»Aber meinst du nicht«, sie sprach Schlampe jetzt direkt an, da Wanne ganz offensichtlich nicht auf der Höhe seiner Möglichkeiten war, »meinst du nicht, dafür sind die Dinger in letzter Konsequenz dann doch nicht skurril genug?«

Schweigen.

Das Gespräch hatte es ja voll gebracht.

»Warum geht ihr eigentlich zusammen aufs Klo?«

Schlampe zuckte mit den Schultern. Sollte wohl heißen, das wäre doch nichts Besonderes. Wanne grummelte dagegen was von schwul.

»Nicht ich, er!«, verwirrte Schlampe Anke und ließ sich doch mal den Joint reichen.

Schwul, na und? Sie hatte ja einen festen Freund.

Genau.

»Genau, mein verdammter Freund«, erinnerte sie sich knirschend.

Schlampe nahm einen tiefen Zug aus der Haschzigarette, dabei presste er seine langen Handballerfinger zu einer Kugel zusammen, aus der vorne der Joint rauslugte, während er an einem Loch zwischen den Daumen saugte. Als er das tat, glomm die Glut auf. So was hatte Anke seit den Sechzigern nicht mehr gesehen, oder wie auch immer die Zeit hieß, in der Pearl Jam aktiv war.

»Was machst du denn so?«, fragte er sie, nachdem er den Rauch wieder los war.

»Ich bin 'ne Freundin vom Gastgeber, ich bin die Sanne.«

Anke kicherte vergnügt über diesen unsichtbaren Punkt, den sie hier in dem Besoffski-Match gegen die Typen herausholte, indem sie sich einen neuen Namen gegeben hatte. Punkten im Spiel des Lebens, musste ja zu keinem Fetisch werden. Aber durch nichts bekam man zumindest mehr Abzüge, als berauscht auf den eigenen eitlen Bekenntniseifer reinzufallen und jedem Neuankömmling im Bad alles über sich zu erzählen. Das tat man doch schon genug seinen echten Bekannten an.

Die Jungs sagten ebenfalls ihre – ausgedachten oder echten – Namen. Sie waren okay, aber zu unspezifisch, als dass Anke sie sich hatte merken können. Wanne meinte, er würde Sanne lieber »Klemmy von Motörhead« nennen wollen. Das Hasch wirkte anscheinend. Aber Anke hatte schon Blöderes gehört.

Sie öffnete das Badezimmerschränkchen. Himmel Achtung: Augentrost, essigsaure Tonerde und Zahnseide. Der, dem die Wohnung gehörte, war ganz gut angekommen im Thema Körperpflege. Anke fand in dem Schränkchen, das zwar aussah wie von Ikea, aber es irgendwie doch nicht war, einiges. Der komplette Inhalt war weder eingestaubt noch verkrustet. Obwohl die Medikamente in zweiter Reihe ihr Ablaufdatum mitunter schon erreicht hatten.

Clabin gegen Warzen, eine Mückenganzkörpercreme aus dem südeuropäischen Ausland – das wollte der Besitzer sicher nicht, dass man das so beglotzte. Pech gehabt. Anke wollte dagegen noch Drogen.

Aber erst mal gucken, was die Typen so machten. Ach, die sahen ja ganz schön fragend zu ihr hin. Sie winkte mit links, verzog verschwörerisch das Gesicht. Wanne, der sich den Hals verrenken musste – das Waschbecken befand sich hinter dem Kopfende seiner unbefüllten Ruhestätte – und Schlampe knackten den Code. Sanne war offensichtlich keine Diebin oder tablettensüchtig, sondern nur auf der Suche nach unangemessenem Verhalten. Wie eine private Punkband.

»Was gefunden?«

Anke zählte eifrig die aufgetriebenen Peinlichkeiten nach, um die beiden für den Mist zu begeistern. Draußen drückte jemand die Klinke runter. Die Tür blieb zu, war ja verschlossen. Anke zog ihr Döschen mit dem Koks aus der Handtasche. Wenn sie schon nicht aufs Klo konnte, das sollte doch drin sein. Schließlich kifften die beiden, standen also genauso auf der Abschussliste des Staats, wenn es hart auf hart käme. Und falls sie auch mal wollten, konnte sie sich generös zeigen. Es würde in jedem Fall reichen.

Sie wuchtete den vollen schwarzen Plastik-Schmutzwäschekorb von der voluminösen Old-School-Waschmaschine, die gegenüber der Wanne stand. Im Korb lagen vornehmlich Damensachen. BHs, Rock, Unterwäsche. Ob hier noch jemand außer dem Typ wohnte? In dem einen abgesperrten Zimmer vielleicht.

Sie polierte einen Teil der ohnehin sauberen Oberfläche der Maschine nach und legte los. Wortlos. Die beiden standen schon Schlange, als sie sich umdrehte. Recht so.

Anke reichte dem einen den gerollten Schein, nahm ihm seinen Drink ab und trank daraus gierig wie ein kleiner Hund in der Wüste. Alkohol aus Durst zu trinken wie Wasser nach dem Sport, mochte bei Bier noch okay sein, bei einem Cocktail ächzte der Weltgeist aber schon beträchtlich. Doch Anke kam damit durch. Und die Jungs wurden immer zutraulicher. Wanne wankte zwar zurück an seinen Geburtsort und nahm dort wieder Platz, aber Schlampe gab alles, um Anke was zu bieten, über seinen Drink hinaus. Er hob ein kleines blassrosa Stück Papier auf.

»Ist ein Rezept für die Apotheke. Das Mittel heißt«, er stockte und »Betaisodona-Salbe« kam ihm auch nach einer kleinen Kunstpause nur schwer über die Lippen.

»Kennt man das?«

Nee.

»Aber der Arztstempel … das ist von einem Dermatologen!«

Anke verzog das Gesicht:

»Iiih! Dem schüttel ich aber nachher wirklich nicht mehr die Hand.«

Das reichte weit nach Mitternacht schon, um die neuen Bekanntschaften ausgelassen zum Johlen zu bringen.

»Diesen Moment würde ich mir gern als Klingelton runterladen!«, freute sich Wanne rührend.

Als Schlampe wieder konnte, sagte er:

»Dabei ist es ja so, dass die eigentlich sogar ›Ärzte für Haut- und Geschlechtskrankheiten‹ heißen. Das ist schon seit jeher die unpopulärste Fachspezifizierung bei Medizinern, weil man die Patienten dabei am meisten anfassen muss.«

Wieder drückte wer die Klinke und klopfte. Ja, ja. Man konnte den Ort nicht für immer halten. Das machte ihn nicht unbedingt unattraktiver.

»Gehen wir in die Küche, ich mach uns noch Moji.«

»Ich spucke auf die Küche!«, sagte Anke streng, musste dann aber lachen. Und hatte der Typ schon wieder abgekürzt. Wollte der denn gar nichts lernen?

Ankes Rausch schmeckte leider langsam bitterer als noch vor Stunden. Immer hörte alles auf. Immer ging was zu Ende. Wo das hinführte, dürfte im Großen wie im Kleinen klar sein. Und Zwischendurch führte man sich ein bisschen auf.

Sie entriegelten die Tür, Anke vermied es, in die Augen der Wartenden zu sehen, Wanne hielt den bösen Blicken der ziemlich vielen, die sich hier missgünstig aufgereiht hatten, stand. Was der andere machte, sah Anke nicht. Sie trabten quer durchs Geschehen zur Küche. Wie Enten an der Schnur. Ein toller Trip, irgendwo in der Menge schimmerte auch Tilman.

Neues aus Entenhausen. Und Wanne fragte Anke noch: »Schnüffelst du eigentlich immer überall rum?«

Wie unhöflich von ihm. Sie war halt eine Suchende.

»Das ist mein Lebensgefühl. Oder besser: Mehr fällt mir einfach nicht mehr ein, wenn ich ausgehe.«

+ + +

»Das ist doch nicht wirklich Frank Zappa, wie er auf dem Klo sitzt?« Gärtner befand sich im selben Bad, lediglich ein paar Stunden später und er hatte gute Lust, das Poster abzureißen. Dieses Frank-Zappa-Bild besitzen war doch kaum weniger peinlich, als wenn man nach seinen fünf Lieblingsalben gefragt immer auch eine von den Beatles nannte. Um zu versichern, dass man die Werte und den Wert des Popmusik-Kanons anerkannte. Wurde Zeit, dass seine ganze demütige Generation durch geschichtslose junge Frettchen weggebissen wurde. In dem Aufwasch könnte gleich auch Jim Morrisons Grab zugunsten eines Parkplatzes planiert werden. Groß was ändern würde sich durch die unvermeidlich kommenden neuen Pop-Ikonen der nächsten Generation aber wohl auch nicht. Perspektivisch hieß das nicht Revolution, sondern nur andere Poster in den Toiletten. Immerhin selbst das wäre Gärtner recht, seine Zeit stand ja ohnehin still. Und das sollte ihm Zappa jetzt büßen. Doch als er einen Schritt aufs Poster zumachte, schoss ihm merklich durch den Kopf, weshalb er eigentlich dieses Bad aufgesucht hatte. Er drehte sich hastig um, ging auf die Knie, in Gebetshaltung vor der linken Schüssel des Doppelwaschbeckens, öffnete den Mund, sein Oberkörper zuckte unter den Starthilfe gebenden Kontraktionen seiner Würgemuskeln, bis er sich endlich erbrach. Er röchelte, wiederholte sich. Immer weniger, immer weniger verließ ihn. Bald spuckte er nur noch. Dann warmes Wasser, es drosch aufgedreht in das Becken, Gärtner war es ein Leichtes, mit der Hand Spuren zu lösen. Puh. Und da sollte es wirklich Leute geben, die in Toiletten kotzten. Auf denen vorher vielleicht der haarige Arsch von Zappa saß. Und das stundenlang. Weil sich hier ja so viel zu lesen sammelte und weil er so gerne Scheußliches aß. Beim Kotzen las man dagegen nie. Und solange man nicht vorhatte, sehr lange Haare zu erbrechen, reichte der Waschbeckenabfluss völlig aus.

Gärtner sah auf seine Uhr. Im Sommer wäre es jetzt schon hell, zum Glück war es Winter. So blieb man zumindest etwas geschützt.

»Danach und Stunden später«, der Name einer bekannten Platte.

Rebecca hatte die Freundin ohne Baby, einen der Typen, jemand ganz anderes und den ewigen Gärtner noch zur Afterhour der Party von diesem Redakteur geführt.

Reise, Reise. Das war der Imperativ der Ausgehgesellschaft. Nur eine Adresse am Abend angesteuert und man musste sich vorkommen wie die Dritte Welt. Drei oder vier sollten es schon sein. Gärtner trocknete sich das Gesicht ab mit einem recht nassen Händehandtuch, im Spiegel erkannte er sich kaum, nicht weil er so entstellt war, sondern so unscharf sah. Was er dagegen gut sah, war, dass oben in dem schwarzen Plastikwäschekorb einige Unterhosen lagen, offensichtlich von einer Frau. Früher hatte er oft mal auf Partys Unterwäsche geklaut. Wenn er die Gastgeberin süß fand. Auch ohne in sie verliebt gewesen zu sein. Einfach so. Um Intimität zu bekommen, die ihm nicht zustand, und für die auf regulärem Weg so viel hätte passieren müssen. Mit dieser pubertären Abkürzung roch man plötzlich wie ein geiler Detektiv am baumwollenen Schritt anderer Leute. Vor vielleicht mehr als einem Jahrzehnt hatte er das zum letzten Mal gemacht. Gärtner drückte sich den Slip unter die Nase.

»Gott, vergib mir!«

Na, der würde sich auch wundern: Seit den letzten angstvollen Gebeten des kindlichen Gärtner hatte er nichts mehr von ihm gehört und jetzt rief er ihn wieder an – in dieser Situation. Betrunken, in ein Höschen schnaufend, damit dieses warm würde und dadurch intensiver seinen Geruch abgebe.

Morgen früh, wenn Gott will, wirst du wieder geweckt.

Wenn.

Das Höschen war dabei recht unscheinbar, keine Farbe, kein exaltierter Schnitt. Gärtner mochte das Unverstellte daran.

Die Pheromone, die er atmete, wirkten schon. Gärtner dachte diffus an Sex. Wem gehörte das Teil eigentlich? Wenn nicht dem Wohnungseigner, dann wohl dessen Freundin, oder? Das hieße dann, vielleicht blies er gerade gegen den dessen getrocknetes Sperma, was sie nach einem heißen morgendlichen Ateliersfick den Tag über abgegeben hatte. Bei dem Geruch, der dann in der Kleidung zurückblieb, waren die Geschlechter nicht mehr zu dechiffrieren. Höchstens durch Biochemiker. Gärtner versuchte sich von dem Gedanken zu lösen. Fremdes Sperma? Ach, er hätte es doch auch nicht besser verdient. Stopfte sich den Slip in die Hosentasche und verließ das Bad.

In dem großen Zimmer befanden sich immer noch Leute, es lief zu laute Musik. Deutscher Hip-Hop aus der Gosse. Ironie und Enthemmung hatten sich bei der verbliebenen Partygesellschaft wohl zum Maß der Dinge gemacht. Der Gastgeber selbst steuerte den infernalischen Krach an seiner fetten Angeber-Anlage. Unglaublich. War hier vielleicht noch jemand mit viel schlechtem Speed eingelaufen, als er eben über dem Waschbecken hing? Jedenfalls, das durfte klar sein, das hier war das letzte Aufgebot der Feier. Gleich kämen bewaffnete Nachbarn oder echte Bullen. Und das Parkett sah aus.

Gärtner ging zu Juli. Der stand träge und komisch in einer Ecke, allein. Neben ihm schlief jemand auf dem Boden, den konnte man beim besten Willen nicht zählen. Gärtner hatte Juli per Handy zu sehr später Stunde noch hierhin genötigt. Richtig rein war der offensichtlich nicht mehr gekommen. Aber Gärtner hatte immer das Gefühl, Juli wollte mehr, als er ihm geben konnte. An Zeit und gemeinsam geteiltem Nichts.

Gärtner hielt Juli eine Flasche Bier hin. Wie im Männerstreichelzoo.

»Ey, Juli. Ich habe gerade gekotzt.«

Nichts. Was war denn mit dem los? Erkannte der seinen alten Götzen nicht mehr, wenn er direkt vor ihm schwankte? Der alte Götze Gärtner bzw. Kotzen?

»Ey, Juli. Mann bin ich voll. Tragt mich ins Auto, ich fahr euch alle heim!«

Wieder nichts. Mit Juli schien nichts los. Und Gärtner hatte keine Lust mehr, den schuldigen Animateur zu spielen. Nur weil er ihn vielleicht blöd hierher zitiert hatte. Und weil Juli vorhin so komisch ernst war und gesagt hatte:

»Du bist nie da.«

Gärtner war fast wütend. Denn genau genommen hatte er doch auch nie behauptet, da zu sein. Für wen auch immer. Nie behauptet! Was eine Forderung auch.

Immer kam dieser unangenehme Moment auf – wenn die unverbindlichen Beziehungen, die man pflegte, nach Verbindlichkeit ächzten. Dieser Wunsch entsprang doch nur einer Fantasielosigkeit. Und mal ehrlich, er nervte. Gärtner war halt nicht da. Es ging einfach nicht. Punkt. Nicht immer da, kapiert? Aber eben manchmal, vielleicht sogar oft, zumindest jetzt gerade. Und was gab es als Dank von Juli? Diese Fresse.

Gärtner ging zu dem Mädchen, das vorhin die Geschichte mit der Traumhochzeit erzählt hatte. Er nahm sie in den Arm wie einen alten Kumpel aus der Schlacht von Verdun. Sie hieß Rakete oder Katrin. Er würde wohl noch mal fragen müssen. Sie ließ das geschehen und lachte ihn an. Sie hatte blaue Augen, war größer und dürrer als Anke, ohne dass die klein und dick wäre.

»Hey, du bist ja auch hier.«

Gärtner drehte sich erschrocken um.

Tilman stand ihm gegenüber. Eine Strähne war aus der Frisur gefallen und wedelte jetzt widerspenstig in seinem Blickfeld herum, ansonsten schien er aber vollkommen aufgeräumt. Um circa sechs Uhr morgens eine echte Leistung.

Und Anke?

»Und Anke?«

»Die ist mit Linda schon vor 'ner Stunde weg. Und mit so zwei Typen.«

Gärtner glotzte blöde.

»Waren, glaub ich, schwul.«

Aha?

Rakete/Katrin hielt Gärtner eine Zigarette hin. Sie brannte scheinbar schon länger.

»Willste?«

Klar, er wollte. Diese unübersichtliche Lage. Seine Wahrnehmung flackerte wie Strobo. Tilman ging irgendwo hin. Es läutete Sturm an der Tür. Rakete/Katrin fragte:

»Wollen wir gleich noch zu mir?«

FÜNFTER TEIL

ROMKERHALL

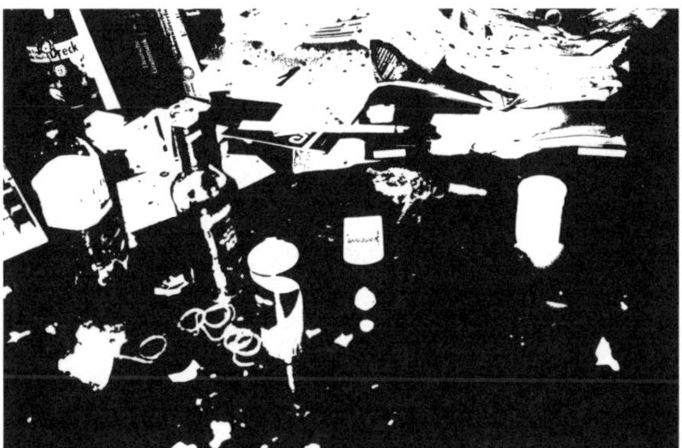

»Wo sind denn wieder die Schlüssel?«

Gärtner drehte sich im Bett wie eine Schlange. Schlüssel, Schlüssel. Man konnte meinen, man hörte nichts anderes mehr. Missmutig matschte er sich durchs Gesicht, rieb sich notdürftig die verklebten Augendeckel auf. Wie ein Säugetier, das aus einer Pfütze getrunken hat, die schon eine Haut wie ein alter Pudding trug.

»Mann, die Hausschlüssel!?«

Anke stand neben dem großen Bett. Gärtner guckte raus. Sie rein. Er hustete.

»Keine Ahnung. Wenn du mir eigene geben würdest, müsste ich nicht immer deine verlieren.«

Anke hatte schon den Mantel an. Mit dem Fellkragen. Vom Bett aus gesehen, wirkte sie damit, fand Gärtner, nicht wie eine Fünfzigerjahre-Hollywood-Erscheinung, sondern wie ein Rapper. Die trugen so was auch und die sah man heute häufiger als Audrey Hepburn und ihre Leute. Aber natürlich sah sie aus wie eine Rapper-Schönheit, das auf jeden Fall.

»Du *hast* einen eigenen Schlüssel«, sagte Anke, obwohl sie wusste, dass er das wusste.

»Und der liegt hier.«

»Dann nimm doch den«, mümmelte Gärtner aus der Pfütze der Nacht.

»Ich muss vielleicht auch die Redaktion aufschließen. Ich brauch meinen Schlüsselbund!«

Gärtner stand murrend auf. Schlurfte in sein eigenes Zimmer, kam zurück. Er hatte den Schlüssel. Er küsste sie auf die Wange und träumte davon, gleich allein zu sein. Scheiß Alltagslieblosigkeit, aber was sollte man machen?

Anke sagte bis bald. Smaragd lief müde durchs Zimmer, im Hintergrund hörte man das Rauschen der Dusche. Das musste Areti sein.

Es war die letzte Woche vor Weihnachten.

Hinter Anke fiel die schwere WG-Wohnungsaltbautür ins Schloss.

Gärtner versuchte wieder einzuschlafen.

Es ging nicht.

Er musste an so vieles denken. Seine Krankenversicherung, die Geschenke für Anke, die Frankfurt-Journal-Party vor ein paar Wochen, seinen Job und welche Ideen er hatte, den neuen Auftrag richtig gut zu managen. Er promotete mit seiner humpeligen Minifirma die nicht unbekannte Band Diet Happy, was er erst vor drei Tagen erfahren hatte. Und draußen krächzte schon wieder der Vogel.

Wie sollte man denn überhaupt noch schlafen?

Machten diese gefiederten Ärgernisse nie Pause? Was war zum Beispiel mit Winterschlaf oder der Fahrt nach Süden? War das ein ornithologischer Mythos?

Er huschte in Unterwäsche in sein Zimmer. Nicht dass er auf Areti stieß, die vielleicht aus dem Bad kommen würde, ihre Dusche lief nämlich schon nicht mehr. Allerdings ging Areti immer voll bekleidet ins Bad und kam so auch wieder raus. Peinliche Situationen waren dadurch ausgeschlossen. Von ihrer Seite zumindest. Gärtner musste dagegen halb nackt huschen und rang dabei dem Hund, der sich wieder auf seine Decke gelegt hatte, einen trägen Augenaufschlag ab.

Gärtner zog sich an, hustete, wurde dadurch daran erinnert, dass er Raucher war. Aus dem Gedanken wurde Verlangen. In Rekordzeit.

Gärtner stand bald ungeduscht, mit pelzigen Zähnen, voll bekleidet neben seinem Rechner. Er entschied sich, Smaragd an diesem Kaltstart teilhaben zu lassen.

Gärtner rasselte mit der Leine – drei Stunden eher, als es der Hund mittlerweile gewohnt war. Das begeisterte Wedeln fiel daher auch sehr mechanisch aus. Smaragd gähnte. Sollte er wieder umgewöhnt werden? War echt eine Rosskur, dieses dauernde Auf und Ab. Er trottete aber mit.

Draußen war es kalt. Aber nicht mehr so kalt wie in der Nacht mit den Tagliatelles und der Soße und der Party mit Frank Zappa, Kotzen und Rakete, auf der er Juli verloren, oder wenn man es genau will, stehen gelassen hatte.

Man sah den Atem nur, wenn man es richtig drauf anlegte.

Gärtner hatte endlich einen Auftrag. Sein ehemaliger Chef aus Berlin hatte höchstpersönlich angerufen. Und halb geheult. Wie beschämend. Von all ihren Gegensätzen zu der Zeit, als er dort noch arbeitete, war keine Rede mehr gewesen. Fand Gärtner zwar obszön, aber ihm selbst konnte es natürlich nur dienlich sein. Der Alte hatte gejammert, nach den vielen Entlassungen sei die Stimmung immer mieser geworden. Kunststück. Ganze Abteilungen müssten ja weiterhin noch mit der Schließung rechnen. Und nebenbei stapele sich die Arbeit für die Hinterbliebenen wie blöde. Anscheinend musste Todeskampf nicht immer dynamisch sein. Er konnte auch ziemlich langweilen. Zumindest empfand Gärtner das so aus der Distanz der Halb-Provinz, die er aufgedrückt bekommen hatte.

Jedenfalls sah sich sein Ex-Chef gezwungen, einiges an Arbeit an externe Promoter rauszugeben. Für symbolische Beträge, aber immerhin doch noch für mehr, als er sonst so bekam. Und die Band, um die es ging, damit konnte man schon mehr reißen als mit der jazzigen Himbeertony-Kapelle aus Kalabrien oder Sonstigem aus der Pop-Diaspora, was er die letzten Monate größtenteils betreut hatte.

Nein, mit Diet Happy – da konnte man mindestens ins Fernsehen. Und die vom Hörfunk durfte man befehligen wie Zinnsoldaten. Also die von den kleinen und normalen Hörfunksendern. Den paar Großen musste man auch hiermit demütig den Hof machen. So lief das eben.

Gärtner fühlte sich angespannt aber gut. Die frische Luft und der Hund waren ihm Zepter und Reichsapfel.

An diesem frühen Morgen.

Wie viel mehr Zeit man hatte, wenn man früh aufstand. Gärtner dachte an sich und dieses kleine blöde Glück gerade.

Er musste ehrlich zu sich sein, mit ihm hatte doch keiner mehr Bock mitzufiebern. Lag vielleicht an der Abwesenheit einer Utopie im Leben, im Job, in der Beziehung.

Okay, so war es. Gärtner seufzte, Smaragd pinkelte gegen einen Gegenstand. Die anderen waren doch auch nicht besser. Mit ihren Fressen und ihren Lügen – und ihren scheiß Platten zu Hause. Aber darauf konnte man sich auch nichts einbilden.

\+ + +

So kurz vor Weihnachten war eigentlich nicht mehr viel los im Büro. Die Modemagazinbranche schenkte sich die Tage um Weihnachten und Neujahr. Schließlich war man eine monatliche Publikation und konnte dementsprechend timen. Anke wollte nur die letzten Dinge auf den Weg schicken.

Aber noch bevor sie sich an ihren Schreibtisch gesetzt hatte, kam schon Tilman zu ihr. Er sah so fertig aus. Blass. Anke kannte das bereits von der Affäre mit der Plattenfirma und der angedrohten Klage. Aber es erschreckte sie auch beim zweiten Mal noch. Er wirkte verhärmt, richtig böse. Was war denn nun schon wieder los? Ständig geriet selbst dieser Atlas, der eine Welt aus Selbstzufriedenheit auf den Schultern trug, ins Wanken. Was war das nur für eine verhexte Zeit?

Tilman trug ein Tweed-Jacket und eine Lederkrawatte. Sah verboten aus wie Münchner Freiheit.

»Unser Verleger ist hier! Den hat die Plattenfirma jetzt wohl noch mal direkt angegangen. Diese Ärsche. Und wo haben sie den Typ denn ausgegraben? Bei einer scheiß Weltumseglung, oder in seinem Zeppelin, oder was?«

Er machte eine Kunstpause. Und sagte dramatisch:

»Ich werde dich wohl nicht halten können.«

Was?

Besuch vom Verlag, das war nie ein gutes Zeichen. Eher wie dieses Beethoven-Thema, das Schicksal klopft an die Tür.

Dat, dat, dat, daaa!

Soviel konnte sicher sein, schöne Weihnachtsgrüße gab es nur per Post. Die Hessische Vogue stellte ja nur Teil eines großen Ganzen dar. Es gab die Münchner Cosmopolitan, eine Ost-Marie-Claire, NRW-Elle, St. Pauli Nachrichten und Asterix schwätzt Schwäbisch. So ungefähr musste man sich das Verlags-Portfolio vorstellen, vielleicht noch ein paar komische Titel mehr. Alle gehörten einem Mann. Der über Magazine hinaus noch diverses andere besaß: Druckereien, eine Kaffeehaus-Kette, Immobilien, Spiekeroog und und und. Solange man Quote machte, war es locker – man bekleidete einen guten Job mit ziemlich absentem Boss.

Jetzt aber war der aus seiner Höhle an die Oberfläche gestiegen. Das hatte bei aller betriebswirtschaftlichen Banalität des Unternehmens für seine Vasallen etwas Apokalyptisches.

Tilman glotzte durch Anke durch. Sie setzte sich erst mal.

Er würde sie nicht halten können? Na, aber danke, dass er es gar nicht erst versucht hatte.

Tilman wirkte zwar entschuldigend, aber viel distanzierter in seinen Gesten als sonst.

»Das ging ja aber auch nicht. Das hättest du nicht machen dürfen. Ich kann die Plattenfirma schon verstehen. Die verlieren gerade echt den Boden unter den Füßen.«

Tilman winkte offensichtlich bereits von der anderen Seite der Medaille zu ihr rüber.

Hilfe, wer sollte denn jetzt für Gärtner und Smaragd sorgen? Und woher bekam sie das viele Geld, das sie so formlos jeden Monat in die Läden und sonst wohin trug? Sie würde nicht mehr so einfach im Reformhaus teure Fleischderivate und Säfte kaufen können. Sie müsste Blätter vom Baum essen wie andere mittellose Vegetarier, oder hieß das dann sogar äsen, wie beim Wild?

Egal. Wo bekam man denn wieder eine solche Stelle her? Über arbeitsamt.de sicher nicht. Und was war mit Arbeitsrecht? Konnte das nicht noch was bringen? Sie hatte sich nach der Abmahnung nichts mehr zu schulden kommen lassen – alle Klopse der Plattenindustrie waren zuletzt glaubhaft bejubelt worden. Wie viel Commitment wollte der Weltkonzern denn noch? Verzettelte der sich nicht ein bisschen bei diesem Krieg?

»Wie lange weißt du das denn schon?«

»Die sind eben aufgetaucht wie Kommando Delta Force, ich …«

Ein hagerer Mann Ende 30 steckte seinen Kopf durch die Tür. Man konnte erkennen, dass er einen gut sitzenden dunklen Anzug mit Krawatte trug. Sein Scheitel würde demnächst mal wieder einen Schnitt vertragen können, er hatte graue Schläfen.

Ein Mann mit grauen Schläfen, freitags Bridge und samstags Golf, wär gut, wenn wir uns einmal träfen, er ist ein Zwilling und heißt Rolf.

»Kommen Sie bitte?«

Er meinte Tilman. Der kam.

Was für ein Showdown. Anke wollte bis vor ein paar Minuten nur ein paar Mails checken und jetzt plötzlich galt sie als »nicht mehr zu halten«? Wegen dieser eigentlich schon ausgestandenen Sache um Gärtners Kritik?

Wer hätte sie angerufen, wenn sie nicht zufällig heute noch mal reingeschaut hätte? Vielleicht wäre ein Telegramm am 24. gekommen.

Oder ein Anruf einen Tag später. Da wollte sie mit Gärtner eine Woche in den Weihnachtsurlaub. Nach Romkerhall.

Anke überlegte, ob sie vielleicht weinen sollte. Aber ausgerechnet hier, wo in diesem Moment Tilman mit den Typen vom Verlag im Konferenzraum ihr Schicksal besiegelte? Nein, danke! Vielleicht später allein. Sie zog ihr Handy raus, irgendwem irgendwas mitteilen. Bloß was? Steckte es wieder weg, schaltete erst mal den Rechner an. Der billige THX-Sound, den das Betriebssystem beim Hochfahren abspulte, klang unmöglich. Lag wohl an den kleinen Boxen. Das verlangte Passwort war: »PANZ3RHÖ11E«. Super sicher. Immer Ziffern und Buchstaben kombinieren.

Anke entschied sich, einfach die Mails, wegen denen sie hier war, zu schreiben und zu beantworten. Gute Idee – oder war das schon Schock? Füße höher als den Kopf legen? Sie tippte abwesend aber korrekt Korrespondenz.

Aus dem Raum, in den Tilman zum Gespräch zitiert war, drang Rauch unter der Tür durch, Blitze mussten da drin zucken und donnerte es nicht auch? Jemand schrie: »Halt's Maul, du dummes Schwein!« und »Abknallen wie einen Hund!« Tierisch. Oder waren das stressige Halluzinationen Ankes und da drinnen wurde doch nur kaum hörbar geredet? Mmh, schon wieder dieser Donner. Anke legte das Gesicht in ihre Hände und atmete durch, sie spürte in ihrem Magen passierte mehr als gewöhnlich.

Nach einer Ewigkeit und dennoch vermutlich weniger als zehn Minuten kam Tilman aus dem Konferenzraum zurück ins Zimmer gestürmt, er hatte schon seine schicke Ledertasche, aus der einige Hochglanzzeitschriften ragten, unter dem Arm und suchte offenbar nur noch seinen langen Mantel, den er bei Anke im Büro über einem Stuhl hatte liegen lassen.

Anke erschrak, weil er so knallig und unvermittelt aufgetaucht war. Und aus dem Raum, den er verlassen hatte, drang nur ein niederfrequenziges Rasseln. Wie im Reptilienzoo. Was war denn bloß los?

»Was ist denn bloß los?«

Er starrte sie entgeistert an. Um Himmels willen, dieser Blick … war er verrückt geworden?

»Ha! Mir ist das ganz recht!«

Er sprach nicht direkt mit ihr. Aber für einen inneren Monolog schienen seine Gedanken zu laut.

»Ich habe sowieso bessere Möglichkeiten. Und denen werde ich eine Abfindung rauspressen, dass sie Tränen in den Augen haben. Mir tut das nicht weh, nein, nein! Sollen sie sich doch selbst ficken. Ich mache erst mal von deren Geld locker ein halbes Jahr Urlaub! Schönen Gruß unter Palmen, ihr Wichser!«

Anke staunte. Tilman hatte anscheinend noch ziemlich viel Resturlaub.

Und außerdem war ihm wohl gekündigt worden.

Tilman nahm die Jacke, zog sie über, zeigte sich dabei aber immer noch nicht bereit, Anke zu erklären, was geschehen war. Er presste noch ein hasserfülltes »Tschüss« ab, nur um dann das Gebäude mit großen Schritten zu verlassen.

Als Anke ihren Blick von dem verschwundenen Tilman abließ, erschrak sie. Direkt neben ihr stand der Mann mit den grauen Schläfen. Jetzt war sie dran. Sollte sie das CS-Gas aus ihrer Handtasche ziehen? Und wo war die denn bloß? Aber es klang überraschend sanft, als er sagte:

»Frau Mohnhaut?«

Anke nickte, sie leckte bei geschlossenem Mund gegen die Hinterseite ihrer zwei Schneidezähne, sie schmeckte Adrenalin.

»Wenn Sie bitte auch einmal kommen mögen.«

Anke nickte ein weiteres Mal. Als sie mit der Maus auf dem Bildschirm ein Fenster schloss, merkte sie, dass sie zitterte.

\+ + +

Ein paar Monate zuvor. »Weihnachten verbringen wir aber nicht auch noch mit deinen spastischen Eltern«, hörte Gärtner seine Freundin unvermittelt rufen, während er im Gemeinschaftsraum der WG, also dem Quasi-Wohnzimmer am Esstisch saß und eine spannende Bierdokumentation im Fernsehen sah.

Klar, sie hatte ja Recht, ein solches Familienfest der Generationen wäre für ihn auch ein Horror, zumal seine Eltern es sich ohnehin schon nicht nehmen ließen, immer mal wieder zum Kaffee am Sonntag einzulaufen – weil sich das so prächtig mit einem Bummel durch Frankfurt verbinden ließ. Aber trotzdem. Blut war dicker als Wasser. Wenn auch dieser diffuse Moment der Nähe mit seinem Vater an jenem Morgen vor dem Laubsauger nicht der Auftakt für ein tiefer gehendes, sich entwickelndes Verhältnis gewesen war. Aber trotzdem: »Wie redest denn du über meine verdammten Eltern? Ich zieh dir gleich die Hose runter und jag dich durchs ganze Haus.«

Anke kicherte. Sie saß an seinem Rechner und bestaunte gute Dinge auf eBay. Wenn man nur wusste, was einem gefiel, begehrte man immer mehr und mehr. Als sie von Wham! den Song »I'm Your Man« gesucht hatte, drängte sich auch der Hinweis auf »Last Christmas« auf den trüben Gärtnerscreen.

»Putz mich«, hatte sie dabei mit den Fingern in den Monitorstaub geschrieben, wie man es sonst nur bei dreckigen VW-Bussen am Straßenrand tat.

Aber zurück zu »Last Christmas« – stimmt, in vier Monaten war ja schon wieder Weihnachten.

Und in diesem Wendejahr hatte Gärtner seine Eltern mehr als häufig gesehen.

»Wir können aber nicht hier bleiben und Raclette essen und Playstation spielen, während meine Alten 3000 Meter Luftlinie in Hattersheim die Garagen anheulen und Altersdepressionen entwickeln.«

»Du sagst es, Schatz. Wir müssen einfach weg während der Tage.«

Hört, hört. Gärtner verlor seine TV-Doku aus den Augen. Bis jetzt hatte er an Weihnachten immer zu Hause rumgehangen – war das denn kein kulturelles Naturgesetz? Selbst zu seiner entfremdetsten Zeit in Hamburg hatte er es nicht ausgelassen. Damals war er im neu gekauften Anzug aufgelaufen und hatte Vater so kräftig und gleichwertig die Hand gedrückt wie nie zuvor – und auch nie wieder danach. Geld verdient, für Musik gelebt und den Eltern vormachen können, der Dandy-Look seines Anzugs wiese ihn als Yuppie aus. Was hatten die sich die Finger nach ihm geleckt. Die komplette Nachbar- und greifbare Verwandtschaft wurde von Mutter vermeintlich beiläufig an ihm vorbei gelotst. Wie wenn man einen Promi im Café sieht und immer wieder aufgeregt an ihm vorbei schlendert – mit wechselnder Begleitung, der man davon erzählt hatte.

Wenn er nicht gerade solchen repräsentativen Aufgaben nachgegangen war, hatte er viel gepennt bei diesen Besuchen zu Hause. Der neue Job damals hatte sich außerordentlich zehrend ausgewirkt.

Und jetzt, jetzt sollte er endlich mal an Weihnachten nur zu Hause anrufen statt live aufzuspielen – und statt Glockengeläut oder »Schneeflöckchen Weißröckchen« würde er mit seiner entkleideten Partnerin bumsen? In einem schäbigen Hotel irgendwo weit weg?

Ja, klasse!

Im Fernsehen wurde Werbung gezeigt, er stellte per Fernbedienung auf stumm. In seinem Zimmer quietschte Anke vor Wonne. Das wollte er sich mal ansehen.

Anke strahlte, als er kam. Offensichtlich hatte sie was zu zeigen.

Sie lächelte ihn an, er lächelte zurück:

»Hey, in der Vergnügungsindustrie des Internets wird Lachen zum Betrug am Glück.«

»Was? Nee, mal echt jetzt. Ich habe den ultimativen Ort für unser Weihnachten gefunden. Das Königreich Romkerhall!«

Gärtner runzelte die Stirn.

»Ich hab aber echt keinen Bock darauf, Ski zu fahren. Da kam ich mir früher immer vor, als wäre ich ein Hamster, der in seinem Rad auf und ab jagt und nasse Füße kriegt und dieser reaktionäre Hüttenzauber, Jagertee, holzgetäfelte Trachtenfolklore – und diese Pisten in den Berg gehauen – das nennt man Ökofaschismus!«

Sie waren zu der Zeit knapp ein halbes Jahr zusammen. Und schon schien es also befriedigender, sich aufzuspielen, als unmittelbar ihre Freude zu bestärken? Eigentlich musste man so verflucht an oder gegen sich arbeiten. Eigentlich hielt er es aber auch nicht für möglich, auf Dauer glücklich zu sein. Aber selbst wenn tatsächlich alles so fatal wäre, an dem Punkt waren sie beide ja noch lange nicht. Sie waren eher bald in Romkerhall.

Romkerhall?

»Gärtner, da läuft man doch nicht Ski. Das ist im Harz in der Nähe des Brockens, wo die Hexen wohnen.«

Gärtner zuckte mit den Schultern.

»Ja, und?«

»Romkerhall ist das kleinste Königreich der Welt. Die haben sogar eine eigene Währung, eine Prinzessin und einen künstlichen Wasserfall.«

Gärtner stand hinter ihr. Lichtenstein, Luxemburg, Andorra, das waren die kreuzworträtselbekannten Mini-Staaten, die Großmächte reiner Höflichkeit wegen unbesetzt ließen und ihre Industrie nur aus Desinteresse nicht ins Ruhrgebiet demontierten. Aber Romkerhall? Wenn es das gäbe, man hätte es ja wohl irgendwo schon mal gehört.

»Das gibt es doch nicht.«

Anke griff mit einer Hand nach hinten, steckte drei Finger zwischen seinen Hosenbund und die massive Gürtelschnalle und zog ein wenig, er musste sich an ihr abstützen, um nicht in die Tastatur zu fallen. Anke las absolut enthusiastisch von einer Webseite vor.

»König Georg der V. von Hannover und seine Frau Prinzessin Marie von Sachsen-Anhalt gefiel der Ort 1862 so gut, dass sie hier einen Jagdsitz errichteten. Und weil sie den Aufbruch der Industriegesellschaft spürten und wundersam degenerierte Adlige und Romantiker waren, ließen sie einen künstlichen Wasserfall bauen. Indem der kleine Fluss Romke umgeleitet wurde. Vor dem Jagdsitz brach sich nun ein kleiner Strom aus den Bergen. So entstand Romkerhall.«

Gärtner war beeindruckt, das gab es ja wirklich. Dabei schien es weiter vom Allgemeinwissen entfernt als die letzte, die Millionenfrage eines Fernsehquiz.

»Oh, und guck mal«, Anke zoppelte ihn aufgeregt am Gürtel.

»Die prägen sogar eigene Münzen, die sind ein echtes Land.«

Die abgebildeten Münzen sahen für ein eigenes Land aber etwas abgegrabbelt aus, es waren Romkerhaller Königsthaler. Mmh, Thaler.

»Ist wahrscheinlich wie Disneydollars für Disneyland.«

Anke runzelte die Stirn.

»Mann, Disney – dieser glanzlose fordistische Spießer-Kitsch. Das ist doch kein Vergleich mit Romkerhall. Die sind Könige. Bei denen ist man dann plötzlich Prinzessin. Und isst an einer langen eichenen Tafel süße Beeren und unten lecken einem Perserkatzen die Milch von den Zehen.«

»Äh, steht das da auch?«, fragte Gärtner ein wenig skeptisch.

»Also, das kann man sich ja wohl denken«, erwiderte Anke und klickte einen Balken im Menü an, auf dem »Prinzessin« stand.

Sie las mit ihrem Partner im Nacken:

»Sabina ist Kronprinzessin von Königreich Romkerhall und die Regentin. Im Jahre 1992 wurde Contessa Sabina urkundlich zur Kronprinzessin bestimmt.«

Anke war glücklich, sie schien in Romkerhall verliebt zu sein. Gärtner ging es auch gut, er war nun doch wieder verliebt in ihre Begeisterung. Der Ort und die recht schäbige Webseite interessierten ihn dabei eher am Rande.

Er legte ihr beide Hände auf die Schultern. Und begann sie ein bisschen zu kneten. So, wie er sich vorstellte, dass sie das angenehm empfände.

Anke schmiegte sich an seine Hände, machte dann ein Hohlkreuz. Ihre Schulterblätter drückten sich markant aus dem Rücken, Gärtner kannte den Begriff dafür noch von ganz früher: Flügelchen. Und wie schön Ankes waren.

Sie trug nur ein T-Shirt. Keinen BH. Den hatte sie schon nötig, aber auch nicht so, dass es zu Hause nicht mal ohne ging. Gärtner schob ihr Shirt so hoch, dass es ihre Brustwarzen halb freigab. Halb. Genau auf beiden Spitzen balancierte der Stoff. Anke konnte ihre Brust in der matten Reflexion des Computerbildschirms betrachten.

Das Urbewusstsein von der Hässlichkeit sexueller Organe – kein Gedanke daran. Sie fasste nach hinten, hakte sich wieder in seiner Gürtelschnalle ein, strich aber diesmal mit dem Handrücken über die Knopfleiste seiner weißen Jeans. Er kam ihr entgegen. Nur das T-Shirt hielt nicht mehr an ihrem Busen, es rollte sich lautlos wieder hinab. Gärtner umfasste es unten am Bund, aber statt es hochzuziehen, griff er ein Stück und drehte es in seiner Hand. Der Stoff, den er jetzt umfasste fehlte so dem restlichen Shirt. Es spannte, es war weich, hellblau, ihre Brüste drückten sich nun sichtbar aus dem eben noch formlosen Casual-Hemdchen. Anke atmete hörbar. Gärtner auch. Er beugte sich runter, um ihren Nacken zu küssen: Damit er ihr dabei nicht die Hand brach, schlüpfte sie auf den letzten Drücker aus seiner Schnalle.

Sie las: »Die Zulieferer, welche Wachteln, Schampus und die neusten Ringe nach Romkerhall schaffen, haben das Recht, sich ›Hoflieferanten‹ zu nennen.«

Sie sagte es sehr sachte und wurde zum Schluss immer leiser. Dieser Satz sollte keine Abschweifung sein, sie gab zu verstehen, wie sehr seine Zärtlichkeiten sie beeinträchtigten.

Und als er spürte, wie sie unter seinem gehauchten Kuss eine Gänsehaut bekam, fühlte er sich erst recht elektrisch. Er drehte ihren Stuhl. Der war drehbar, ein Bürostuhl, ein Kinderspiel. Wieder verknappte er an der Seite ihres Hemds den Stoff. Und berührte mit der anderen Hand ganz langsam eine ihrer rausgedrückten festen Brustwarzen. Langsam. Draußen schien noch Abendsonne, sie hatten ja Zeit. Anke fuhr ihm durchs Haar.

Er sah sie an. Mist, hätte er sich doch vorhin noch rasiert, dann müsste er nicht wie ein Scherbenhaufen diese schöne milchige Haut zerkratzen. Jetzt war es dafür zu spät. Sie waren schon zu weit gekommen. Er näherte sich ihrer immer noch verhüllten Brust mit seinem Mund. Fuhr mit der Zunge über die sich detailgetreu abzeichnenden Spitzen. Durch das T-Shirt. Links, dann rechts. Es schmeckte sogar gut. Er kannte den Geschmack von Baumwolle von früher. Dann bewegte er sich ein wenig zurück. Und besah das, was geblieben war. Zwei dunkelblaue Flecken, auf den drängenden Konturen ihres Busens, der in dem verengten T-Shirt größer als sonst erschien. Er stand auf, sie auch. Sie fasste von oben in seine Hose, am Bund seiner Shorts vorbei, durch seine gestutzten Golf-Haare. Dabei gab sie ihm einen Zungenkuss.

Nicht wenig später vereinigten sie sich. Einfach so. Auf der Tagesdecke ihres Bettes, auf die sie es noch geschafft hatten.

Das ging eine kleine Weile.

Gärtner leckte ihr übers Auge. Das war zu viel, sie ließ es sich kommen.

Fünf Minuten danach hatten sie wieder etwas Atem.

»Morgen bringe ich dir einen Blumenstrauß mit«, sagte Gärtner mit übergeschnappter Euphorie.

Anke lächelte himmlisch, das ganze Zimmer roch nach ihnen.

Sie waren schon ein gutes Team. Warum sollten sie es nicht gemeinsam schaffen?

+ + +

Der Motor des Senioren-Saabs dröhnte gedämpft in den Innenraum. Gärtner fuhr die empfohlene Richtgeschwindigkeit auf deutschen Autobahnen, konstant 130. Alarm-für-King-Cobra-11-High-Speed-Stunts gehörten den Profis und Proleten.

Es war der Saab seines Vaters, mit dem sie nach Norden ins Königreich Romkerhall fuhren.

Anke saß neben ihm, setzte sich eine beige Sonnenbrille mit riesigen runden Gläsern auf, klappte die Sonnenblende runter, betrachtete sich gründlich.

Dann sagte sie nachdenklich:

»Ich sehe aus wie Grace Kelly.«

»Nee, du siehst aus wie Hermann Göring.«

»Bitte?«

Anke schaute durch die getönten Gläser auf den bösen Schemen, den sie für Gärtner am Steuer hielt. Die Brille, die sie trug, machte das Sichtfeld ziemlich dunkel.

»Ich sagte, du siehst aus wie die, die im alten Ägypten in Eselsmilch gebadet haben soll.«

»Hermann Göring?«

Gärtner nahm seinen Blick von der schlüpfrig geregneten Fahrbahn, vor ihm fuhr ein Kleintransporter.

»Spinnst du, Anke? Nein, na gut, dann wie du es gesagt hast, wie Grace Kelly. Und nimm mal die Karte hoch und guck bitte, ob wir am Gießener Kreuz die A7 nehmen müssen.«

A7? Anke war erleichtert, sie nickte. Ja, klar, Grace Kelly. So war es doch auch. Alles locker. Nur wieder so eine Einbildung. Hervorgerufen durch erquicklichen Wahn oder vielleicht auch einem auf die Schläfenlappen drückenden Hirntumor, von dem sie noch nichts wusste.

Außer dass sie Göring statt Kleopatra gehört hatte, war nichts sicher. Und komisch … das war das erste Mal, dass sich ihre absonderliche Dysfunktion in Gärtners Worte eingeschlichen hatte. Als Grund zur Freude konnte sie das nicht werten. Denn neben dem mäßigen Entertainmentfaktor der Sache hatte das Auftauchen vielmehr immer etwas Unheilsahnendes. Na, hoffentlich täuschte sie sich damit.

Schließlich lief es doch auch gerade überraschend gut. Immerhin bekleidete sie seit wenigen Tagen einen neuen Job. Im alten Laden. Sie hatte die Interimsredaktionsleitung vom Verlag bekommen. Wenn sie sich bewährte, wäre sie erste Wahl auf die neue Besetzung der Stelle.

Tilman dagegen hatte das Unternehmen verlassen müssen. Ob das mit einer abstrakten Kategorie wie Gerechtigkeit harmonierte? Immerhin hatte Ankes Arbeit die ganze Krise ausgelöst, andererseits trug natürlich Tilman als Teamleiter die schlussendliche Verantwortung. Das war Teil des Jobs. Vermutlich aber, das hatten die grauen Herren im Gespräch mit ihr nur mäßig verschleiert, empfand es der Verlag als recht dankbar, diese Affäre verwenden zu können, um einen mitunter unerhört profilierungsbedachten Mitarbeiter aus dieser gehobenen Position zu bannen. Gerodet wird im Tal. Da kam dieses Tal gerade recht.

Dafür sprach auch, dass Anke erfuhr, die Plattenfirma strebte letztlich keine Klage an, die hob sich den Präzedenzfall noch mal auf. Im Widerstreit mit Kunden und Markt noch mehr in die Rolle einer GEZ für Musik zu geraten, das schien trotz Todes- und Gefängnisdrohungen für Raubkopierer nicht das heilbringende Mittel darzustellen. Es herrschte ein Anflug Demut auf dem Medienplanet der Affen.

Ankes Loyalität zu Tilman hielt sich in Grenzen. Seine arrogante Art, das Markige hinter der immer schütterer werdenden Hochschulbildung … Und nicht zu vergessen die Knutscherei, die er stets anführte, die in jeder schmierigen Andeutung lag. Charakterlich schlecht ausgebildet fand ihn Anke. Den Job hatte er gut gemacht, gehasst hatte sie ihn nicht, aber jetzt war er weg. Und würde irgendwo anders mit seinen Macherqualitäten unterkommen. Also was sollte es? Was nicht fällt, soll man stoßen – sie hatte ihn aber nur versehentlich umgeworfen. Wie eine Bodenvase. Entschuldigung.

Entschuldigung, jetzt ging es ins Königreich Romkerhall.

Fahrten im Auto in der Partnerschaft sind wie über Scherben laufen. Unversehrt bleibt da keine lange. Dass zum Beispiel 50 Prozent der Ehen im Auto geschieden werden, ist eine oft vergessene Statistik. Oder besser, dass 50 Prozent wegen Autos geschieden werden. Also nicht wegen der Autos, sondern wegen des gemeinschaftlichen Fahrens darin.

Einer fährt, der andere liest die Karte. Da kann man sich doch genau genommen gleich gegenseitig Zigaretten auf dem Arm ausdrücken.

»Muss ich jetzt hier rechts?«

»Warte mal ...«

»Ob ich hier rechts muss, verdammt!«

»Schrei mich nicht so an!«

Anke und Gärtner dagegen besaßen ein seltenes Hormon, das sie vor diesem Exzess der nicht wieder zurücknehmbaren Wagen-Unfreundlichkeit bewahrte. Sie wussten nichts von ihrem Glück, sie spürten, wenn sie zusammen in einem Auto saßen, nur die sonderbare Abwesenheit von Aggression, die sie von anderen Pärchen am Steuer kannten.

Die Straße glänzte nass, der Himmel machte heute einfach nicht hell. Obwohl es gegen 14 Uhr sein musste. Winter eben. Über Weihnachten hatten sie es nicht geschafft, ein Zimmer in Romkerhall zu bekommen. Es war schon der zweite Feiertag und Gärtners Eltern hatten sie natürlich doch noch traditionell am Heiligen Abend beschert.

Kein Wort selbstverständlich dabei über das nackte Zusammentreffen Anfang des Jahres. Peinliche Stille, eine knackende Platte mit Weihnachtsliedern gesungen von einem Knabenchor und unverständiges Nachfragen bei Tisch, warum die beiden denn nicht von der Gans äßen.

»Vegetarier? Aber Fisch essen Sie doch?«

»Nein!«

»Aber Sie tragen doch auch einen Ledergürtel, Fräulein Mohnhaut.«

Immer dieser Beißreflex bei dem Thema. Und dabei:

»Stimmt doch noch nicht mal, ich trage ein Kleid!«

Die Geldgeschenke stellten dagegen einen köstlichen Tropfen auf Gärtners heißen Stein, den er sein Leben nannte, dar.

Anke bekam Pralinen und einen Schal. Weihnachten sollte Frauen wohl zu Omas machen. Immerhin waren sie von einer guten Marke. Mit Edelnougat.

»Wie macht ihr das jetzt mit deiner alten Stelle, die müsst ihr doch neu besetzen«, fragte Gärtner, dem in diesem Moment das Klacken des Zigarettenanzünders einen fairen Countdown eröffnete. In den nächsten zehn Sekunden musste er ihn ziehen und seine Zigarette dranhalten, sonst glomm das Ding nicht mehr oder nur noch so schwach, dass Teile des Tabaks sich daran zwar noch entzündeten, aber auch kleben blieben.

»Mal sehen, es gibt da schon eine, aber ich muss ja erst mal abwarten, wie sich das für mich als Chefredakteurin entwickelt.«

Ihre Worte klangen, fand sie, wie auf einer PK, einer Pressekonferenz. Tolle Rolle, so bedächtig zu reden, weil man soviel Verantwortung trägt.

»An mich hast du dabei gar nicht gedacht, was?«

Gärtner rauchte, das Gesagte wirkte verdächtig beiläufig.

»Nee … Das hättest du doch auch nicht gewollt.«

»Nee, natürlich nicht. Aber wusstest du doch nicht.«

Jetzt ging das schon wieder los.

Seit einem Jahr erst badete er nicht mehr mit vollen Backen im Zaubertrank des Zuspruchs und schon musste die Geschichte des stets zu kurz gekommenen Mannes neu geschrieben werden. Vielleicht unterstellte er ihr gleich noch, sie hätte den Job bekommen, weil sie eine Frau ist. Deren ewige Bevorzugungen im Arbeitsleben auf dem Rücken talentierter Männer galten ja als legendär.

»Mann, Gärtner. Was soll das denn? Schon vergessen, du erzählst doch immer den Sitcom-Witz von ›Was steht schon in der Bibel? Du sollst nicht malochen in deines Partners Firma‹. Außerdem läuft dein Promo-Zeug doch langsam an. Für Diet Happy fließt wieder echtes Geld. Hihi, Diet Happy …«

Die Band kannte Anke ja sogar persönlich.

Gärtner drehte am Lenkrad.

»Komm, ist nicht mal genug, um meine Eltern auszuzahlen.«

Anke hatte keine Lust auf das Thema.

»Ich habe übrigens gehört, Romkerhall ist nur eine Gastwirtschaft, deren Betreiber Ende der Achtziger die Idee hatte, mit einem Werbegag über die Runden zu kommen. Die Prinzessin wohnt da nicht und die Straße vor dem Haus sei weit lauter als der Wasserfall.«

Gärtner rümpfte die Nase.

»Schöne Scheiße …«

»Dir war der Märchenschloss-Hintergrund doch sowieso egal.«

»Stimmt, aber warum fahren wir denn dann noch hin?«

Ja, warum eigentlich? Anke überlegte, bevor sie antwortete.

»Einige Taten müssen getan werden, weil man sie gedacht.«

»Was?«

»Ich glaube, das ist aus ›Dantons Tod‹.« Anke wusste, solche Quotes kamen nie gut an.

Genau.

»Ach, ihr Studierten. Kein Wunder, dass ihr insgeheim den erbkranken Adel mit seinen Fechtkenntnissen und Eskapaden anhimmelt. Das ist was anderes als euer kleinbürgerlicher Akademikerknast, was?«

Anke seufzte.

Und es ging weiter nach Romkerhall. Das war wichtig.

+ + +

Anke füllte was aus. An der Rezeption von Romkerhall, dem lautesten Gasthaus der Welt geteilt von der B498. Geteilt beinahe quer durch die Empfangshalle, durch die Zimmer, durch den Leib des Hofhundes, geteilt wie mit einem Skalpell – beinah … Immerhin lagen zwischen Eingang und Straße in der Tat noch wenige Meter, aber um sich am preußischen Wachhäuschen oder an der historischen Kutsche fotografieren zu können, musste man darauf achten, nicht von einem der vielen Laster, die hier verkehrsbeunruhigt dem kürzesten Weg nachkamen, erfasst zu werden.

Ein junges, hässlich livriertes Mädchen stand hinter dem Empfang, sie hatte Anke allerhand Unterlagen zum Ausfüllen gereicht. Familienstand, Nummer des Personalausweises etc.

Ob dieses Mädchen schon eine Prinzessin war? Sie sah zwar nicht so aus, eher gezeichnet von kunstvoller Deformierung langer ländlicher Blutschande, aber Anke wusste, dass gerade die unscheinbarsten, die von denen man es am wenigsten vermutete, sich zumindest in Geschichten letztlich als die wahren Herrscher herausstellten.

»Sind Sie Prinzessin?«, fragte Anke.

»Nein, ich bin Praktikantin.«

»Oh.«

Gärtner grinste. Er füllte nichts aus, die Praktikantinnen-Prinzessin hatte gemeint, eine Wohnortangabe, eine Unterschrift reiche völlig. Und das regelte Anke.

Er dagegen regelte die Kapuze seiner Jacke von seinem Kopf, hier drinnen war es kaminwarm. Man schwitzte zwangsläufig in den Sachen, mit denen man draußen eben noch trefflich dem Winter getrotzt hatte.

»Sag mal, wenn du und die anderen Praktikantinnen euch zusammentätet, könntet ihr doch einen Staatsstreich aufführen. Revolution. In Romkerhall die Republik ausrufen!«

Das Mädchen in der schäbigen Livree lachte ihn leicht gequält an. Offenbar hatte sie das nicht zum ersten Mal gehört.

In der Empfangshalle hingen mehrere große gerahmte Bilder von Reisegruppen, die sich gemeinsam zum Fotografieren aufgebaut hatten. Zum Großteil waren es Motorrad-Clubs, die neben und mit ihren Bikes posierten. Der kleinere Teil waren Kajak-Vereine, die neben und mit ihren Booten posierten. Äußerst unköniglich. Konnte man die nicht zum Sperrmüll geben? Hier sollten Regenten-Köpfe in Öl hängen. Opulente Familienportraits mit vielen Kindern, von denen die meisten zwar noch klein waren, denen aber die Verantwortung schon Ernsthaftigkeit in die geknechteten und ebenen Gesichter gemalt hätte.

Stattdessen derbe Bikerfressenfotos mit roten Augen. Ein Bild zeigte, wie einer der Motorradfahrer kniete und eine stark geschminkte Frau ihm ein Schwert auf die Schulter hielt. Offensichtlich konnte man hier von hauseigenen Travestie-Künstlern zum Ritter Romkerhalls geschlagen werden. Aber diese Prinzessin-Parodie führte dabei sicher nur ein bewaffnetes Schutz-Double Sabinas auf. Warum sollte das Original es auch nötig haben, Biker zum Ritter zu küren? Die Gruppe um den Typ herum, trug Bierflaschen in den Händen, wenn man genau hinsah, erkannte man, dass der Kniende eine Zigarette in der Hand hielt. Alles wenig förmlich, Romkerhall schien kein Königreich der eisernen Hand.

Ihre Taschen mussten Anke und Gärtner selbst hochtragen, weder Aufzug, noch ein Diener begleiteten sie auf dem Weg in ihr Zimmer.

Anke überlegte, untermalt von den ächzenden Stufen der Holztreppe, wie Gärtner darauf kam, dass noch mehr »Praktikantinnen« hier wären. Offensichtlich träumte er wie viele Männer latent von Praktikantinnen, die ihre Vorgesetzten anschmachteten (und ihnen letztlich auch die Penisse verjüngten). Klare Verhältnisse. In dieses Schema passte sogar noch eine Revolution hinein. Natürlich nur solange sie sexy genug war und die wirklichen Machtverhältnisse nicht auf den Kopf stellte. Und dabei war Gärtner doch soweit entfernt, selbst ihn anschmachtende Beschäftigte zu haben.

Aber das war ja streng genommen jetzt auch egal, dachte Anke. Das würde alles bald keine Bedeutung mehr haben.

+ + +

»So.«

Anke öffnete die Tür zu dem ihnen zugewiesenen Zimmer. Nummer 15. Wow.

Das Himmelbett, auf das der erste Blick fallen musste, fand sich umrankt von einem goldenen Gestell und purpurnen Vorhängen. Purpur, die Farbe der Könige. Eine Monstrosität.

So stellten sich Amerikaner sicher das Schloss Neuschwanstein vor. Außer dem Bett beeindruckte allerdings nicht mehr viel hier drinnen. Groß war das Zimmer nicht, man hörte laut und deutlich die B498 durchs geschlossene Fenster, sie warfen die Taschen und Mäntel aufs Bett, einen Stuhl. Eine Tür, aha, dahinter die sanitären Einrichtungen, gaben nicht viel her.

Wie in einem unstädtischen Hotelzimmer eben. Stumpfe Armaturen, alles leicht lieblos.

Anke zog den purpurnen Vorhang des Betts zurück und warf sich auf die aufgeplusterten Laken und Kissen. Sie federte und federte. Endlich kam das Material unter ihr zur Ruhe. Sie drehte sich um, konnte die Zimmerdecke sehen. Die müsste mal wieder verputzt werden. Schnell schaute sie zurück aufs Gold.

Gärtner kam vom Klo wieder. Das Rauschen der Spülung dröhnte durch die Rohre, die anscheinend in den Wänden den Raum umrankten wie Efeu.

Gärtner guckte unglücklich.

»Zum Pinkeln geht das vielleicht noch, aber eigentlich möchte ich nicht so nah neben deinem Kopf kacken.«

Anke hängte ihre Jacke an den verloren wirkenden einzigen Haken – direkt neben der Tür.

»Wieso? Was ist mit meinem Kopf?«

Toll. Gärtner machte sich auch ans Auspacken, was konnte er denn für diese feindliche Architektur, die Abort und Königsgemach so nah zusammendachte? Gut, ging er halt in den Wald, wenn es so weit war.

Auf dem Nachttisch fand er zwei Gratis-Postkarten mit Romkerhall als Motiv, eine zeigte den Wasserfall und die andere das Haus in der Totalen. Man sah die lebensgroße Ritterfigur neben dem Eingang, man sah das Wappen in schwarz-gelbem Verkehrsschild-Flair.

Romkerhall, das geschmackloseste Königreich der Welt, wirkte ein bisschen wie der behinderte Bruder von Legoland. Aber klar, das besaß schon Charme. Kauzig und kärglich und irgendwo doch ein goldenes Himmelbett mit purpurnen Vorhängen.

Gärtner guckte zu Anke. Die hatte einen Fön aus ihrer Tasche geholt, eine Tüte von der Drogerie in der Hand und sich den Kulturbeutel unter den Arm geklemmt. Als sie an ihm vorbei ins Bad rauschte, roch er sie. Er hätte sie am Arm packen und kurz in diesem gemeinsamen Moment verbleiben können. Der Moment des Angekommenseins, der Moment, in dem er sie nach langer Zeit wieder mal gerochen hatte. Doch sie huschte an ihm vorbei. Und schloss die Tür im Bad hinter sich ab. Bald würde es dunkel werden.

\+ + +

Das Gras knickte unter seinen Sohlen, Kiesel knirschten. Gärtner joggte über die Unwägbarkeiten dieses locus amoenus im Harz. Verließ man das gasthofige Märchenschloss Romkerhall, verließ man auch den Schrecken der B498, die nur noch als leises Grollen auszumachen war. Was dann blieb, waren Wege, Bäume, kaltes klares Wasser des kleinen Flusses. Die Oker. Gärtner war bis zur Okertalsperre gelaufen.

Obwohl sein Gesicht eisig und hart war, fühlte er sich erhitzt vom Laufen. Sport, Rennsport. Machte er gern. Er fühlte sich jetzt mit 30 körperlich fitter als das ganze letzte Jahrzehnt. Im neuen Jahr wollte er noch mehr an seiner Ausdauer arbeiten und wenn weiter Aufträge wie Diet Happy reinkamen, konnte er sich wieder eigene

Standfestigkeit im Pop-Biz erarbeiten. Das Adrenalin des Laufens und solche Gedanken ließen ihn vor Euphorie fast bersten. Machen, machen, machen. Alles kann, alles muss. Er verlangsamte seine Schritte. Genoss die dynamische Erschöpfung, die seine Wadenmuskeln und von dort seinen ganzen Körper durchfuhr. Muskelaufbau geschah in der Ruhe nach dem Lauf. Also gerade jetzt. Er stieß Luft aus. Würde er nicht schon die Giebel und den Parkplatz des Königreichs sehen, er hätte jetzt geschrieen. Vor unbändiger Kraft – auf dass irgendwo weit entfernt ein Reh erschrocken den Kopf hob und ein Schwarm Vögel aus einem Baum aufflatterte. Gärtner sparte sich diesen Ausbruch aber, denn hörte das jemand außer Vogel und Reh, er würde doch nur denken: »Schon wieder so ein rücksichtsloser Motorradrowdy, der es nicht ertragen kann, dass seine Fortbewegung zu Fuß nicht durch genug Auspufflärm und die Aufmerksamkeit Unbeteiligter begleitet wird.«

Es war gerade mal neun Uhr. Gärtners Atem ballte sich zu dichten Wolken in der klirrendklaren Luft, es waren unter null Grad.

Oben im Himmelbett schlief Anke bestimmt noch, Frühstück gab es ja bis halb elf. Gärtner wusste, er würde es sich kaum verkneifen können, ihr vorzuschwärmen, wie großartig das Joggen hier war und wie viel sie schon verpasst hatte, bevor der Tag für sie überhaupt losgegangen war.

Als er den Parkplatz überquerte, bemerkte er einen Wagen mit Frankfurter Kennzeichen. Kam ihm bekannt vor. Er dachte nach, ihm fiel aber nichts dazu ein. Wen kannte er denn überhaupt mit Auto in Frankfurt? So viele waren das doch nicht. Oder stammte die Erinnerung noch aus der Zeit, als er da vor einem Jahrzehnt gelebt hatte? Unwahrscheinlich.

Er betrat das Foyer von Romkerhall. Auf den Sofas bei der Rezeption saß jemand, hatte anscheinend auf ihn gewartet. Als er Gärtner sah, stand er sofort auf. Es war Tilman. Tilman?

»Was machst du denn hier?«

Gärtner war verunsichert. Auf eine bekannte Person zu treffen an einem Ort, wo man diese absolut nicht erwartet, mochte manchmal sicher schön sein. Zum Beispiel wenn man auf einer entlegenen Bergpassage in Indien auf einen alten Schulfreund trifft. Vielleicht sogar gerade, wenn man blutet oder pleite ist oder Heimweh hat. Eine angenehme Begegnung, erfüllt von großer Dankbarkeit. Aber man stelle sich vor, man liegt nachts allein im Bett, blinzelt und bemerkt, dass bei dem Vorhang in einem weißen Kleidchen stumm und geisterhaft die einst umgekommene Nichte zu stehen scheint. Und sich plötzlich rasch auf einen zubewegt. Ein eher beunruhigendes Wiedersehen. So fühlte sich das auch mit Tilman an, diesem verdammten Geist.

»Ich will mit dir reden.«

Tilman hatte wohl wieder alle Trümpfe in seiner Hand. Und dachte nicht daran, die Seltsamkeit seiner Anwesenheit an diesem kalten Morgen des 27. Dezembers in Romkerhall so leicht aufzuklären.

»Das könntest du doch auch nach unserer Rückkehr machen. Woher weißt du überhaupt, dass wir hier sind?«

Tilman griff in die Innentasche seines Mantels. Es blitzte in Gärtners Sinnen. Überall Funken. Prost Neujahr? Seine Blicke rasten die Umgebung ab, hinter welches Mobiliar würde er sich mit einem Sprung retten können, wenn der jetzt eine Waffe zog? Aber der würde doch keine Waffe ziehen. Würde er doch nicht. Wieso auch? Zur Not aber: Der massive Rezeptionstresen dürfte wohl ein paar Kugeln schlucken.

Tilman reichte Gärtner eine CD aus seiner Innentasche. Sie war umschlossen von einem durchsichtigen Plastik-Case.

»Um mir die zurückzugeben, bist du hier?«

Es war unzweifelhaft sein Exemplar der neuen Diet Happy. Ein Original, das er Tilman nur mal zum Hören geliehen hatte als Vertrauensbeweis oder vielleicht eher als Geste der Gefälligkeit – schließlich hatte der ihn ja in den Stand des Hessischen-Vogue-Schreibers erhoben. Die Medien-Branche funktionierte da nicht anders als andere Branchen oder Religion, vieles lief über Demut.

Danke für meine Arbeitsstelle, danke für jeden neuen Tag, danke, ach, Herr, ich will dir danken, dass ich danken kann.

Obwohl, danke für meine Arbeitsstelle? Gärtner wusste ja, dass Tilman keine mehr hatte. Aus der CD-Hülle ragte ein gefalteter Zettel raus. Der war Gärtner neu.

Tilmans unerträgliche Süffisanz in seinem Blick nahm noch zu, als Gärtner das Blatt herauszog.

Offenbar war er auf dem richtigen Weg – statt sich an Zurufen wie »heiß« oder »kalt« zu orientieren, musste er anscheinend nur die Mimik Tilmans deuten, um endlich die Auflösung dieser Begegnung in einem Königreich, von dem doch eigentlich niemand wusste, zu erreichen.

Das Papier ließ sich auf stolzes DIN-A4-Maß entfalten und zeigte den ausgedruckten Screenshot einer Webseite. Schwierig, alles zu erkennen, der Toner war an einigen Stellen verlaufen, das Papier wellte sich, wo das Schwarz am tiefsten war.

Genervt suchte Gärtner das Blatt ab, denn Tilmans Fresse befand sich auf dem Höhepunkt seiner Ausdruckskunst.

»Mensch, was ist das denn?«

Gärtner empfand diesen Moment des Nichtverstehens schon als körperlich schmerzhaft.

»Ist ein Screenshot von Soulseek, der Tauschbörse für Downloads.«

Fuhr der Typ dafür über 300 Kilometer? Um ihm eine illegale Webseite vorzustellen? Kannte doch ohnehin jeder: Hierüber floss das Blut ab, das Blut aus dem siechenden Leib der Plattenindustrie. Weniger pathetisch gedacht floss darüber in Daten komprimierte Musik durch die gierig aufgedrehten Hähne der unrechtsbewusstseinsresistenten User. Gärtner kannte diese Wunde, hatte wegen ihr ja sogar seinen Job verloren, war deswegen gezwungen gewesen, sein Leben zu ändern. Alles, was jetzt war, hatte quasi hiermit zu tun. Warum auch nicht? Als er noch mal genauer hinsah, erkannte er, dass der Screenshot zeigte, wie eine handvoll Leisten aufgepoppt waren, die bedeuteten, dass sich gerade etwas von jenem Rechner gezogen wurde.

Und zwar die Songs von der CD, die er in den Fingern hielt. Das brandneue Diet-Happy-Album. Im Handel würde es erst in sechs Wochen sein, dass es jetzt vorab im Netz kursierte, dürfte einen erheblichen Einbruch bei den Verkäufen nach sich ziehen, wenn es Mitte Februar endlich auch regulär im Laden stand. Denn dann besaß es eine Unzahl der potenziellen Interessenten schon längst. Noch mehr Geld, Blut, das versickerte. Das nicht mehr in seinen angestammten Kreislauf zu überführen war. Für sein Release hieß das vermutlich von offizieller Seite Panik – ein Vorziehen der Veröffentlichung, damit nicht alles verloren ging. Damit einhergehend aber auch die Unfähigkeit, das

Album sinnvoll zu promoten, denn letztlich funktionierten auch die so wichtigen Charteintritte nur, wenn die Promo – also in diesem Falle Gärtner – eine Awareness im Vorfeld geschaffen hatte und dann durch den gesammelten Run in der Woche des Erscheinens genügend Abverkäufe zustande kamen und somit eine Platzierung in den Hitlisten. Die wiederum dazu führten, dass der Act in Chart-Shows im Fernsehen auftrat, in den Hitparaden der Radios auftauchte und somit der Kaufanreiz weiter wuchs.

Wer hat, der hat.

Stattdessen aber wurden – vermutlich gerade jetzt in diesem Augenblick – in Asien bereits Diet-Happy-Raubkopien in großem Stil gepresst und auf den dortigen Markt geworfen. Wer es wollte, würde es bekommen und wenn das Original dann hinterhergehumpelt kam, blieb nur noch Schulterzucken und es bekam lediglich die ganz wertkonservativen Fans und Senioren ab.

\+ + +

Anke sah müde und gelb aus. Letzteres stellte sich zum Glück als überspringendes Farbenspiel der grellen Badezimmertapete heraus. Anke hatte schlecht geschlafen. Und das im Urlaub. Lag bestimmt an der Matratze, die sich so durchgelegen anfühlte. Miese Matratze und mitten in der Nacht durchgeschwitzt aufgewacht. Nun ja, unter ihrem Nachthemd hatte sie eine Strumpfhose und dicke Strümpfe getragen. Um drei Uhr musste es dann gewesen sein, dass sie sich all dessen entledigte. War doch noch heizungsheiß im Zimmer geworden. Danach erst mal eine lange Phase des Rumwälzens. Und gegen sehr frühen Morgens fand sie sich mit eiskalten Füßen wieder. Wie man sich auch häutete, alles schien verkehrt. Aber sie wollte Romkerhall nicht mehr Vorwürfe machen als nötig. Sie konnte schon seit Tagen schlecht schlafen. Wegen des Abschieds. Seit wann sie darüber Gewissheit hatte, dessen war sie sich nicht sicher. Langsam war es in jedem Fall gekommen, vielleicht über Monate. Und lange Zeit hatte sie vor sich so getan, als würde sie davon nichts merken. Aber dann war dieses Verbergen zu einer immer größeren Leistung geworden, dass es Anke einer Erlösung gleich kam, sich einzugestehen: Sie würde mit Gärtner nicht zusammenbleiben. Aua. Ihre Füße taten auf dem eiskalten Fliesenboden des Badezimmers richtig weh. Wo steckten die verdammten Socken von der Nacht? Anke riss sich von ihrem regungslosen Gesichtsausdruck im Spiegel los.

Obwohl ihr diese Trennung viel weniger eindeutig erschien als andere, die sie schon erlebt hatte – trotzdem war sie sich so sicher. Warum, wusste sie selbst nicht.

»Könnte ja mal ein Fachmann aus mir rauspendeln.«

Sie schrieb eine SMS an Rebecca. Ein paar traurige Zeichen, nicht mehr als 160, in ein Handy zu tippen, das machte viel Sinn. Zumindest jetzt gerade. Der letzte Satz bestand dabei aus nur drei Worten:

»Wahrscheinlich der Winter.«

Nachdem die Rückmeldung »Nachricht gesendet« im Display zu lesen war, fühlte Anke sich besser. Obwohl sie wusste, dass »Wahrscheinlich der Winter« nicht groß präzise war. Es war was anderes. Und mit Gärtner auch schon oft toll gewesen – nur mit ihm zusammenzubleiben, hieß irgendwie immer noch Juz H. Er hatte ihr Leben aufgemischt – und jetzt, wo sie es sich wieder eingerichtet hatten, musste klar sein, Gärtner würde auf eine Art immer in Trümmern leben. Er konnte das bei allen mitunter redlichen Gegenbemühungen anscheinend nicht anders. Und diese Trümmer stellten nicht nur schöne Staffage eines zärtlichen Chaoten dar, sie waren äußerst hinderlich für Gäste, die wirklich rangerutscht kamen. Anke sah aus dem Fenster. Er hatte es wirklich geschafft, heute beim ersten Licht raus zu gehen. Vielleicht joggte er tatsächlich. Er war leise gewesen, als er ging, aber sie hatte ihn gehört. Dennoch hatte sie getan, als schliefe sie.

Gärtner tat ihr Leid. So Leid, dass sie nicht kurz vor Weihnachten, oder in dem gebuchten Urlaub Schluss machen wollte. Ihr tat Leid, dass er ihr Leid tat. Dieser arme Mann. Das hatte er nicht verdient. Das hätte er nicht gewollt. Aber in den Ferien verlassen zu werden, darauf konnte er doch bestimmt auch verzichten. Ab einem gewissen Punkt verletzt eben jede Entscheidung. Und ein paar melancholisch-schöne Tage im Harz wären vielleicht noch ein bisschen was.

+ + +

Na, das war was, was Tilman auf seinem schlichten Blatt angebracht hatte. Und zwar eine Katastrophe für Gärtners Produkt – für das Diet-Happy-Album, das er zu betreuen hatte, aber es war immer noch keine hinreichende Erklärung für Tilmans Präsenz bei Hofe.

»Was soll das? Machen dir schlechte Nachrichten so viel Spaß, dass du weiter für sie reist als Hiob seinerzeit?«

Gärtner meinte es so abschätzig, wie er es sagte. Denn Tilmans Triumphfresse wirkte unerträglich.

»Nur'n kleiner Abstecher. Ich war gerade auf dem Weg nach Hamburg, ich ziehe weg aus Frankfurt. Hab da super Kontakte und treff mich zu Meetings mit ein paar Leuten wegen Jobs.«

»Schön für dich.«

Hinter der Rezeption tauchte die junge Frau von gestern auf. Sie schaute argwöhnisch auf Tilman. Bis sie begriff, dass er keine Anstalten machte, bei ihr etwas zu fragen oder ein Zimmer beziehen zu wollen, verging kurze Zeit. Sie zog sich daraufhin wieder in den engen, nur hüfthohen Verschlag im Boden hinter der Rezeption zurück, aus dem sie immer wieder auftauchte, wenn etwas in der Lobby zu tun war. Oder ging in ein kleines Hinterzimmer – wahrscheinlich eher das.

»Das ist deine CD, von der da die Songs gesaugt wurden.«

»Was?!«

Gärtner starrte auf das Blatt. Darauf konnte er so was nicht erkennen, aber auf der CD in seiner Hand fand sich der maschinell angebrachte Aufdruck:

»Watermarked CD No. 11«

Daneben klein gedruckt die horrenden Rechtsansprüche, die der Besitzer der Urheberrechte, also die Plattenfirma, besaß, wenn die Daten veruntreut wurden. Dieses digitale Signum war dabei zwar unsicht- und unhörbar, aber es würde auf jeder billig gebrannten Diet-Happy-Kopie aus Taiwan und auf jedem betreffenden Soundfile eines wegen illegal erworbener Songs beschlagnahmten Rechners nachweisbar sein. Durch das digitale »Wasserzeichen« konnte genau geklärt werden, welche CD den Ausgangspunkt darstellte. Von so viel Macht und Zugriffstum träumte der Bundesnachrichtendienst nur.

Zurückzuführen war somit alles auf Gärtner, den Elften in der Liste derer, die ein Vorab-Exemplar bekommen hatten. Er war quasi berühmt. *Nummer Elf lebt.* Und die Welt hörte seine Lieder. Ohne es zu wissen.

»Bist du verrückt geworden?«

Gärtner verstand nicht, war das alles Absicht? So viel Niedertracht konnte es doch gar nicht geben. Oder war das ein Spaß unter Freunden, die sie ja im Grunde gar nicht waren?

»Du hast nur bekommen, was du verdienst.«

Tilman musste doch durchgedreht sein. Gärtner schwitzte in der ohnehin tropischen Kamin-Lobby in seinen heiß gerannten Sportsweater.

»Du hast doch diese Scheiße mit dem Brennen geschrieben.«

Ja, klar, Gärtner wurde schwindelig, das hatte er. Aber das rechtfertigte gar nichts, das hatte er doch nicht extra gemacht, das stand doch in keinem Verhältnis, das war …

»Und Linda hat mich verlassen.«

Das überraschte Gärtner. War dieser banale Machttyp im Endeffekt doch eine sensible Seele, die letztlich Liebe suchte und sich, sobald diese sich abwandte, in Irrationalität verlor?

Tilman sah aber überhaupt nicht so aus, redete nicht so, bewegte sich nicht mal so.

»Wir haben uns wahnsinnig gestritten, weil sie in meinem Auto einen Mädchenslip gefunden hatte. Und den hast du doch da vergessen, als ich dich morgens mit der einen Alten gefahren hatte, wo ihr so endstramm wart nach der Party.«

Was? Gärtner wusste nicht, sollte er schreien, heulen, sich verteidigen, einfach nur rückfragen? Immerhin, die rätselhafte Sache mit der sensiblen Seele erübrigte sich nach dieser überraschenden Offenbarung.

»Du hast sie doch nicht mehr alle! Was kann ich dafür, dass deine scheiß Beziehung am Arsch ist? So was hängt doch nicht an einer fremden Unterhose. Und das mit der Review, da konnte ich doch nicht mal ahnen, was sich daraus entwickelt.«

Gärtner hatte Tilman angeschrieen. Irgendwie musste er ihn doch erreichen können.

»Ich hab's nun mal nicht gern, wenn mich wer fickt.«

Mit dem war ja nicht zu reden. Gärtner raste noch mal über alles, was da jetzt blank lag: diese ihm angedichtete und bereits grotesk beglichene Schuld gegenüber Tilman, das Unterhöschen, das ja nicht dem Mädchen gehörte, mit dem er die Party – anscheinend in Tilmans Auto – verlassen hatte, sondern das er aus dem Wäschekorb geklaut hatte und nicht zuletzt sein persönlicher Ruin. Verklagt und geächtet, seine Ich-AG stand in Flammen, jede Sekunde war Benzin.

»Ich hätte auch gar keinen Bock gehabt auf eine Fernbeziehung. Das mit Linda wollte ich schon selbst beenden. Aber nicht so, verstehst du? Wie stehe ich denn da?«

Verstehst du? Sollte Gärtner das hier jetzt alles noch absegnen, oder was?

»Ich hätte sie selbst abgeschossen, garantiert. Allein wegen des Umzugs nach Hamburg. Keinen Bock auf Zugfahren jedes Wochenende ... Das kannst du sicher gut nachvollziehen.«

Das klang jetzt schon wieder männerbündisch frivol: *Weißte ja, Alter, immer die Weiber am Bahnhof, was? Immer am Flennen, während man schon in die Stulle beißen will.*

Gärtner hatte noch nie jemanden richtig geschlagen. Er holte aus und peitschte die flache Hand durch die feiste Freude, die Tilman aus diesem Coup scheinbar zog.

Es schepperte in Tilmans Scheißgesicht. Gärtner erschrak – bis ganz zum Ende durchgezogen hatte er nicht. Schließlich konnte man sich doch wehtun. Die einzige Schlägerei, an die er sich erinnern konnte, war auf der Reeperbahn gewesen, er und vor allem ein Freund hatten sich wortlos und zügig von einer Gruppe Seeleute zusammenschlagen lassen. Wie in einem Schwulenporno, nur dass sie danach nicht in den Arm genommen und wild geküsst wurden. Nur hart durchgewalkt, wie betrunkene hilflose Wäsche.

Gärtner fühlte eine unbekannte Dominanz in dem Schlag, einen anderen Mann besiegen war scheinbar immer noch so toll wie in der Steinzeit. Gärtners Fäuste brannten wie Feuer und er wollte sie vielleicht noch mal ablöschen im Körper seines Feindes. Doch der Kopfstoß von Tilmans Schädel gegen seine Nase unterbrach jäh alle Pläne. Gärtner taumelte zurück, bekam noch was nach, das war ja entsetzlich. Diese Wucht, seine Nase musste bluten, wenn sie nicht sogar zersprungen war. Nach dem Stoß machte sich glücklicherweise erst mal Betäubung breit in seinem Gesicht, aber etwas lief salzig auf seine

Lippen, und durch den Rachen auch in seinen Mund. Der Typ gehörte weggesperrt. Das konnte der doch nicht bringen. Diese ökonomische und körperliche Gewalt entsprach doch keiner Verhältnismäßigkeit.

»Jetzt sind wir quitt«, hörte er Tilman etwas dumpf und von oben, Gärtner war in die Knie gegangen.

»Ich zeig dich an«, mümmelte er den Schlachtruf der Geschlagenen und schluckte das mit Speichel gemischte Blut runter.

»Das würd ich dir nicht raten.«

Sagte Tilman weniger drohend als kameradschaftlich und verließ ohne Hast das abgetakelte Märchenschloss.

Gärtner rieb sich durchs dröhnende Gesicht. Seine Hände waren rot, er tropfte. An der Rezeption war niemand. Er musste aussehen wie eine über und über Blut weinende Madonna. Mühsam raffte er sich auf. Hoch zu Anke. In all dem namenlosen Entsetzen dachte er tatsächlich daran, was sie für Augen machen würde, wenn er jetzt blutüberströmt das Hotelzimmer beträte.

He's gotta be tough, he's gotta be strong, and he's gotta be fresh from the fight.

\+ + +

Anke hatte ein bisschen geweint, nachdem der erste Schock überwunden war. Gärtner saß im Bett, lehnte gegen das Gold des Himmelbettkopfendes, hatte die Beine über die Laken ausgestreckt. Sein Blut rieb er in eins der weißen Handtücher. Anke hatte es vorher etwas mit kaltem Wasser nass gemacht. Gärtner rauchte, Anke zog sich das Nachthemd aus, tauschte es gegen Unterwäsche, extra dünne blaue Strumpfhosen, Jeans und Rollkragenpullover. In Romkerhall war es kalt.

»Woher wusste der Typ eigentlich so genau, dass wir hier sind? An diesem sonderbaren Ort läuft man sich ja nicht zufällig über den Weg.«

Anke zuckte die Schultern.

»Ich habe vor Monaten mal mit dem Prospekt im Büro angegeben. Dass der sich das gemerkt hat …«

»Also jetzt nicht noch verborgene Anerkennung für diesen Irren, wenn ich bitten darf.«

Gärtner rauchte weiter. Und suchte sein Gesicht über leichten Druck nach inneren Wundherden ab. Die Nase machte am meisten Sorgen. Nicht dass sie gebrochen war und schief zusammenwüchse. Die Nase, die y-Achse des Gesichts, sie spiegelte Augen, Ohren, Mund von einer Seite zur anderen, geriet sie aus der Fassung, ging auch jeglicher Sinn der Mimik verloren und was bliebe, wäre das Bizarre-Festival. Als schön galten bei Gesichtsverletzungen seit jeher nur klar konturierte Degennarben.

Aber über die gefühlte Fraktur hinaus warteten auf Gärtner ja noch weit größere Probleme.

»Du musst es deinem Chef sagen, dass du das nicht ins Netz gestellt hast. Dass das dieser Irre war.«

»Ach, komm«, erhob Gärtner kraftlos, »ich trage die Verantwortung für diese CD. Steht da doch drauf. Dass ich sie verliehen habe, ist bereits das Kapitalverbrechen. Dass ich nicht sonst wo eine Manufaktur für Schwarzauflagen habe, muss ich nicht beweisen – bewiesen ist, dass ich diese scheiß Platte veruntreut habe. Punkt.«

Gärtner hämmerte sich ansatzlos eine Faust auf den Oberschenkel. Selbsthass und der Wunsch, den dröhnenden Kopf zu übertönen.

»Ich muss irgendwem in Berlin Bescheid geben. Ich kann ja nicht warten, bis die es selbst erfahren.«

Er schnaufte. In dem Moment der Konfrontation, in dem Moment, als plötzlich Blut geflossen war, da hatte er – besoffen vom Adrenalin vielleicht – geglaubt, das sprengt jetzt alles, wie er es kannte, fort.

Jetzt lag er im Himmelbett und nach dem Knall war kein Loch in der Welt zum Vorschein gekommen. Nur der lange Marsch durch verschärfte Depressionen schien sich als Ergebnis zu verfestigen.

Anke küsste ihn auf die Stirn, zog ihm ohne ein Wort sanft das Handtuch aus den Fingern und gab ihm ein frisches.

»Ach, wahrscheinlich wissen die es schon längst.«

Genau. Er fuhr auf, hin zu dem Garderobenhaken, kramte in seiner Manteltasche hektisch das Handy hervor, drückte es an, gab den PIN-Code ein und starrte darauf. Ob es vernichtende Meldungen auswürfe. Biepbiep? Quälende Sekunden. Schließlich musste es erst Kontakt mit dem zuständigen Satelliten aufnehmen, sich aus 1000 Kilometer entfernt im All erst orten lassen.

Nichts. Hatte anscheinend noch keiner bemerkt. Aber immerhin war ja auch zwischen den Jahren, alle hatten frei. Das hieß alles nichts.

»Vielleicht wollte er dir nur Angst machen. Und der Zettel ist nicht echt. Und das war seine Rache.«

»Schön wär's. Das ist so psycho … Und Rache? Wie sich das schon anhört. Soll er sich doch mit der Plattenfirma anlegen.«

Das mit der geklauten Unterhose, die er bei Tilman im Wagen liegen gelassen hatte, verschwieg er. Das machte Tilmans Tun ja auch nicht gerade nachvollziehbarer. Er stockte. Na ja, die Plattenfirma würde aus der Sache auch einen unstrittigen Schaden tragen. Machte diese Geschichte am Ende sogar Sinn? Hatte Tilman genau die Richtigen getroffen? Die Fremdgeher, die Diebe, die taumelnden Despoten?

Sicher nicht. Wenn schon jemand außerhalb des Gesetzes richten sollte, dann ein Heiliger und nicht dieser Michael Kohlhaas der Arschgesichter.

Über eine Stunde verging. Gärtner saß noch immer aufgebahrt im Himmelbett mit einem Handtuch im Gesicht. Ab und an drückte er auf seinem Handy Wahlwiederholung. Nur um immer wieder aufs Neue versichert zu werden, dass sich niemand am 27.12. im Berliner Büro der Plattenfirma befand, dass die Handynummer des Chefs immer noch unverzüglich auf ein Band führte.

Panik und Langeweile.

Anke saß um ihn rum, stand mitunter auf, holte was, trank Wasser, das sie aus der Leitung in eine leere Vittel-Flasche, die noch von der Fahrt stammte, gefüllt hatte. Es schmeckte wie Samt und Seide. Stadtwasser ist Brackwasser, hatten beide gestern noch gescherzt, als ihnen dieses köstliche kostenlose Getränk der Harzer Flüsse aus allen Poren quoll, aus allen Leibesöffnungen lief.

Eine weitere Stunde ging bereits in ihre zweite Hälfte, ohne dass Mittag überschritten war. Und Anke legte ihre Hand auf seinen Arm, sie fühlte sich schwer an. Gärtner nahm die Berührung nicht groß wahr.

Anke mühte sich, ruhig zu sprechen:

»Es ist jetzt vielleicht kein günstiger Zeitpunkt, dir das zu sagen, aber ich hab mich entschieden, dass ich mich von dir trennen werde.«

Was?!

»Was?!«

Gärtner spürte unmittelbar jene Beklommenheit, jenes Entsetzen, das körperlich wird, wenn man mit der höchsten Form der Ablehnung, dem Schlussmachen, konfrontiert wird. Gleichzeitig spürte er aber auch, dass er sich neben diesem Reflex gar nicht mehr in der Lage wähnen konnte, noch alles in der ganzen Tragweite zu begreifen, was an diesem Morgen über ihn hereinbrach. Wie geschah ihm bloß? Verklagt, verprügelt, entliebt, entbunden. Dabei hatte er doch überall nur seinen Job gemacht.

»Und wieso denn gerade jetzt?«

Genau, es musste erst mal begriffen werden, ob und wo da Zusammenhänge bestanden zu den fatalen Geschehnissen mit Tilman. Bevor sich in den Scherben gewälzt, bevor jede Kleinigkeit verhandelt werden konnte, vorher musste Gärtner überhaupt mal was kapieren. Überhaupt mal irgendwas kapieren!

Anke sagte nicht verunsichert aber offen ratlos: »Ja … wieso denn jetzt? Wieso denn jetzt aber nicht?«

»Vielleicht weil mir gerade dein Ex-Redakteur die Nase gebrochen und vermutlich auch meine Existenz zerstört hat! Darum vielleicht!«

Gärtner klang nicht überzeugend.

»Tu doch nicht so sentimental.«

Ankes Zunge klebte in ihrem Mund. Wie bei ihrem Wiedersehen hatte sie zu wenig Spucke, sie seufzte.

Gärtner schaute auf, ob sich da ein Schluchzen anbahnte, vielleicht eine Träne für ihn? Für ihn, Gärtner, die unheiligste Kreatur von Hessen bis Romkerhall? Eine kleine Träne? Und wenn es nur war, um unbewusst dadurch eine Betroffenheitsfloskel zu entrichten oder um die unheimliche Reflexion einer verlöschenden Beziehung gegen dumpf wohlige Trauer zu tauschen.

Aber Anke hatte das nicht nötig, hatte das alles ja auch schon länger vor Augen. Seit sie wusste, dass diese Reise ihre letzte gemeinsame werden würde. Seit einigen Tagen. Mindestens.

Dennoch verfolgten auch diesen Abschied die Geister der Rituale. Und das trotz der ziemlichen Exklusivität, dass Gärtner gerade durch einen prügelnden Ex-Redakteur zum Urheberrechtskriminellen modernster Prägung gemacht worden war, und dass das Ganze stattfand in der schrottig ärmlichen Adelskitsch-Kulisse des kleinsten Königreichs der Welt.

Dennoch.

Ein paar Sätze, ein paar Passagen würde man zwangsläufig schon kennen. Würde sie vielleicht selbst zitieren oder auf sich anwenden. Die neunschwänzige Katzenzunge der Postmoderne leckte sanft.

Gärtner besaß als Schlussgemachter dabei auch das, zwar nicht schriftlich fixierte, aber dennoch geltende Recht, dass sich Anke vor ihm quälte, dass er sie widerhakend durch die Hilflosigkeit des Gesprächs führte.

Oder – auch was – er nahm ihr stattdessen die Chance, sich zu erklären, knallte Türen und kritzelte somit einen noch dringlicheren Schlussstrich vermeintlich über ihren.

Du kannst mich nicht verlassen, ich bin schon weg.

Lächerlich, aber immerhin. Aber immerhin war alles nichts als gängige Beziehungskatharsis.

Ganz sicher, es ging auch immer eine Spur unprätentiöser. Eine Spur weniger absolut. Einfach angemessener. Aber. Aber vielleicht wollte Gärtner endlich mal was haben, an diesem Vormittag, an dem ihm alles entglitten war.

Er steckte sich noch eine Zigarette an. Sie schmeckte nach Eisen. Er hatte vermutlich immer noch Blut im Mund. Anke sah ihn an. Er versuchte etwas herauszulesen aus diesem Blick. Bemerkte aber nur, dass sie einen dünnen, nicht mehr ganz frischen Kratzer auf der Stirn hatte. Den hatte er, als sie noch zusammen waren, also bis vor ein paar Minuten nicht bemerkt.

»Was ist denn da passiert?«

Es fiel ihm leichter, das zu fragen und diese kleine Verletzung an der rechten Schläfe zu meinen, als ihre große Beziehung. Die Antwort war aber dieselbe.

Gärtner glaubte ohnehin schon zu wissen:

Rebecca, die Anke vor einigen Tagen getroffen hatte, musste wohl erzählt haben, dass er auf der Party mit Rakete, diesem freundlichen Feger, rumgemacht hatte. Das war es doch. Auch wenn sie das nicht mit einem Wort erwähnte.

Anke zog auch mal an der Zigarette. Machte sie sehr selten.

»Manchmal weiß ich nicht mehr, ob ich eine Erscheinung habe oder ob es diese seltsamen Dinge wirklich gibt. Ich kann dir nicht mal sagen, ob Romkerhall wirklich existiert. Also ich glaube es schon, aber ganz sicher bin ich mir mit nichts – nur damit, dass du mich letztlich zu wenig liebst. Und dass es mir mit dir wahrscheinlich ähnlich geht. Ich möchte einfach, dass mehr geliebt wird in einer Beziehung. Vielleicht steht einem das ja nicht zu. Vielleicht müsste man sein kleines Glück bewahren. Aber nee, das macht mich auf Dauer fertig, immer so zu denken.«

Also wenn sie so weitermachte, wäre es ihm vielleicht doch lieber, sie nannte ihn bloß »Fremdgeher«.

Gärtner hatte eigentlich schon kapiert, was sie meinte, und ihm fehlte die Überzeugung, dagegen zu argumentieren. Dass ihre Beziehung nach diesem Teenieknall, diesem Klassentreffen auf Koks und Klo, bei dem neben ihnen Bomben explodierten, dass die darauf folgende Beziehung so schnell ihre ganz große Verheißung in irgendetwas Schmaleres überführte, das war ihm nicht verborgen geblieben.

»Ich wollte es dir nicht im Urlaub sagen. Aber jetzt ... ich konnte es dir jetzt einfach nicht mehr nicht sagen.«

Wie hart war Frankfurt eigentlich geworden?

»Schon gut. Seit wann bist du dir denn überhaupt so sicher damit?«

Anke überlegte. Sie sah müde aus. Hoffentlich wurde sie nicht krank.

»Seit einer Woche – plus/minus eine ganze Zeit.«

Gärtner wusste auch nicht mehr weiter. Sie schwiegen. Er drückte Wahlwiederholung. Zum Glück immer noch der Anrufbeantworter. So schnell hätte selbst er nicht umschwenken können aufs Geschäftliche. Wahrscheinlich aber sogar schon.

Anke ging zum Fenster und öffnete die Vorhänge komplett. Das Zimmer erstrahlte in der klaren Sonne. Das war's jetzt also gewesen. Licht an, Fenster auf.

Gärtner rührte dann doch noch mal an seinem ureigenen Recht, als Beendeter alles in Frage stellen zu dürfen.

»Ach, die ganze Zeit? Komm, sei doch ehrlich, dieses Gerede von Liebe und fehlender Leidenschaft. Im Endeffekt ist das alles nur banaler Eifersuchtsscheiß. Rebecca hat dir erzählt, dass ich mit ihrer Bekannten nach der einen Party abgehauen bin. Aber wenn du es genau wissen willst, da ist nichts gelaufen. Und warum? Weil ich die ganze Zeit an dich gedacht habe.«

Gärtner war richtig empört – so, wie er es jetzt von sich formuliert hörte, war es doch wirklich ein Skandal, ihm mangelnde Begeisterung vorzuwerfen. Er hing an ihr und sie wollte nicht mehr. So sah es doch aus.

Wo sollte er eigentlich jetzt wieder wohnen?

Anke blickte ihn traurig an, statt sich wieder zu ihm aufs Bett zu setzen, nahm sie sich den abgewetzten Stuhl.

»Da fällt dir wohl nichts mehr ein!«

Gärtner hatte Oberwasser geleckt.

»Hör mal, dass du es bei deinem Seitensprung nicht mehr bringen konntest, da würde ich die Schuld bei deinem Vollrausch suchen.«

Das wollte Gärtner nicht hören. Er war doch anbetungswürdig in seinem Widerstehen in jener Nacht gewesen. Könnte sein zumindest. Anke hatte aber noch was für ihn übrig. Und zwar die Geschichte, dass sie in der selben Nacht mit zwei Typen weitergezogen war und mit dem einen, dem nicht schwulen, noch problemlos und betrunken intim geworden war.

Das durfte ja nicht wahr sein. Gärtner geriet vom Täter zum Opfer und war trotzdem noch der Arsch.

Sie packten ohne ein weiteres Wort. So viel Absolutheit tat irgendwie doch gut. Die schmerzhafte Stille segnete ihre Beziehungstrümmer. Immerhin das. Als sie im Auto saßen, losfuhren, sah Anke in den Rückspiegel. Sie wollte sich überzeugen, dass es Romkerhall wirklich gab. Sie blickte in den Spiegel. Dort stand das sonderbare, schaurige Gasthaus in all seiner Pracht, und sie sah, wie es langsam verschwand.

EPILOG

»Tja, da bin ich also wieder.«

Gärtner hockte am Abendbrottisch mit Mutter und Vater.

Mann, was freuten sich seine beiden alten Herren. Sie konnten es wohl nur nicht so gut zeigen. War ja immerhin die Kriegsgräbergeneration, deren größter Futterkonkurrent lange Zeit der Kartoffelkäfer war.

Es gab anscheinend immer noch die Mortadella, die er vor fast einem Jahr schon auf dem Brettchen wie ein zweischneidiges Pferd begrüßt hatte: auf der einen Seite verwelkt, auf der anderen Seite eine unverwüstliche Marke im Dschungel der Angebote. Was sollte es aber? Er wollte mal richtig reinhauen, das war seine Art, »willkommen zurück« zu sagen. Mutters graue Augen starrten ihn an. Da war doch noch Feuer drin.

Und selbst Vater, Daddy, das alte Haus, der mit dem offenen Bein, dem kahlen Kopf und diesem gewissen Etwas, selbst dieser stille Koloss der Liebe hatte was zu verkünden:

»Kannst du denn keine Frau halten?«

Gärtners Messer sauste durch die handwarme Leberwurst, die versehentlich neben der Mortadella schon aufgefahren wurde.

Hatte er da versteckte Kritik gehört? Wie konnte sein Vater nur so etwas sagen? Schließlich hatte er ihn, Gärtner, doch einst in der Küche ertappt, im Adamsfell, wie er mit aufgepflanztem Bajonett Tee machte und sich einen Augenblick später eine erhitzte Frau – ebenfalls an populären Stellen freigelegt wie nur was – im Flur zeigte und die gerade im Bad kotzen war. Ja, wer war hier der Hengst, Daddy?

»Ich warte nur noch auf die Richtige.«

Wieder Stille.

Gärtner kaute Pumpernickel, Mutter wurde unruhig, die Tagesschau hatte begonnen, irgendwie war die Familie spät dran heute. Den Gärtners lief die Zeit davon.

»Die Richtige? Phh! Viel Glück, du Gammler!«

Mh, was war denn mit der Mutti los? Die brauchte wohl mal ein schönes selbst gemaltes Bild zum Muttertag. Von ihrem Gärtner. Gemalt mit Kuli auf einen Handzettel des örtlichen HL-Marktes bei einem Telefongespräch.

»Vielleicht bin ich emotional so verkrüppelt, weil ich bei euch aufgewachsen bin!«

»Hört, hört«, polterte Vater stolz. Sein Sohn trug wohl gerade Freud auf dem Hörbuch in seinem Discman mit sich rum. Vielleicht wollte das kleine Luder in eine schöne Therapie mit Wassertreten, Elektroschocks und Einzelgesprächen.

Mutti nahm den Rand, den Gärtner von seiner Mortadella entfernt und auf sein Brettchen gelegt hatte und steckte ihn sich mit den Fingern tief in den Mund und kaute genüsslich. Um dann zu sagen:

»Vater wird dich und dein Gepäck gleich mal nach Kostgeld untersuchen.«

Gärtner erkannte, was dahinter steckte, Vater wollte ihn unter dem Deckmantel der Kostgelduntersuchung wohl mal wieder anfassen. Mal durchkitzeln, mal dem Sohnemann Geborgenheit erklären.

Auch wenn Vater jetzt schon wieder laut raschelnd die Zeitung hochgenommen hatte und neidvoll in den Todesanzeigen schmökerte.

Gärtner nahm einen Schluck von seinem Apfelsaft.

»Aber ihr müsst mich doch lieb haben, gell?«

Mutter hatte bereits begonnen abzutragen, aus der Küche hörte er sie rufen:

»Ja, ja. Später.«

Mehr von Linus Volkmann bei VENTIL

164 Seiten
ISBN 3-930559-47-1

»super-lupo – jeder freund ist anders«
Roman

Von wegen, es geht um Freundschaft! »super-lupo« ist ein Roman über Koketterie und Klassenkampf, Hass und abstruse Melodramatik.

Super-Lupo, sein Freund Pauli und dessen nagelneue Verlobte, Annabelle, verbringen ihre Ferien in Italien. Am Lago Maggiore. Und es ist Sommer. Kommunikation bringt sie nur durcheinander, macht sie Karussell im Kopf. Sie treffen auf andere junge Leute, zerstören beiläufig und fahrig deren Leben wie den eigenen Urlaub und umgekehrt. Das alles aber nicht ohne Würde. Unkooperativ und gut abgehangen setzen sie der unheimlichen Ferienanlage ziemlich zu. Die hält dagegen.

120 Seiten
ISBN 3-930559-81-1

»smells like niederlage«

Niedliche Hysterie, stylisher Autismus – und Szenarien völlig ohne Macker! Das klingt wunderschön, ist aber gleichzeitig auch brandgefährlich. Chronisch untervorteilte Figuren wie Robbe und Bürzel, Doeserella und Super-Lupo beweisen, dass sich auch ohne Candle-Light-Dinner, Guten-Morgen-Küsse und zwanghafte Kinobesuche einsam gefühlt werden kann. Aber abdanken aus der Beziehungsgesellschaft? Quit living on dreams ...

144 Seiten
ISBN 3-930559-65-X

»heimweh to hell«

In Linus Volkmanns Geschichtenband »heimweh to hell« geht es absolut hoch her. Protagonisten wie das hemdsärmelige Sensibelchen King Cobra sind sauer auf den Staat und auf ihre autonomen Freunde, die sich, statt den Bauwagenplatz zu verteidigen, nur mit ihren Kontaktbeamten abklatschen. Verdammte Kronzeugenregelung!

Mit dabei auch wieder: das Schicksal der Vorzeige-Nerds Robbe und Bürzel. Es geht ihnen nicht gut, sie wollen wen küssen oder sich sonstwie dem Druck der Gesellschaft beugen, in Liebe sein zu müssen.

Zu guter Letzt sorgen auch die alten Helden Super-Lupo und Pauli wieder für melodramatische Action – Popliteratur, bei der alle anderen einpacken müssen!

Hör-CD (Digipack)
ca. 70 Min.
ISBN 3-931555-90-9

»Robbe & Bürzel – Zwei Herzen schlagen super« (Hörspiel)

Nichts geht mehr. Das spüren auch die beiden Nerds mittleren Studi-Alters Robbe und Bürzel. Ihr Stigma hat auch noch im dritten Jahrtausend Gültigkeit: Brillen, Figuren wie ein Müllcontainer bzw. eine kahle Zypresse, kein Körpergefühl und namenloser Neid auf das Glück der Einfachen, auf das Wunder der Normalität. Von nichts sind sie aber weiter entfernt. Und so humpeln sie schutzlos durch all die Unwägbarkeiten, sehnen sich nach Liebesderivaten und effektiverem Selbstbetrug.

112 Seiten
ISBN 3-931555-81-X

Sebastian Ingenhoff
»rubikon«
Novelle

Deleuze, Foucault und drei dicke Freunde. Die Welt aus der Sicht von achtjährigen Poststrukturalisten

Der Erzähler und seine beiden Freunde Lars und Lukacs sind frühreif und sensibel. Sie lesen Deleuze und unterhalten sich in Schlauberger-Sätzen, für die sie von ihren älteren Mitschülern unentwegt verprügelt werden. Ihr Leben ändert sich jedoch schlagartig, als sie ein Attentat auf den örtlichen Schlachthof verüben.

»Ein Wellenbad des moralischen Pop-Diskurses.«
(Linus Volkmann)

»Der Leser kommt aus dem Staunen nicht heil raus.«
(Jens Friebe)

224 Seiten
ISBN 3-931555-92-5

Almut Klotz / Rev. Christian Dabeler
»Aus dem Leben des Manuel Zorn«
Roman

Berlin in der unmittelbaren Zukunft. Kein gemütliches Biotop mehr für alternative Lebensentwürfe, sondern eine Stadt am Rande des kollektiven Nervenzusammenbruchs. Die Helden haben keine Gegenwart: der eine, weil ihm mit dem Beruf auch der Alltag entglitten ist, der andere, weil er auf der Suche nach seiner Zukunft nur Reste seiner verlorenen Vergangenheit findet. Eine unerbittliche Jagd beginnt.

Der Debütroman von Almut Klotz und Rev. Christian Dabeler entwirft ein prophetisches Szenario, in dem Identität nichts mehr wert ist und selbst individuelle Erinnerungen käuflich sind. Nur die menschlichen Verfehlungen sind in dieser Mixtur aus Großstadtroman und labyrinthischem Thriller ganz die alten geblieben.

208 Seiten
ISBN 3-931555-82-8

Alexander Wall
»Hotel Monopol«
Roamn

Ein Café in einer norddeutschen Großstadt. Doch es handelt sich nicht um ein gewöhnliches Café, in dem Schüler vormittags ihre Stunden schwänzen. Inmitten des Rotlichtmilieus gelegen, zieht es all die enthemmten, verrückten und manchmal auch gefährlichen Gestalten aus der Nachbarschaft an. Sie greifen in das Leben des Betreibers ein, als ob es ihr eigenes wäre.

»Hotel Monopol« ist direkter als andere Kneipenromane und häufig so schmutzig wie seine Umgebung. Mal witzig, mal erotisch, aber immer überraschend verlaufen die großen und kleinen Geschichten, die Alexander Wall zu einem großen, nicht mehr ganz fleckenlosen Teppich verwebt.